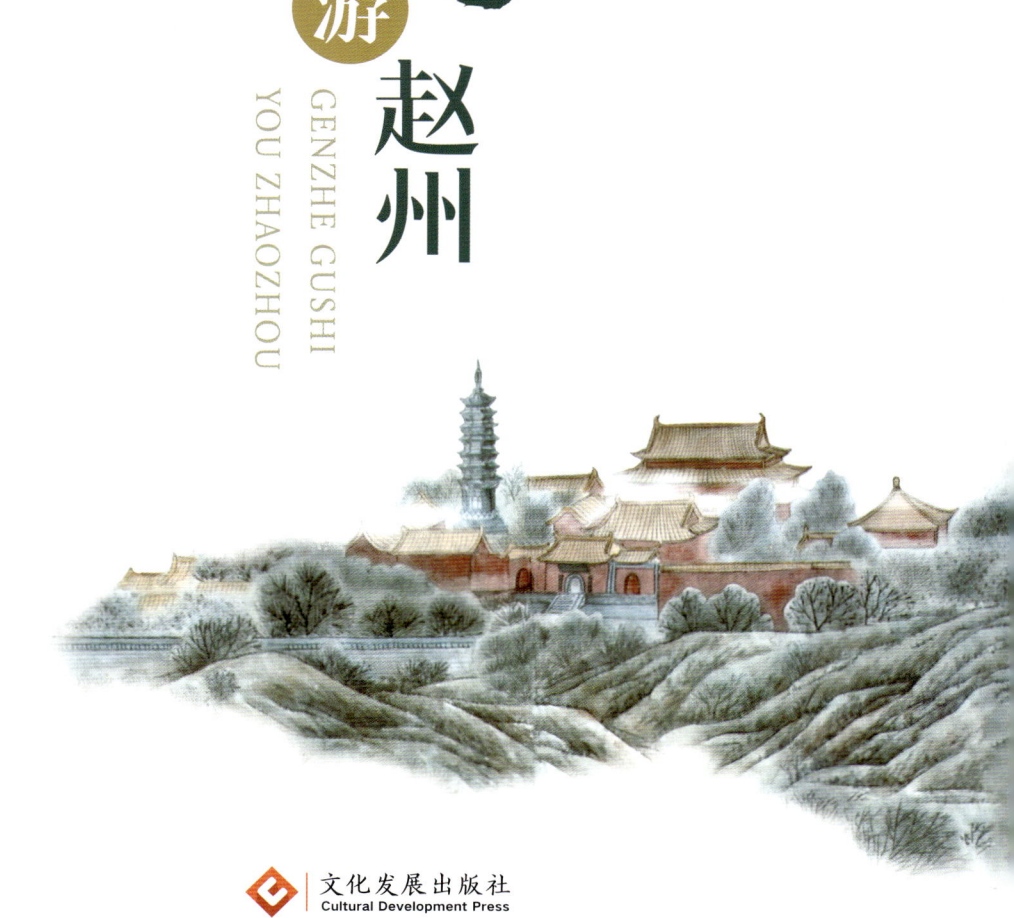

跟着古诗游赵州

GENZHE GUSHI YOU ZHAOZHOU

姚宏志 编著

文化发展出版社
Cultural Development Press

·北京·

图书在版编目（CIP）数据

跟着古诗游赵州/姚宏志编著.—北京：文化发展出版社，2024.4
ISBN 978-7-5142-4193-8

Ⅰ.①跟… Ⅱ.①姚… Ⅲ.①古典诗歌－诗歌欣赏－中国 Ⅳ.①I207.2

中国国家版本馆CIP数据核字（2024）第006961号

跟着古诗游赵州

编　　著：姚宏志

出 版 人：宋　娜
责任编辑：周　蕾　　责任校对：侯　娜
责任印制：邓辉明　　排版设计：辰征·文化
出版发行：文化发展出版社（北京市翠微路2号　邮编：100036）
发行电话：010-88275993　010-88275710
网　　址：www.wenhuafazhan.com
经　　销：全国新华书店
印　　刷：固安兰星球彩色印刷有限公司

开　　本：710mm×1000mm　1/16
字　　数：452千字
印　　张：31
版　　次：2024年4月第1版
印　　次：2024年5月第2次印刷

定　　价：82.00元
ＩＳＢＮ：978-7-5142-4193-8

◆　如有印装质量问题，请与我社印制部联系。电话：010-88275720

赵州古韵

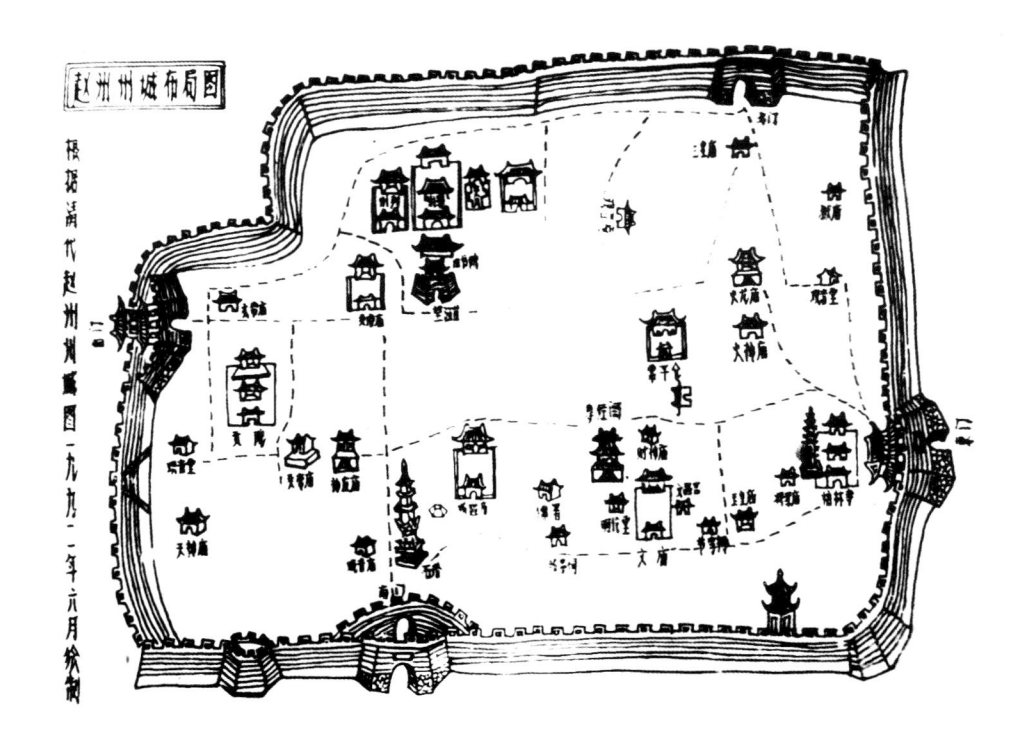

清代赵州城

月满赵州

碧水映天

岁月流金

塔影泊心

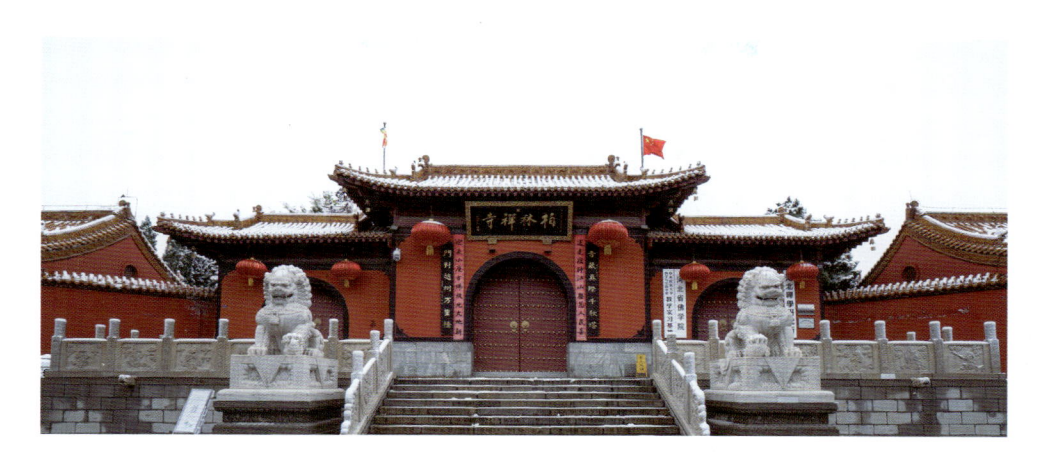

古寺披雪

碧溪之月

蜂舞春色

梨花思月

礼让三分

梨倾天下

老树丹心

霞染西林

古今辉映

目 录

前　言 ·· I

通过赵州诗词了解中国诗史 ······································ III

序 ·· VII

第一章 铜帮铁底赵州城

一、古赵根脉深··· 1

　1. 东城高且长（魏晋）无名氏 //1

　2. 浩歌（唐）李贺 //3

　3. 中原民谣·过沃州（宋）周麟之 //5

　4. 鹧鸪天·宿赵州之一（金末元初）元好问 //8

　5. 鹧鸪天·宿赵州之二（金末元初）元好问 //10

　6. 宿赵州驿之一（元）陈孚 //12

　7. 宿赵州驿之二（元）陈孚 //13

　8. 送陶元庸（元末明初）唐肃 //14

　9. 过赵州（元末明初）王钝 //16

　10. 过赵州（明）程立本 //18

　11. 怀某上人（明）周从龙 //19

　12. 又过赵州（明）郭登 //20

　13. 过赵州（明）罗钦顺 //21

14. 宿赵州 （明）陈洪谟 //22
15. 赵州闻柏乡驻跸 （明）陆深 //24
16. 过赵州 （明）陆深 //25
17. 赵州夜发 （明）严嵩 //27
18. 送王有邻至赵州 （明）何景明 //28
19. 北桥离席留别赵州诸子 （明）杨慎 //30
20. 登赵州城怀古 （明）蔡瑷 //31
21. 赵州怀古 （明）唐顺之 //32
22. 赵州道中忆殿卿 （明）李攀龙 //34
23. 赵州赠许使君 （明）李攀龙 //35
24. 将赴永宁李顺德遮留言别 （明）许邦才 //37
25. 赵州道中 （明）许邦才 //38
26. 赵州怀古 （明）郭谏臣 //40
27. 九日过赵州怀屠太守 （明）游朴 //42
28. 过赵州 （明）范守己 //44
29. 赠鹅池道士 （明）吕时臣 //46
30. 宿赵州 （明）袁宏道 //48
31. 高营夜坐感怀 （清）翟廉 //49
32. 赵州城楼 （清）施埏宝 //50
33. 上巳赵州道中 （二首） （清）查慎行 //51
34. 金缕曲·赠梁汾 （清）纳兰性德 //53
35. 赵州道中作 （清）爱新觉罗·弘历 //55
36. 赵州道中 （清）戈涛 //56
37. 城堤柳色 （清）李文耀 //58
38. 赵州 （清）王鸿典 //59
39. 赵州 （清）路德 //61
40. 感事述怀 （清）李鸿章 //64
41. 赵州 （清）程之桢 //66
42. 过赵州战国苏秦受印绶处 （清）严金清 //67
43. 送莫子偲游赵州赴陈刺史之招 （清）张之洞 //68
44. 赵州怀古 （清末民初）李大防 //72

二、古宋城垣残 ··· 74

1. 宋城者讴（先秦）佚名 //74
2. 宋子城（隋）李谔 //76
3. 市（唐）李峤 //77
4. 宋城道中（宋）王安石 //79
5. 宋城（宋）贺铸 //80
6. 高渐离击筑（明末清初）顾炎武 //81
7. 为宋子主人送高渐离入秦（明末清初）王夫之 //83
8. 宋子城（清）王汝弼 //85
9. 高渐离筑（清）郑用锡 //85

三、古村烟柳稀 ··· 87

1. 泥沟（宋）张耒 //87
2. 过杨村（宋）杨万里 //88
3. 出东平（金末元初）元好问 //89
4. 宿宋村次唐人韵（明）吴与弼 //90
5. 州城怀古（四）（清）梁肯堂 //91

第二章 巧夺天工赵州桥

一、赵州桥如虹 ··· 95

1. 石桥吟（唐）崔恂 //96
2. 题石桥（唐）韦应物 //98
3. 赵州石桥铭（唐）李翱 //99
4. 海上（唐）李商隐 //100
5. 赵州桥之一（宋）杜德源 //101
6. 赵州桥之二（宋）杜德源 //102
7. 安济桥之三（宋）杜德源 //102
8. 安济桥（宋）刘弇 //103

9. 安济桥（宋）安汝功 //104
10. 石桥（宋）魏宗 //105
11. 赵州桥（宋）洪皓 //106
12. 过赵州桥（宋）洪适 //108
13. 鹧鸪天·赵州桥（宋）江溥 //109
14. 过赵州桥（宋）范成大 //110
15. 过赵州石桥（宋）许及之 //111
16. 送行者妙淙往青龙谒陈七官人（宋）敖陶孙 //112
17. 安济桥（宋）宋自逊 //113
18. 除夕和唐人张继张祐即事四绝句（宋）程公许 //114
19. 三偈寄白沙和尚（3）（宋）林希逸 //115
20. 安济桥（金末元初）杨奂 //117
21. 安济桥（金末元初）杜瑛 //119
22. 赵州石桥（元）郝经 //121
23. 水龙吟·萧公弼生朝（元）李庭 //124
24. 安济桥（元）刘百熙 //126
25. 安济桥（元）宋褧（jiōng）//127
26. 过赵州石桥和杜缑（gōu）山韵（元）王翰 //128
27. 石桥秋月（元末明初）邓伯凯 //129
28. 石桥感兴（明）吴与弼 //130
29. 石桥晚坐（明）胡居仁 //131
30. 石桥芳桂（明）吴宣 //132
31. 石桥仙迹（明）顾清 //134
32. 古桥仙迹（明）陆健 //135
33. 赵州桥之一（明）鲍捷 //137
34. 赵州桥之二（明）鲍捷 //139
35. 赵州桥（明）蔡瑷 //140
36. 石桥别（明）文嘉 //141
37. 赵州石桥歌（明）归有光 //142
38. 赵州大石仙桥（明）欧大任 //145
39. 安济桥（明）傅振商 //146
40. 赵州桥（清）祝万祉 //147

41. 安济桥（清）王恒 //149

42. 赵州桥（清）王懿 //150

43. 安济桥之一（清）张士俊 //151

44. 安济桥之二（清）张士俊 //152

45. 安济桥（清）王基宏 //153

46. 宿大石桥（清）戴亨 //154

47. 赵州桥（古桥仙迹）（清）饶梦铭 //156

48. 重过赵州桥（清）牛焴 //157

49. 除夕（清）黄景仁 //158

50. 石桥望月（清）于云升 //159

51. 石桥晚归（清）郭绥之 //160

52. 安济桥（清）张光昌 //161

53. 小憩即景（清末民初）李大防 //162

54. 游安济桥（现代）周汝昌 //163

55. 安济桥（现代）罗哲文 //164

二、水生桥畔景·································· 166

1. 永通桥（宋）杜德源 //166

2. 农里叹（元）王恽 //168

3. 汶川环翠（明）陆健 //169

4. 西郊水利（明）陆健 //170

5. 南畦稻熟（明）陆健 //171

6. 北沼荷香（明）陆健 //172

7. 洨河工竣纪事（清）桂超万 //174

第三章 平常心系赵州寺

一、寻踪柏林寺·································· 179

1. 柏林寺南望（唐）郎士元 //179

2. 守岁（唐）戴叔伦 //180

3. 赵州关（唐）纸衣和尚 //181

4. 和黄山谷游云居作（宋）苏轼 //183

5. 赵州婆子勘破话（宋）释子淳 //184

6. 颂（宋）刘子羽 //187

7. 鹧鸪天·游永安院（宋）江溥 //188

8. 柏林院（宋）范成大 //189

9. 柏林寺（明）蔡瑗 //190

10. 咏柏林寺（明）蔡瑗 //191

11. 柏林寺送周尹西归（明）蔡瑗 //193

12. 柏林寺（明）王世贞 //194

13. 赵州关（明）起高 //195

14. 柏林寺（明）太景子 //196

15. 赵州柏林寺（明末清初）凌义渠 //197

16. 柏林寺（清）王允祯 //198

17. 柏林寺（清）王汝骦 //200

18. 柏林寺（清）张士俊 //201

19. 柏林寺（清）王汝翼 //202

20. 柏林寺拈香（清）爱新觉罗·弘历 //203

21. 柏林禅寺（清）爱新觉罗·弘历 //204

22. 憩柏林禅寺（清）爱新觉罗·弘历 //209

23. 柏林寺（清）爱新觉罗·弘历 //211

24. 漾文榭（清）爱新觉罗·弘历 //213

25. 再题吴道子文武水（清）爱新觉罗·弘历 //213

26. 开善寺（清）爱新觉罗·弘历 //215

27. 柏林寺（清）饶梦铭 //216

28. 偕芍坡绣游赵州柏林寺（清）王汝璧 //217

29. 柏林禅寺（清末民初）李大防 //219

30. 柏林寺壁画水（明）释达观 //222

31. 柏林寺壁画水（明）象衡道人 //223

32. 题柏林寺壁间吴道子画水（明）李言恭 //227

33. 柏林寺壁画水（明）翟汝乾 //228

34. 柏林寺壁画水（明）陈奎 //229
35. 题赵州柏林寺古壁画水（明）韩日缵 //231
36. 柏林寺画水（明）王世贞 //232
37. 柏林寺壁画水（明）蔡懋昭 //234
38. 寺中观吴道子画水（明）凌义渠 //235
39. 柏林寺壁画水（明）王鉴 //237
40. 题柏林寺水（明末清初）王铎 //237
41. 柏林寺壁画水（明末清初）李京 //239
42. 柏林寺观吴道子水（明末清初）梁清标 //240
43. 柏林寺壁画水（清）胡以泓 //241
44. 柏林寺壁画水（清）王登联 //243
45. 柏林寺壁画水（清）王懿 //244
46. 柏林寺殿壁吴道子画水（清）纪迈宜 //246
47. 柏林寺画壁（清）张鹏翀 //248
48. 吴道子画水（文武圣水）（清）饶梦铭 //250
49. 柏林寺画水（清）沈云尊 //251
50. 过柏林寺观吴道子壁间画水作长歌志之（清）陶元藻 //253
51. 题赵州王节妇画水（清）施山 //255
52. 东寺钟声（明）陆健 //258
53. 真际禅师塔（清）张士俊 //259
54. 真际塔（寺塔禅风）（清）饶梦铭 //260
55. 哭赵州和尚之一（唐）王镕 //261
56. 哭赵州和尚之二（唐）王镕 //262
57. 天下赵州（唐）王镕 //264
58. 颂赵州（宋）张商英 //266
59. 维摩诘画赞（宋）黄庭坚 //267
60. 颂古（宋）释胜 //268
61. 仲行再示新句（宋）范成大 //269
62. 次韵范参政抒怀（宋）陆游 //270
63. 真际禅师（清）饶梦铭 //271
64. 赵州柏树颂（元）耶律楚材 //272
65. 归云颂（元）陈时可 //273

66. 柏林寺观李晋王画像歌（清）黄叔琳 //275

67. 答叔子（现代）钱锺书 //277

二、探幽往昔寺·· 279

    1. 归途望西林寺塔（明）张弼 //279

    2. 铁佛寺偶成（明）林光 //280

    3. 铁佛寺（明）林光 //281

    4. 宿大乘寺（明）林光 //282

    5. 万寿寺（清）爱新觉罗·弘历 //283

    6. 氐州第一·金山寺（清）周之琦 //285

    7. 赵州南金山寺小憩（清）潘奕隽 //286

第四章 一语氤氲赵州茶

1. 平常心（宋）慧南 //289

2. 赵州吃茶颂（宋）释义青 //291

3. 偈倾（宋）释智朋 //291

4. 颂古（宋）智深禅师 //292

5. 茶汤会求颂（宋）释崇岳 //293

6. 赵州茶（宋）慧开 //294

7. 碧涧同饮丽景楼分韵得花字（宋）顾逢 //295

8. 茶（宋）潘牥 //296

9. 又次铦朴翁韵（宋）陈造 //297

10. 送圭玉冈（元）王冕 //298

11. 赵州茶（元末明初）戴良 //299

12. 题真上人竹茶炉（明）王绂 //300

13. 赵州茶（清）太景子 //301

第五章 千年逢春赵州花

一、梨花清音徐 ··· 303

 1. 梨花（南朝齐）王融 //303

 2. 池上梨花（南朝齐）刘绘 //304

 3. 梨花（唐）李白 //305

 4. 送杨子（唐）李白 //306

 5. 春怨（唐）刘方平 //307

 6. 鸳鸯（唐）杜牧 //308

 7. 梨花诗（唐）侯穆 //308

 8. 嘲三月十八日雪（唐）温庭筠 //309

 9. 菩萨蛮·梨花（后蜀）毛熙震 //310

 10. 破阵子·春景（宋）晏殊 //312

 11. 无题（宋）晏殊 //313

 12. 东栏梨花（宋）苏轼 //314

 13. 梨花（宋）汪洙 //315

 14. 眼儿媚·杨柳丝丝弄轻柔（宋）王雱 //316

 15. 南歌子·槐绿低窗暗（宋）黄庭坚 //317

 16. 阮郎归·潇湘门外水平铺（宋）秦观 //318

 17. 水龙吟·梨花（宋）周邦彦 //319

 18. 怨王孙·春暮（宋）李清照 //322

 19. 同蒋德施诸人赏简园梨花（宋）胡寅 //323

 20. 梨花（宋）陆游 //325

 21. 梨花（金）雷渊 //326

 22. 玉楼春·劝春风（宋）辛弃疾 //327

 23. 虞美人·东风荡飏轻云缕（宋）陈亮 //328

 24. 忆王孙·春词（宋）李重元 //329

 25. 无俗念·梨花词（金）丘处机 //330

 26. 梨花（宋）释居简 //332

 27. 清明即事（宋）吴惟信 //332

28. 临江仙·梨花（金）刘秉忠 //333

29. 点绛唇·梨花（金）刘秉忠 //335

30. 虞美人·槐阴别院（金末元初）元好问 //335

31. 梨花（金）元好问 //336

32. 梨花（金）萧贡 //338

33. 解蹀躞·醉云又兼醒雨（宋）吴文英 //339

34. 点绛唇·访牟存叟南漪钓隐（宋）周晋 //341

35. 浣溪沙·梨花（宋）周密 //342

36. 阮郎归·梨花（宋）赵文 //343

37. 粉蝶（宋）何应龙 //344

38. 梨花（金）张建 //344

39. 梨花（宋）汪炎昶 //345

40. 清江引·春思（元）张可久 //346

41. 一剪梅·梨花（明）唐寅 //347

42. 梨花（明）吴承恩 //348

43. 梨花（明）徐渭 //349

44. 月照梨花（明）高濂 //350

45. 梨花（明）杨基 //351

46. 昭君怨·梨花（清）纳兰性德 //353

47. 采桑子·当时错（清）纳兰性德 //354

48. 武陵春·咏梨花（清）吴灏 //355

二、群芳风韵存 ······ 356

1. 莲花（唐）从谂 //356

2. 咏牡丹（唐）李益 //357

3. 雨中赵州社观牡丹（清）汪中 //358

4. 咏赵州木棉（清末民初）李大防 //359

第六章 琼浆味饶赵州梨

1. 奉梨诗（南北朝）庾信 //361
2. 梨（唐）李峤 //362
3. 冬郊行望（唐）王勃 //363
4. 九日登高（唐）王昌龄 //364
5. 赐梨李泌与诸王联句（唐）李亨 //365
6. 百忧集行（唐）杜甫 //366
7. 怀伊川赋（唐）李吉甫 //367
8. 梨（宋）丁谓 //368
9. 梨（宋）刘筠 //369
10. 王道损赠冰蜜梨四颗（宋）梅尧臣 //370
11. 玉汝赠永与冰蜜梨十颗（宋）梅尧臣 //371
12. 食梨（宋）曾巩 //372
13. 韩及甫惠陕梨走笔书句谢之（宋）强至 //373
14. 曹村道中（宋）黄庭坚 //374
15. 梨（宋）李复 //375
16. 压沙观梨（宋）晁补之 //377
17. 赠雪梨寄二孙（宋）苏简 //379
18. 梨（宋）程敦厚 //380
19. 雪梨（宋）曹勋 //381
20. 梨（宋）刘子翚 //382
21. 三藏梨（宋代）李石 //383
22. 食梨（宋）朱熹 //385
23. 雪梨（宋）许及之 //386
24. 丑梨（宋）陆垹 //387
25. 尝北梨（宋）葛天民 //388
26. 分梨词送客（明）张弼 //389
27. 食梨戏作（明）杨廉 //390
28. 二月二十一日清明如樵展扫（明）霍与瑕 //392
29. 摘得红梨叶诗（明末清初）傅山 //393
30. 真定（赵州）梨赋并序（明末清初）李渔 //393

第七章 烟雨依稀赵州迹

一、云台望汉情 ··· 401

    1. 望汉台铭（宋）鲁伯能 //401

    2. 耿纯（宋）徐钧 //403

    3. 云台（宋）汪元量 //404

    4. 望台（元）陈孚 //405

    5. 望汉台（元）陈孚 //406

    6. 登台（明）王廷相 //407

    7. 望汉云台（明）陆健 //408

    8. 望汉台（清）祝万祉 //409

    9. 望汉台（清）王懿 //410

    10. 望汉台（云台望汉）（清）饶梦铭 //411

    11. 望汉台（清）王基宏 //412

二、石塔书云天 ··· 413

    1. 石塔（明）钟芳 //413

    2. 勒经石塔（明）陆健 //414

    3. 文笔赞（石塔）（明）高林 //416

三、平棘山翠远 ··· 417

    1. 平棘舒青（明）陆健 //417

    2. 平棘山（清）祝万祉 //418

    3. 平棘山（清）王懿 //419

    4. 平棘山（清）王悃 //420

    5. 平棘山（清）张光昌 //422

    6. 平棘山（平棘夕照）（清）饶梦铭 //423

    7. 登平棘山（清）佚名 //424

四、冯唐心无住 ················· 425

1. 冯唐宅之一（清）洪琮 //426
2. 冯唐宅之二（清）洪琮 //426
3. 冯唐宅（冯唐旧宅）（清）饶梦铭 //427
4. 冯唐墓（清）宋琬 //428

五、左车丘式微 ················· 429

1. 左车墓（清）王汝弼 //430
2. 左车墓（清）王汝翼 //431
3. 左车墓（左车谜冢）（清）饶梦铭 //433
4. 左车墓（清）王允祯 //434
5. 广武君墓（清）赵锦堂 //435

六、廉颇墓封高 ················· 437

1. 廉颇墓（清）瞿廉 //437
2. 吊廉颇墓（清）祝万祉 //438
3. 廉颇墓（奇冢封廉）（清）饶梦铭 //439
4. 廉颇墓（清）张光昌 //440

七、名迹拾遗悠 ················· 442

1. 双庙龙泉（明）陆健 //442
2. 春祈社稷坛（清）爱新觉罗·弘历 //443
3. 虞永兴大字碑（攀龙附凤）（清）饶梦铭 //444
4. 空明石（清）饶梦铭 //445
5. 北魏李宪碑（清末民初）李大防 //446

主要参考书目 ····················· 451
后　　记 ························· 453

前　言

　　水土涵养灵气，人文孕育情怀。党的二十大报告指出："中国共产党人深刻认识到，只有把马克思主义基本原理同中国具体实际相结合、同中华优秀传统文化相结合，坚持运用辩证唯物主义和历史唯物主义，才能正确回答时代和实践提出的重大问题，才能始终保持马克思主义的蓬勃生机和旺盛活力。"赵县作为全国首批"千年古县"、河北省历史文化名城，其厚重的历史长卷从三皇五帝时就已慢慢铺展开来，其悠久的文化从殷商时代便有文字记述。千百年来，赵州以其大气容纳八荒，以其大仁膏泽古今，以其大智启人觉悟，以其大勇守望故土，执着延续着自身的历史血脉和文化基因，形成了涵育一方民众的独特历史文化。赵县现有历史文化街区3个，历史建筑60处；国保文物6处、省保文物6处、县保文物48处，不可移动文物217处，馆藏文物843件；非物质文化遗产70项。达观天下，阅历赵州。这些文物遗迹，连同人类肇始的"伏羲文化""龙文化"，博大精深的"桥文化"、历久弥新的"茶文化"、享誉中外的"梨文化"、一脉相承的"郡望文化"、独具特色的"民俗文化"共同联结成源远流长、底蕴深厚、影响深远的赵州文化，无不彰显着赵州历史文化的厚重，处处呈现着赵州先民的卓越才智。

　　文化点亮自信，诗词守望精神。习近平总书记指出："古诗文经典已融入中华民族的血脉，成了我们的基因。"阅历赵州风物，历代文人雅士创作的诗词歌赋，留存下关于赵州人文、风景、民俗等方面的大量文化印记，印证着赵州历史文化和文明发展的清晰脉络。赵州历史文化，不仅是这个地域人文精神和智慧的结晶，更是一代代赵州人坚定的文化自信和精神信仰。作为赵州历史的守护者和赵州未来的开拓者，我们有赓续优秀传统文化的责任和义务，有传承赵州精神的使命和担当，深挖、整理和继承前人留下的这些宝贵遗产，弘扬民族文化的精粹，丰富历史文化之宝库，坚定文化自信，励人奋发图强，泽被今世与后人。基于此，《跟着古诗游赵州》一书应运而生，通过 334 首诗词展示与赵州相关的人文历史剪影，沿着时间纹路静心感受历史脉络、家国情怀、文物张力，孜孜品读赵州城的风雨斑驳、砥砺坚守，赵州桥的创新沟通、开放包容，赵州水的灵动清纯、梦幻神韵，赵州茶的正清和雅、自然从容，赵州花的玉质冰洁、素淡清芳，赵州梨的润泽济世、丰姿卓绝，赵州迹的古风老道、沧桑余痕。书香翻动之处，无一不展示出一种独有且充实的赵州精神特质，激励后人更好地领悟地域文明内涵、传承地域文化基因。

新时代赋予新使命，新征程展现新作为。值此万物复苏之际，"蛰启春龙势欲飞"，赵州上下认真学习贯彻习近平新时代中国特色社会主义思想和党的二十大精神，以更加奋发有为的精神状态奋进赵州发展新征程，奋力谱写建设国家历史文化名城、现代美丽赵州崭新篇章。得天独厚的历史文化资源、广阔丰饶的自然地理环境、开放包容的文明生态环境，以及广大干部群众的智慧和力量，都是赵州跨越式发展、高质量发展的优势所在和自信之源。如何乘势而为，在中国式现代化进程中展示赵州场景，着力打造集聚发展、一主多辅、优势彰显的现代产业强县，打造产城融合、绿色生态、宜居宜业宜游的高品质美丽县城，打造绿色发展、天蓝地绿水秀、人与自然和谐共生的生态赵州，打造安居乐业、惬意舒适、幸福美好的乐享赵州，需要全县人民进一步解放思想、奋发进取，激情开放、勇于担当，在狠抓落实中凝聚"一张蓝图绘到底"的坚定信心和决心，这也是 60 万赵州人踔厉奋发共同谱写的壮美诗篇，相信赵州的明天将更加灿烂、更加辉煌!

中共赵县县委书记　王志军
赵县人民政府县长　黄晓勇
2024 年 3 月

通过赵州诗词了解中国诗史

——读姚宏志《跟着古诗游赵州》

李世琦

2022年10月中旬，在《情寄滹沱巡回展》第三站——正定县图书馆开幕式前夕，接到宏志的电话，他的《跟着古诗游赵州》已经完稿，希望我看看书稿，写个序。他编撰《跟着古诗游赵州》的设想，几年前曾和我商量过，思路与《情寄滹沱——李世琦诗书石门书札展》是一致的，区别在该书的范围在赵州，《情寄滹沱》则涵盖整个石家庄市。

经过四年多工作之余的辛勤劳动，宏志完成了沉甸甸的书稿。该书以内容分为铜帮铁底赵州城、巧夺天工赵州桥、平常心系赵州寺、一语氤氲赵州茶、千年逢春赵州花、琼浆味绕赵州梨、烟雨依稀赵州迹七章，文字考究，诗情画意，看一眼就能激发读者的阅读欲望。

细读一过，收获多多。下列几点，给我留下了深刻的印象，愿意分享给读者诸君。

首先，赵州诗词就是一部微缩版的中国诗歌史。说起来，笔者算是对河北文史比较熟悉的人，读了《跟着古诗游赵州》，才知道自己对赵州的了解太有限了。宏志经过抉剔爬梳，搜集了这么多诗词巨擘的作品，包括了诗、词、歌、赋、铭等体裁，诸如先秦的无名氏，南朝的刘绘，唐代的王勃、王昌龄、温庭筠、崔恂、李峤、李吉甫、杜牧、李白、杜甫、戴叔伦、韦应物、李翱、李贺、李商隐，宋代的梅尧臣、曾巩、张耒、晁补之、朱熹、李清照、王安石、苏轼、黄庭坚、贺铸、陆游、杨万里、范成大，金代的元好问，元代的张可久、郝经、王冕、王恽、耶律楚材，明代的王世贞、徐渭、吴承恩、唐寅，清代的梁清标、王铎、纳兰性德、宋琬、李渔、王夫之，现代的钱锺书、周汝昌、罗哲文等等。除此之外，更有一些特殊历史人物的作品，如唐代的禅宗大师从谂、纸衣和尚，宋代的名僧慧南、义青，金代的长春真人丘处机，明代的大奸臣严嵩，清代的乾隆皇帝弘历，他们特殊的身份，使他们的作品更显珍贵，读者读来更增兴趣。乾隆歌咏柏林寺的诗多达8首，他对柏林寺情有独钟，这是学者与读者都难以相见的。

其次，赵州的古代文化积淀堪称深厚。外地人一般只知道赵州桥，本省人还知道柏林寺，除此之外，所知寥寥。读了该书，我们会大喜过望，满载而归。赵州之名始于北齐天保二年（551），最多时管辖周边11县地域。赵州陀罗尼经幢，俗称"赵州石塔"，修建于宋初，"是建筑艺术和石雕艺术完美结合的杰作"，被誉为"华夏第一塔"，是第一批全国重点文物保护单位。从谂大师，晚唐名僧，驻锡柏林禅寺长达四十年，卒谥真际禅师，世称"赵州古佛""赵州和尚"，在佛教史上占有重要地位，在日本、韩国都有重大影响。很有意思的是赵州关不在赵州，而在千里之外的江西云居山。何故如此，请读者阅读本书。古语说"人杰地灵"，李春、从谂、赵州桥、柏林寺等，赵州在两方面都源远流长，不可小觑。

再次，广泛地搜罗、考究文字。我与宏志相识多年，知道他是一位学者型领导干部。他做过中学语文老师，因工作成绩突出选调为领导干部，长期任县文化局领导。他生于斯，长于斯，对家乡爱之弥深，溢于言表。他是个有心人，经过近4年的劳作，集腋成裘，辑成作品334首，洋洋大观，美不胜收。他有比较深厚的文字功底，全书的文字从开篇到后记，可以看出他灌注全书的深情厚谊。他没有像有的作者那样平铺直叙，照本宣科，而是字斟句酌，精雕细刻。给我印象最深的是书中的释文，几乎每首都接近散文诗。在我的记忆中，古诗的释文如此精彩，似乎是首次遇到。我们来欣赏一下从谂《莲花》："奇根异苗带雪鲜，不知何代别西天。淤泥深浅人不识，出水方知是白莲。"其"释文"为："秋来水肤浅／根白清净有奇缘／西天作别久／不知何时来此间／不识潜心有丝连／亭亭出水有白莲。"凝练而上口，可以独立于原作阅读，可见他的技巧之高，积累有年。

  最后，本书不可能完美无缺，关于桥、梨、梨花的作品，或有精挑细选的余地，毕竟它们与赵州的联系不是那样直接。当然，白圭之玷，瑕不掩瑜。

  作为朋友，我向宏志表示祝贺，希望本书早日与读者见面！

2022 年 11 月 7 日

于石门静远斋

序

姚晨辉

2022年春节，我接到好友宏志的电话，在互致祝福之后，他说刚完成一本书的写作，让我从一名编辑的角度帮忙提提意见。很快，我就收到了宏志这本《跟着古诗游赵州》的初稿。

宏志和我是同乡，在我小时候，我们两家住在同一条胡同，还是斜对面的邻居。宏志的父亲是一名退伍军人，见多识广，也是20世纪80年代我们村里最早经商办厂的先行者之一。宏志的父亲很重视对孩子的教育，家里有丰富的藏书。在当时没有网络和电视的信息荒漠时代，这些书对我具有难以抵御的诱惑力。因此，我几乎一有空就泡在宏志家，埋头苦读，常常忘记了时间的流逝，每次都要母亲喊我回家吃饭才肯放下书本。

那时，宏志已经去外地读中学了，我基本上只有在周末才能碰到他。他给我的印象就是性格淡然沉稳，喜爱文学，谈吐优雅，书卷味十足，我觉得最适合他的职业就是教师或作家。后来，宏志考上了省会一所师范院校的中文系，更加深了我的这一判断的确定度。

在我外出求学并工作后，回家乡的次数也越来越少，有十多年没有见过宏志。只是听家里人说他毕业后做了一名教师，但很快弃文从政，到附近的一个镇担任领导。最初听到这个消息我还有些诧异，印象中作为文弱书生的他最适合的就是教书育人或进行文学创作了，怎么会从政了呢？事实证明我的想法有些偏颇，之后几年，从父母的口中得知，宏志的工作颇为出色，并升迁至县宣传部任职。

等我再次见到宏志时，他已经是县文旅局的书记，主抓全县的文化旅游工作。

我们一起游览了赵州桥和柏林寺，他对两处景点的历史文化典故如数家珍。从他的侃侃而谈中，我能感受到他对家乡文化发自肺腑的自豪之情。之后，我也经常在他的朋友圈中，看到他用一篇篇辞藻华美、饱含深情的文章或诗歌，赞颂着家乡的美好。

我的老家是河北赵县东部梨区的一个小乡村，家家户户都种植雪花梨。因为土壤偏沙质，气候四季分明，十分适合雪花梨的生长，所以成就了赵县雪花梨"大如拳，甜如蜜，脆如菱"的美名。

除了雪花梨，赵县最为人熟知的名片是赵州桥。在外出求学和工作，向朋友介绍自己的籍贯时，有时候对方会一脸茫然。这时我就会补充一句话：我们那里有个赵州桥。对方往往就恍然大悟说：知道知道。由此可见，赵州桥的名气还在赵县之上。

虽然是一名土生土长的赵县人，但我对家乡历史和文化的了解可谓浅薄。其实，赵县的历史源远流长，考古研究表明，六千年前的新石器时代，就有先民在赵县地区定居生活，见于史书记载的历史也有两千五百多年。《跟着古诗游赵州》一书搜集了与赵县（古称"赵州"）相关的诗词334首。这些诗词上自前秦，下至现代，共分七个部分，分别按赵州城、赵州桥、赵州寺、赵州茶、赵州花、赵州梨、赵州迹等主题进行了归纳整理。该书从时间跨度长达两千多年的历史画卷中，向我们展示了曾作为"河朔咽喉""京畿屏障"的赵州的文化古韵。

翻阅这一首首诗词，仿佛泛舟于历史长河，重回"多慷慨悲歌之士"的燕赵古地，遍览历尽繁华的赵州古城，巧夺天工的赵州桥，因赵州和尚而名噪天下的柏林寺、赵州茶，号称人间之雪的梨花，甘如蜜的雪花梨，以及众多的文物古迹。

为便于读者更好地阅读，本书介绍了每首诗词作者的基本信息及写作背景，还给出了诗词的通俗译文，让读者在领略赵州风采的同时，还能进行一次开卷有益的古诗词学习。

更为难能可贵的是，宏志对书中近百首诗词的解释不是简单地照搬现成的翻译，而是进行了深度理解之后的再创作。经由他的生花妙笔，这些诗词也化为一首首优美的现代诗或散文，如《东城高且长》中"东城高且长，逶迤自相属。

回风动地起，秋草萋已绿"的释文："东城高又长，绵延四门遥相期，秋草经年又染碧，春风起浩荡。"又如《鹧鸪天·宿赵州之一》中"宿酒消来睡思清，梦中身世可怜生"的释文："夜里秋风归无计，消散了离人，醉倒了酒气，欲睡似睡，离愁伴清醒，思量往事不得已，身世挥不去，故土又在哪里。"

通过这一篇篇美文，宏志将其对家乡的深厚感情，以细腻的笔触呈现在大家面前。在诵读诗作的过程中，宏志的形象逐渐与我的记忆重合。是的，他还是我印象中那个儒雅风流、挥斥方遒的才子。

作为一名漂泊在外的赵县游子，《跟着古诗游赵州》一书让我重新认识了我熟悉又陌生的故乡。也愿每位赵县人以及想了解赵县的人，通过一页页阅动的历史文化心灵之旅，更深刻地了解赵州。

2022 年 12 月 2 日于上海

第一章 铜帮铁底赵州城

赵县古称"赵州",历史悠久,人文荟萃,与古老的中华文明相伴相生。距今六千年左右的贾吕古村落遗址见证了新石器时代先祖的生活。距今五千年左右的范庄龙牌会勾龙祭典、双庙伏羲女娲祭典活化了史前人文。距今近四千年的殷商遗址遍布于赵州。距今近三千年的春秋时期有棘蒲、宋子并存。在汉代时有平棘、宋子、封斯、平台、敬武同在,汉末建安十七年(212)改赵国为赵郡。南北朝时北齐天保二年(551)始称"赵州",历1470余年,最多时管辖周边11县(平棘、高邑、赞皇、元氏、瘿遥、栾城、大陆、柏乡、房子、藁城、鼓城)。虽历尽繁华而不骄,数次变迁而不宠。经过赵州城,如翻动历史书签,文脉就在行走的眼神里流动。住宿赵州城,如憩息于古老的画卷,文物就在时间的线条里浮出。

一、古赵根脉深

赵州,史称"河朔咽喉""京畿屏障",源远流长的古赵州历史孕育了情深义重的人文沃土,水陆通畅、市井繁华造就了快意人生的文化诗篇。

1.东城高且长

(魏晋)无名氏

东城高且长,逶迤(wēi yí)自相属。

回风动地起,秋草萋已绿。

四时更变化,岁暮一何速!

晨风怀苦心，蟋蟀伤局促。

荡涤放情志，何为自结束！

燕赵多佳人，美者颜如玉。

被服罗裳衣，当户理清曲。

音响一何悲！弦急知柱促。

驰情整中带，沉吟聊踯躅。

思为双飞燕，衔泥巢君屋。

◎ 微注

　　无名氏，魏晋人。该诗选自南朝梁武帝昭明太子萧统编写的《文选》，为《古诗十九首》之一。据《赵州志》记载："州城，土筑，建制莫考。基博二丈五尺，垣三丈二尺，周环十三里有奇，炮台六十有二，女墙崇五尺，加堞二千八百八十有一。"梁启超在《中国地理大势论》中说："燕赵多慷慨悲歌之士，吴楚多放诞纤丽之文，自古然矣！"古赵州在战国时地处燕南赵北，历来为兵家必争之地，但借此诗隐隐以显慷慨悲歌之曼妙轻舞。逶迤：曲折绵延。属（zhǔ）：连接。回风：空旷地方自下而上吹起的旋风。晨风：鸟名，鹯（zhān）鸟。喻时光倏忽而过。《秦风·晨风》："䳨（yù）彼晨风，郁彼北林。"蟋蟀：昆虫，喻人生短暂易老。《诗经·唐风·蟋蟀》中有"蟋蟀在堂，岁聿其莫。今我不乐，日月其除"之句。荡涤：指扫除一切忧虑。自结束：思想上约束自己。如玉：形容肤色洁白。中带：内衣的带子。踯躅：徘徊不前。

◎ 浅译

　　东城高又长

　　绵延四门遥相期

　　秋草萋萋曾染碧

　　风云起浩荡

　　四季更替

　　岁岁光阴急

　　晨风依枝餐风苦

蟋蟀扶草啼音弃

叹惜思来日

情志专一天未老

生死有命理

燕南赵北之所

佳人如云栖

美女粉妆玉又砌

一身绫罗衣

弄曲素手

音色幽咽为谁迷

弦柱急促求知音

身心瘦又疲

相思半理衣襟

徘徊沉吟小径里

恍若燕子

翩翩飞来去

衔得爱泥

痴情搭起新巢

与君同居旧时地

2. 浩 歌

（唐）李贺

南风吹山作平地，帝遣天吴移海水。

王母桃花千遍红，彭祖巫咸几回死？

青毛骢马参差钱，娇春杨柳含细烟。

筝人劝我金屈卮（zhī），神血未凝身问谁？

不须浪饮丁都护，世上英雄本无主。

买丝绣作平原君，有酒惟浇赵州土。

漏催水咽玉蟾蜍，卫娘发薄不胜梳。

羞见秋眉换新绿，二十男儿那刺促？

◎ 微注

李贺（790—816），字长吉，世称"李昌谷"，为与赵郡李氏同宗的陇西李氏一脉后裔，湖北宜昌人。浩歌：出自屈原《九歌》"望美人兮未来，临风恍兮浩歌"。天吴：水神。《山海经·海外东经》语"朝阳之谷，神曰天吴，是为水伯"。王母：西王母。西晋张华《博物志》：瑶池有桃树，"此桃三千年一生实"。彭祖：颛顼的玄孙，尧封他在彭地。葛洪《神仙传》："彭祖者，姓篯名铿，帝颛顼之玄孙，至殷末世，年七百六十岁。"巫咸：又名巫戊，商王太戊的大臣，擅长占卜。《尚书》："太戊臣有巫咸、巫贤。"青毛骢：名马，毛色清白夹杂、像铜钱一样连着的马。含细烟：形容杨柳嫩黄。筝人：弹筝的女子。金屈卮：有把的酒杯。丁都护：刘宋高祖时勇士丁旿。乐府歌有《丁都护》之曲。平原君：战国四君子之一平原君赵胜。擅养士，门下有食客数千。赵州：此处赵州应为赵国之地。玉蟾蜍：滴漏上玉雕的蟾蜍。代指古代计时用的滴漏。卫娘：汉武帝皇后卫子夫，卫青的姐姐。秋眉：稀疏变黄的眉毛。刺促：忙碌急迫的烦恼。李贺的诗，激情壮志常在字里行间奔涌。"少年心事当拿云"的壮志引出"雄鸡一声天下白"的豪迈；"天若有情天亦老"的放声道开"男儿屈穷心不穷"的心扉；"黑云压城城欲摧"的压抑激发"男儿何不带吴钩"的理想；"晓月当帘挂玉弓"的凄清掩不住"嫁与春风不用媒"的冷落。一句"有酒惟浇赵州土"，让赵州承载了赵国的地域与时空，更显其历史之厚重。

◎ 浅译

我想知道，远古时候，南海吹来的狂风是怎么把高山餐云般卷进大海，让这里变成平原大地。

我想知晓，天帝如何心系苍生，专门派遣八首八面、八足八尾的青黄水神天吴，如饕餮般吸干了流存的海水，演化成烟火城邑。

岁月不居，王母蟠桃园里三千年才开一次的桃花已红过上千季。

时节如流，颛顼玄孙中长寿的彭祖篯铿、商王太戊的占卜大臣巫戊已活过好几个归期。

那心爱的青骢马呀，在奔跑时身上错落的花纹美如连钱合璧。

那春天里娇嫩的杨柳呀，轻衔如绢的缕缕云烟，妙曼的人间生活多安逸。

那弹筝的美人呀，时不时端起金杯劝我喝下美酒不醉不休憩。

年少青春的我呀，醉问前程在何方？错把归途当前途，误装清醒又迷离？

请不要再劝我，劝我犹如丁昈丁都护那样用宿酒来麻醉万丈豪情，世上有多少英雄寻觅不到赏识的明主而志不得意！

我还是不是让人买来丝线，一针针绣出平原君的知人善任膜拜在地？

我还是不是把一杯杯美酒浇祭在赵州故土略慰知音难觅？

我还是不是看玉蟾里滴漏的光阴哽咽着流逝了梦想佳期？

我还是不是惜卫子夫的白发早已疏尽了卫青、霍去病的风云无敌？

真不忍再看见自己老气横秋眉如雪，但期画眉新绿，又逢春雨布生机！

作为二十岁血气方刚的壮志男儿，我又怎能让烦恼萦绕心头，一事无成把志向抛弃？

3. 中原民谣·过沃州

（宋）周麟之

过沃州，停车听我遗民讴（ōu）。

兹为名邦古赵地，皇家得姓基鸿休。

自胡杂居民在鼎，民心不改千年并。

一日天开神火流，祥光塞空吐金景。

胡人惊呼上畔知，曰此异兆谁当之。

天其有意福赵氏，于斯效瑞腾炎辉。

是岁更名州作沃，自谓火炎瑞可扑。

不知字谶（chèn）愈分明，天水灼然真吉卜。

君看石桥十尺横，上有蹄迹青骡行。

当年胜概压天下，岂忍岁久蒙毡腥。

我有箪（dān）壶办浆馈，未审王师何日至。

此身终作沃州民，赵氏帝王千万祀。

◎ 微注

周麟之(1117—1163)，字茂振，江苏泰州海陵人。南宋高宗绍兴十五年(1145)进士，历任常州武进尉、太学录兼秘书省校勘、中书舍人、徽州通判、翰林学士兼试读、吏部尚书、同知枢密院事，曾出使金国而不辱使命。著有《海陵集》。沃州：金天德元年（1149）改赵州为沃州，暗喻以水沃火。金正大二年（1225）元将史天泽占沃州，复更名赵州，属河北真定路。讴：歌唱。基鸿：宏大的基业。鼎：古代烹煮食物的器具。借指百姓生活在水深火热之中。神火：指灵火。金景：金色的光芒。上畔：上天。一说为朝廷。福：福泽。效瑞：显示祥瑞。炎辉：炽热的光辉。字谶：迷信认为将要应验的预兆、预言。天水：天河之水。灼然：明显貌。蹄迹：蹄子踩踏留下的印迹。胜概：美景。箪壶：老百姓用箪盛饭、用壶盛汤来欢迎自己拥戴的军队。诗人借民谣抒发深沉的爱国之情、迫切的复国之梦。

◎ 浅译

世事沧桑

物是人非古赵州

再踏进

名已旧

停车四顾心茫然

先朝遗民愁

牢骚望天白云悠

本为千年赵

国姓至此暂休

民声鼎沸杂居地

金人嘲笑留

初心不改赵宋

地井亦期救

一日随天意

空中神火

穿云使奔流

祥瑞之气盛

龙吐金光景色秀

道是童叟无欺

金人惊恐

疑是上天惩恶幽

曰此异兆谁能解

天佐赵宋民福就

此处呈瑞

光辉腾耀万丈昼

赵州自始更沃

寄希沃水扑火由

哪知一语成谶

银河天水奔涌多

日月星辰灼灼流

吉象昭昭

乾坤朗朗晴烁求

赵州石桥

仙迹了然青骡留

天上遥听人声骤

凭栏忆当年

一方胜境世人羡

而今羊马争踏

蒙耻毡腥走

箪食壶浆待迎就

王师中原盼北定

铁马冰河思老幼

沃州民焦

香火灯影听南音

躬身太平祈佑

4. 鹧鸪天·宿赵州之一

（金末元初）元好问

宿酒消来睡思清，梦中身世可怜生。

绿衿（jīn）红烛樱桃宴，画角黄云细柳营。

秋历（晓），月胧明。步檐倚杖候晨星。

无穷宇宙无穷事，一笑山城打六更。

◎ 微注

元好问（1190—1257），字裕之，号遗山，世称"遗山先生"，山西太原秀容（忻州）人。金宣宗兴定五年（1221）进士及第，正大元年（1224）又以鸿词科登第，曾任金朝国史院编修、知制诰。金末元初时著名文学家、历史学家，被称为"北方文雄、一代词宗"，著有《续夷坚志》《元遗山先生全集》《中州集》等。他逗留赵州期间还写下《西林寺塔铭文》《元重修宣圣庙州学记碑》等铭文。鹧鸪（zhè gū）天：词牌名，又名《思佳客》《醉梅花》《剪朝霞》《骊歌一迭》等。也作曲牌名，为北曲小令。宿酒：酒醉隔天仍未清醒。唐白居易在《早春即事》一诗中有"眼中朝眠足，头轻宿酒醒"之句。绿衿：又称"青衿"，古时读书人常穿的一种衣服。樱桃宴：古时新科进士及第会聚之称谓。始于唐僖宗时。《太平广记》记载，"唐时新进士犹重樱桃宴"。细柳营：据《史记·绛侯世家》记载，汉文帝时，周亚夫为将军，屯军细柳营。后遂称纪律严明者为"细柳营"。细柳：今咸阳市西南。步檐：屋檐下的走廊。汉陆贾《新语·资质》载："广者无舟车之通，狭者无步檐之蹊。"六更：宫中五更过后，梆鼓交作，始开宫门，俗称"六更"。一般指五点到七点。

◎ 浅译

  夜里秋风归无计
  消散了离人
  醉倒了酒气
  欲睡似睡
  离愁伴清醒
  思量往事不得已
  身世挥不去
  故土又在哪里
  身着青衫
  喜闻进士及第
  春风残无力
  红烛明灭樱桃宴
  留恋多少记忆
  何处画角声声断
  黄云会同细柳营
  尽悉飘去
  秋天早上
  朦胧月色惊未觉
  轻拄杖
  来回走在厅堂
  孤独守候着

启明星光

莫非

无边宇宙

也有无尽烦恼

在云中游荡

六更隐不住

赵州城人来车往

大笑声中

天篷亮

心愈明敞

5.鹧鸪天·宿赵州之二

（金末元初）元好问

绿袖垂肩士女图，艳歌还似转莺雏。
一春杨柳吹绵后，五月榴花照眼初。
明画烛，倒金壶，使君晓凤宴西湖。
老来忘却行云梦，犹要春风醉后扶。

◎ 微注

士女图：又称"仕女图"，作为人物画的一种，原指古代以中上层士大夫和妇女生活为题材的国画，后形成以各阶层美丽聪慧女子为代表的仕女图。最早出现于唐朝朱景玄《唐朝名画录》中。艳歌：乐府古辞的一种，属杂曲歌词，又称古艳诗，以情真言直风趣辛辣著称。唐苻载有《艳歌》诗："月里嫦娥不画眉，只将云雾作罗衣。不知梦逐青鸾去，犹把花枝盖面归。"莺雏：幼小的莺。照眼：耀眼，形容石榴花开时明艳动人。画烛：描绘画饰的蜡烛。金壶：酒壶的美称。晓凤：早晨。诗中描述了诗人过宿赵州时的伤感。

◎ 浅译

午夜

驿馆在墙上宁静

一张仕女画像

与孤寂久久相望

垂肩绿袖

舞不起流光

似曾相识

失落难掩悲伤

窗外树梢

摇曳着冷冷月亮

夜莺婉转着音喉

谁在动听歌唱

杨柳微风

在吹絮老地方

吐不尽白想

五月榴花

绽放迷人红装

胜过旭日放射光芒

遥看美丽烛火

照就迷人面庞

金壶里流出美酒芳香

堪比那一颦一笑里

轻移碎步流声响

赵州太守曾与我

泛舟澄波上

临风设宴话志向

如今老来

醉后常忘却

梦似行云

飘散当寻常

不知春风易醉

扶得万物自飘荡

6. 宿赵州驿之一

（元）陈孚

晋家曲沃旧池台，无数行人去又来。

可惜石桥三百尺，只留驴迹印青苔。

◎ 微注

陈孚（1240—1303），字刚中，号笏斋，浙江临海人，宋末元初诗词大家、学者。据史书记载，陈孚出身诗书之家，"幼清峻颖悟"，家有"万卷楼"，博学多才很有志向，因一篇《大一统赋》向皇帝陈述治国之道，被任命为上蔡书院院长，后为翰林院编修。不久，又任礼部郎中，并与吏部尚书梁曾一起出使安南（越南），"宣布威德、辞直气壮"而不辱使命，官至奉直大夫、台州路总管治中，参贪官、赈饥民、积劳成疾卒于任。史评其"天材过人，性任侠，不羁所为。诗文大抵任意而成，不事雕斫"。著有《天游稿》《观光集》《交州集》。赵州驿馆：位于州衙东侧古驿里街。晋家曲沃：当时晋国都城，棘蒲（赵州）旧时属晋管辖。赵州自古为繁华要冲之地，后又属三家分晋中赵国。这里借晋家曲沃代指赵州城。元朝时，赵州管七县，堪比当年曲沃。这首诗依桥说史，依史喻人，依人说己，耐人寻味。

◎ 浅译

晋家曲沃

消磨尽历史尘埃

南北往来人

谁把记忆承载

百尺石桥千年度

仙迹生绿苔

人间岁月情难老

驴蹄印尚在

7. 宿赵州驿之二

（元）陈孚

揽辔（pèi）栾城又赵州，清霜点入鬓边秋。

何如东院老尊宿，不出山门到白头。

◎ **微注**

揽辔：挽住马缰。代指巡行各地监察吏治。东院：赵州柏林禅院，据元代王翙《赵州古佛堂记》云："（师）后抵赵州之观音院，方驻锡焉，亦名东院，即今之柏林也，盖师尝指柏树子以晓学者。"老尊宿：年老有名望的高僧，此处代指从谂禅师。是时，在圆郎禅师住持下，于元元贞元年（1295），供奉赵州和尚的赵州古佛堂建成。

◎ **浅译**

骑马过栾城

马儿且慢行

时光驻足赵州情

公务恍若隔梦

点点秋霜鬓上盈

久慕赵州禅师名

浅饮茶中影

静燃一盏灯

庭前柏子落悠悠

白头独坐禅床经

8. 送陶元庸

(元末明初)唐肃

有酒浇赵州，无酒酹（lèi）鹦鹉。

不逢平原君，何须识黄祖。

杀姬谢甓士，兹事付尘土。

谁能爱文章，甘受嫚（màn）骂侮。

丈夫气盖世，身为知己许。

苍茫风尘际，因子慨今古。

临歧舞铜剑，霜隼（sǔn）陵平楚。

去矣江国远，相思隔津鼓。

◎ 微注

唐肃（1318—1371），字虔敬，号丹崖，越州山阴（绍兴）人。元至正二十二年（1362）举人，曾任杭州黄冈书院山长，同知制诰、翰林编修。与谢肃并称"会稽二肃"，与高启、王行、徐贲、高逊志、宋克、余尧臣、张宇、吕敏、陈则并称"北郭十友""十才子"。著有《丹崖集》《丹崖画谱》。陶元庸，未查知其人其事。鹦鹉：一种观赏类飞禽，能仿人言。这里指一个典故，东汉末祢衡曾击鼓骂曹而不见容，次转荆州刘表门下撕奏章而迁怒，后投江夏黄祖，在黄射宴宾客时，曾作《鹦鹉赋》以抒其志，成就千古名篇，后因事骂黄祖为"死公"而为黄祖所杀。黄祖：东汉末江夏太守，以射杀孙坚知名。其子黄射为江陵太守，与祢衡交厚。临歧：岔道边。古人送别一般在岔路口分手，往往把临别称临歧。霜隼：深秋的猎鹰。平楚：从高处远望，丛林树梢齐平。后指平野。津鼓：古代渡口设置的信号鼓。

◎ 浅译

豪气仗酒

赵州古风尚有识

平原知己酬

有酒杯中痴

席间话鹦鹉

无酒言尽直到此

赵胜纳贤天下知

英才悄去

嫁恨姬笑讥

嬖（bì）士暗叹一语辞

可怜姬首一

博取众人智

汉时黄祖揽才气

祢衡纵笔

鹦鹉赋心事

谁料醉酒

乱语祸已至

斩才悔已

千年尘土

故事挽留世

平原黄祖

得才失才

皆见悲喜

檄文无锋更偏激

羞语辱身

谁言心未急

只道是

为我所用群贤集

盖世英雄

丈夫立天地

皆愿三尺剑

舍命偿知己

莽莽苍苍皆往昔

风云际会堪续

送君至此古今事

慷慨酬别意

把酒泪洒歧地

剑舞杨柳白云低

隼鹰凌空

原野霜色弃

一去江南远荒僻

两地相望

津鼓声声密

化作你我

中流击水壮士气

9.过赵州

（元末明初）王钝

兵后人家住近屯，数椽茅屋不成村。
开渠旋引山头水，编竹常修舍外门。
烟火比邻新聚乐，干戈遍地旧伤魂。
太平有象今伊始，好学尧民答圣恩。

◎ 微注

　　王钝（1334—1404），字士鲁，河南太康人。元至正二十六年（1366）进士，以廉慎名闻天下。著有《野庄集》《归田》《公余》等。在初任山西猗县知县时，民谣传他"不乘车马不坐轿，背着包裹到任上。不愧天地不愧心，日月乾坤身上装"。明洪武十年（1377）升职为礼部主事，历任福建参政、浙江布政使，被明太祖朱元璋称为"方岳之最"，可见其廉能。据说，有一次巡视云南，当地官员给他送了不少土特产，他不好当面回绝，于是回来后就全部上交到国库。建文帝时为户部尚书。明成祖朱棣时辞官退休返乡，郁郁而逝。椽：装于房檩上方支撑屋顶的短木，也是房屋间数的代称。旋：逐渐。太平有象：象，瑞兽，其寿长，可达二百余年。禹时有白象耕土之瑞应。象谐音"祥""相"，为中国传统吉祥纹，寓意如意吉祥，出将入相。形容河清海晏、国泰民安、吉祥如意、繁荣昌盛。佛教有象驮宝瓶造型，是为"太平有象"，也称"太平景象""喜象升平"。尧民：尧时治下的百姓，代指太平盛世。此处赵州又疑为云南赵州，姑且记之。

◎ 浅译

　　繁华尽处赵州路
　　军中残帐百姓宿
　　数间茅屋风雨
　　依依墟里烟何处
　　鼓角铮鸣远
　　安定重燃幸福
　　开渠引水灌旧土
　　鸡鸭啄破篱护
　　夕阳盼归来
　　寒舍织门户
　　比邻而居烟火聚
　　哀鸿变飞鹄
　　太平盛世今步入
　　犹如尧民知恩报宏图

10. 过赵州

(明)程立本

青山环抱水争流,行尽云州入赵州。

田野耕耘多乐岁,诸蕃出侯不防秋。

过桥花竹前村近,入谷松萝小寺幽。

妻子谁能免相忆,他乡虽好莫淹留。

◎ 微注

程立本(1347—1402),字原道,号巽隐,浙江崇德人。曾任秦府引礼舍人、长史、翰林编修、右佥都御史,被誉为"清御史",谥"忠介"。作为著名理学家程颐后人,自有其独守的清明家风,其父程德刚负才气却不做官,而致于学。程立本于洪武年间中举明经秀才,颇有才名。明太祖朱元璋曾勉励他"学者争务科举,以穷经为名而无实学。子质近原,当志圣贤之学"。曾参修《太祖实录》,著有《巽隐集》。云州:今大同市云州区。诸蕃:指少数民族。松萝:附着在松树上的一种藤萝植物。淹留:长期逗留。

◎ 浅译

春暖乍开张

经云至赵长

河水奔涌几回还

青山掩遮更激荡

农人忙耕作

期盼萌动心舒畅

王猎英气在

百姓耕躬从不防

林木掩映桥身

旧识别离话短长

寺院森森

澄明从容吃茶香

思妻念子故乡月

老槐摇曳响

淹留心惆怅

11. 怀某上人

（明）周从龙

一溪烟水背孤城，洗钵（bō）归来落日明。

几忆支公旧兰若，青山如在沃州行。

◎ 微注

周从龙，生卒年不详，字彦云，号临沧，浙江嘉兴人。明代万历癸酉年（1393）举人，官至大理评事。著有《绎圣堂稿》。洗钵：在《景德传灯录》卷十《赵州东院从谂禅师》中记载："僧问，如何是学人自己？师云，吃粥了也未？僧云，吃粥也。师云，洗钵去。其僧忽然醒悟。"支公：晋代高僧支遁。后代指高僧。兰若：即梵语"阿兰若"，意为寂静无苦恼烦乱之处，代指寺院。沃州：金代时赵州称谓。夜深无月伴，灯明有影随。想起金人更名的沃州，感念为官经年，心绪难平，乃作一诗。

◎ 浅译

炊烟袅袅落雁声

淡水流波

夕照映古城

一句洗钵去

归来悟空梦

落日共明澄

老寺大德成追忆

世人几痴诚

不记当年

柏子因何风再增

青山流云遮不尽

只道人行冷

浮云散尽

身后了无朋

12. 又过赵州

（明）郭登

芳草茸茸已满坡，山城春半又经过。
轻寒帘外燕来少，细雨庭前花谢多。
壮志每思探虎穴，惊心犹想涉鲸波。
征衣暂解风霜色，闲时斜阳和凯歌。

◎ **微注**

郭登（1405—1472），字元登，封定襄伯，谥号忠武，安徽濠州钟离（凤阳）临淮人。历任明勋卫、都指挥佥事、南京中军都督、甘肃总兵。明景泰年间，以都督佥事守大同，治军严明，料敌制胜，动合机宜，曾率军冒险击败瓦剌军队得胜回朝。茶陵派领袖李东阳称其诗为"明代武将之冠"。著有《皇明经世文编》《郭定襄忠武侯奏疏》等，与其父郭玘、兄郭武合著《联珠集》。有《联珠集》存世。虎穴：指危险之地。鲸波：惊涛骇浪。征衣：将士争战之衣。指铠甲。此诗为诗人从大同回京途中路过赵州时有感而作。

◎ **浅译**

班师回京有闲暇

得志意持加

洨坡绿茵野草花

风霜征衣纳

衔山依水赵州

巷陌寻常话

岁月如烟

帘外燕子剪寒芽

庭前梨花静

细雨湿透芳华

凌云溢于胸

家国山河叹嘶哑

舍身击敌到漠涯

马上亦为家

风迷浪沙

涉险浑不怕

暂息战事解胄甲

斜阳漫道桥上客

凯歌递晚霞

13. 过赵州

（明）罗钦顺

我自南来宪节东，赵州城里各匆匆。

承恩正属旋銮日，会向苍龙阙下逢。

◎ 微注

罗钦顺（1474—1555），字允升，号整庵，江西泰和人。著名哲学家，明代心学代表人物，时称"江右大儒"。明弘治六年（1493）进士科探花，官至南京礼部尚书，著有《困知记》。本诗全名为"过赵州闻伍朝信都宪以迎驾东行仅先数刻"。宪节：明代巡按整饬风化法度所持符节，此指伍朝信。承恩：蒙受恩泽。旋銮：皇帝回驾。阙下：皇帝住处。

◎ 浅译

> 旭日初升云未遮
>
> 惠风畅又和
>
> 杨柳新绿处
>
> 大道人未歇
>
> 东城升华巡按在
>
> 南门临洨石桥接
>
> 回銮承恩重
>
> 远道匆匆拱手别
>
> 心知朝堂劫
>
> 但表寸心
>
> 为国分忧为民泽

14. 宿赵州

（明）陈洪谟

> 晓发内丘县，暮投鄗（hào）城馆。
>
> 天寒霜满林，路修日云短。
>
> 灯火已更深，虚堂月华满。
>
> 隐几欲无言，小酌银缸浅。
>
> 岂不惜衰颜，君命义难缓。
>
> 明朝又栾城，应钟月初浣。

◎ 微注

陈洪谟（1476—1527），字宗禹，号高吾子，湖南武陵（常德）人。明弘治九年（1496）进士，历任户部主事、漳州知府、云南按察使、江西巡抚、兵部侍郎，是明朝弘治、正德、嘉靖年间节财爱民、不畏强权的名宦。著有《静芳亭摘稿》《治世余闻》《松窗梦语》等。内丘：内丘县，曾属赵州管辖。鄗城馆：据《赵州志》记载：鄗城馆即鄗城驿，位于州衙西侧，为过往官员留宿之地，并非高邑驿馆。"迥：遥远。月华：月光。应钟：古乐律名，十二律之一，旧指十月。银缸：银色酒盏。浣：洗。

◎ 浅译

　　走在复命秋色里
　　霞光从容醒
　　自在内丘展微熹
　　云淡南飞雁
　　群鸣阵阵旷野集
　　一天情意光燃尽
　　袅袅炊烟稀
　　千秋风色净
　　争议缠绕漫传奇
　　刘秀飞越千年
　　攀龙附凤
　　一呼百应正登基
　　渐近赵州驿馆
　　苍茫栖身地
　　露重天寒
　　霜打层林
　　落叶卷影避
　　长路漫漫是归途
　　行短太阳
　　脚步沾满云泥
　　看流云生性多疑
　　灯光烛火
　　摇晃夜色迷离

冷清客堂

杳无人烟迹

清光一地难拾起

几度隐忍欲说明

为国难叙

明月邀灯影

小酌杯底寒辉及

窗前枯枝细

韶华未老容颜衰

圣旨意

难缓计

百姓诺难兑

栾城等我起

风声初洗十月

拂醒早间月下溪

谁知寂寞夜色

长生白发迹

15. 赵州闻柏乡驻跸

(明) 陆深

回銮分日第邮程，御辇常兼四站行。

圣旨特怜人马乏，柏乡驻跸（bì）道栾城。

◎ 微注

陆深 (1477—1544)，初名容，字子渊，号俨山，上海（松江府陆家嘴）人，明代文学家。明代弘治十八年 (1505) 进士，以二甲第一名任翰林编修，累官至四川布政使、太子詹事府詹事。据《隆庆赵州志记载》，嘉靖十七年

(1538)腊月,其母章圣蒋太后去世,面对"大礼议"之争,嘉靖帝朱厚熜决定父母合葬。并于嘉靖十八年(1539)二月率文武百官离京赴承天府(钟祥)显陵祭告皇考(父亲),作为翰林院掌印的陆深侍御左右,一路上作《扈跸词》三十二首,此诗是第三十首,为返京途中留宿于赵州柏乡时所作。而具有特殊意义的是,嘉靖皇帝在回銮至赵州柏乡时即兴赋诗三首,流露出对传统孝道的尊崇。现摘录其一:"回次长途寓柏乡,徘徊南北触衷肠。祇承万事绵延记,不是区区目下狂。"回銮:古时帝王或后妃车驾外出返回。邮程:驿道,泛指旅程。御辇:皇帝乘坐的车子。驻跸:皇帝出行途中小住。

◎ 浅译

千里路途千里命

回京吉日定

自是风雨共兼程

连行四站暂驻

人困马乏行

本欲停赵州

来时路上已过经

柏乡宿醒向栾城

整装待命

16. 过赵州

(明)陆深

当代朝天路,犹余望汉台。

地分三晋古,客过万山来。

霁雪留残照,轻车动早雷。

望穷天北极,紫气绕蓬莱。

◎ 微注

陆深在描述明嘉靖皇帝出巡的《大驾北还录》中有赵州相关记载："八日乙巳（9—11时）晴，发北郭，遇锦衣指挥赵君佐，袁君天章云：已有旨，今日少驻柏乡，上欲养人马足力有此。盖自汤阴起驾，两日行五百余里矣。已抵赵州桥寓次，过石桥，观驴迹，恐亦是石工所为，或石上偶有此痕尔。入城，午过柏林寺，观透灵碑者亦无甚异。盖元贞乙未（元代1295年），棘人王诩撰寺记云：'复观画，水愈奇。'一老僧云：'是明宣宗朱瞻基（1426—1435）宣德年间定州何生所作。'今何氏尚有能画者，其言颇可信。"著有《俨山集》等。朝天路：指皇道。望汉台：指东汉耿纯在州衙南所筑的望汉云台。三晋：春秋末年赵魏韩三家灭智氏而分晋国。霁雪：雪停后天放晴。

◎ 浅译

早春风动二月

吹不醒柳色蜷缩

南北通达御道

故事碾轧成车辙

传说尘封

夜色铺墨

不经意间抬头

望汉台高耸

坚挺在眼窝

攀龙附凤的雄心

热血复活

晋家曲沃

旧池台角落

赵魏韩缘分了尽

平棘云消歇

飞鸟相还情更切

客商往来越重劫

纷纷扬扬雪

化作蝴蝶的灵感

舞动云天共唱和

夕阳残照云霞烈

燃红一树雪

轻车简从尚未歇

不知农人锄头

触动好奇春芽结

爆响阵雷

苏醒洨河一片冰波

北极星点亮威严

紫气升腾城郭

蓬莱八仙驾云过

再访石印辙

17. 赵州夜发

(明) 严嵩

赵州城南骑火明，凤跸鸣銮中夜行。

挥鞭晓问邢台驿，一日还过百八程。

◎ 微注

严嵩 (1480—1567)，字惟中，号介溪，袁州府 (江西分宜县) 人。明孝宗弘治十八年 (1505) 进士，官至内阁首辅，专权政事十五年之久。《明史》称其"惟一意媚上，窃权罔利"。著有《钤山堂集》《钤山诗选》《嘉靖奏对录》等。相传，赵州桥"关帝阁"是其手书。骑火：夜骑时照明的灯火。凤跸：皇帝后妃所乘车驾。

◎ 浅译

  灯火通明赵州红

  照弯石桥穹

  洨水春寒

  谁知阑珊空

  人马未困精神长

  夜半露气重

  驻跸銮驾

  微凉始相送

  跃马挥鞭心思动

  晨光邢台东

  掩得百里路趋近

  只嫌日早涌

  洨河流水太匆匆

  花甲又逢恩愈隆

18. 送王有邻至赵州

（明）何景明

大郡须才美，君才美更多。

双幡朱析羽，五马玉鸣珂。

桥市连灯火，城亭入芰（jì）荷。

儿童迎太守，齐唱赵州歌。

◎ 微注

  何景明（1483—1521），字仲默，号白坡，又号大复山人，河南信阳人。明弘治十五年（1502）进士，曾任中书舍人。弘治、正德年间的前七子之一（何景明、李梦阳、康海、王九思、边贡、徐祯卿、王廷相），与李梦阳并称当时"文坛领袖",主张"文必秦汉,诗必盛唐",著有《大复集》等。知州王有邻为何与他友善呢?《光绪赵州志·官师表》显示,正德八年(1513)任赵州知州的王廷相(王有邻)与之相善,素有"成事在人不在天""实践出真知"等传世名语。析羽:古代用来装饰旌旗、旄节等的穗状羽毛。泛指旌旗。《周礼·春官·司常》中有"全羽为旞,析羽为旌"之语。鸣珂:显贵者所乘马以玉为饰。亦指身居高位。南朝梁何逊在《车中见新林分别甚盛》有"隔林望行幰,下阪听鸣珂"之句。芰荷:菱叶与荷叶。语出《楚辞·离骚》:"制芰荷以为衣兮,集芙蓉以为裳。"

◎ 浅译

  古老赵州
  物华天宝乘底蕴
  浚川先生一骑来
  更添毓秀才俊
  文才妙笔蘸
  风展红旗
  引领天下文
  五花马鸣玉佩
  誉满同人
  古城灯火桥同频
  辉映古风韵
  北沼荷香里
  缭绕着馨气温存
  随风静坐
  飘进亭榭拥香云
  治下安宁
  太平享风淳
  儿歌里传唱
  知州爱民情深。

19.北桥离席留别赵州诸子

(明)杨慎

漂泊犹戎旅，羁(jī)栖且岁年。

又伤南浦别，重醉北桥边。

烟树环江浒，风花簇野筵。

乡心那可问，愁思绕离弦。

◎ 微注

杨慎（1488—1559）：字用修，号月溪、升庵、逸史氏、博南山人等，谥文宪，四川新都人。明代三才子（杨慎、解缙、徐渭）之首，明正德六年（1511）状元，历任翰林修撰、经筵讲官、《武宗实录》纂修官、永昌卫等职。著有《升庵集》《陶情乐府》《升庵诗话》等。戎旅：军旅。羁栖：淹留他乡。此诗为"大礼议"之争失意后，被贬往边地时与赵州学子临别赠诗，诗中充满忧郁之情。

◎ 浅译

人生漂泊似征途

不知归何处

南浦一别伤心地

又醉北桥茫前路

风花雪月酬谢意

烟雾笼岸树

乡心如月

圆缺向谁诉

愁思如弦光无助

仍需迈新途

20. 登赵州城怀古

(明) 蔡瑷

野水寒烟积，霜林西照斜。

崇楼依空碧，岳树接龙沙。

明主思廉颇，将军计左车。

相如全气节，李观自名家。

赵璧余丘土，陉（xíng）山带落霞。

柏林峙层观，泜（zhī）水渡归鸦。

名业悲人代，歧途惜岁华。

◎ 微注

　　蔡瑷（ái）（1496—1572），字天章，号洨滨，赵州宁晋百尺口人。少聪慧，九岁能文，嘉靖八年乙丑科（1529）进士，历任浙江御史、河南巡按、监察御史。曾拜理学大师湛甘泉（陈白沙学生）为师，嘉靖二十六年（1547）对家乡厚植情怀创办洨滨书院，赵州郡守蔡懋昭为其建"洨滨书院"石坊。都御史霍思斋为其建"有道之士"石坊。以"正谊明道，敦义崇道"知名。曾自诗："自筑书堂洨水滨，风景常驻四时春。只因一水无船渡，多少徘徊问路人。"著有《四书坤传》《洨滨文集》《洨滨语录》等。廉颇、蔺相如：赵国赵惠文王时著名良将贤臣，流传有《将相和》《回车巷》《完璧归赵》《负荆请罪》等经典故事。李左车：秦汉之际著名谋士，今宋村尚有左车墓。李观：赵郡李氏之后，唐代宗、德宗时名将，曾数次平定叛乱。赵璧：赵国和氏璧。陉：指太行山脉中断的东西向横谷。陉山：指井陉山。泜水：指槐河，又称"北泜水"，赵县称"沙河"。源于赞皇西南黄沙岭，流经元氏、高邑、赵县、柏乡、宁晋，注入宁晋泊。

◎ 浅译

　　夕阳秋色尚未收，我端坐在古城墙高高的澄波门楼，放眼四顾：袅袅薄雾云蒸霞蔚，清水河在脚下奔流；经霜树林，已剥落点点滴滴时光，叶子也已枯黄消瘦；枝丫映照在阳光下，地上拉起长长影子,好像在静静问候。抬望眼,耸立的城门楼,好像依偎在碧空,盼与白云相偎深交流。遥看平棘山上树,宛如游龙长在浚河丘。此情此景,让贤明君主想起廉颇忠勇卫赵"尚能饭否?";又追昔,韩信从计于谋略千里李左车,"一信出而燕齐收"。蔺相如"气节闻于诸侯",回车巷里美名留。李观出身名门,平定番禺叛乱,展示赵郡大家风流。价值连城和氏璧,弃明投暗于传说尽头。只看见,陉山连绵,落日余晖渐渐隐去额头皱。折身瞰东,赵州和尚舍利塔,在柏林森森、殿堂层层的禅寺中默然屹立。城南边,洨水流经沙河,早已冲逝掉韩信背水一战威名,淹没了陈馀悔不当初的呐喊与离羞,只有那扑腾的鸟儿,渡河而去栖息在山林枝头。日暮黄昏,灯火初上,禁不住叹息忧愁,为什么雄图大业往往经过数代延续,就会渐渐化为乌有?面对日渐消瘦的岁月年华、曾经追求的济世安民,在"无为在歧路"的困惑中萦绕于长袖。

21. 赵州怀古

(明) 唐顺之

千秋霸业消沉尽,风俗犹传赵武灵。

市上美人挥锦瑟,场中侠客舞青萍。

雁门北去通沙碛(qì),鸟道西来入井陉。

欲向平原访公子,萧萧宾馆户长扃(jiōng)。

◎ 微注

唐顺之(1507—1560),字应德(义修),号荆川,谥襄文,江苏武进(常州)人。据史书记载,其祖父、父亲皆为进士,其祖父唐贵曾任户部给事中,父唐宝任永州知府,而他在嘉靖八年(1529)会试中考得第一名(状元),是当时"八才子"(陈束、王慎中、唐顺之、赵时春、熊过、任瀚、李开先、吕高)、"三大家"(唐顺之、归有光、王慎中)之一,后人称其为"儒学大师""散文大家""数学家""军事家""抗倭英雄",可谓文武全才。更令人叹服的是被罢官后,他自苦筋骨,甘劳心志,并立下"八不"规矩,不显露身份,乘船受船客辱骂欺侮不还口、不还手,冬天不生炉、夏天不动扇、出门不坐轿、床上不铺双垫、常年穿布衣不穿绸缎,同时一月仅吃一次肉。苦行僧式的磨砺成就了其伟大的人生,留下了"掷笔毙刺客"和"金头玉臂"的动人传说,著有《荆川先生文集》《文编》《武编》《韵学渊海》《勾股六论》等。锦瑟:装饰华美、雕有织锦纹的瑟。瑟,古时弹拨乐器,最早五十弦,后改为二十五弦。青萍:古时四大名剑之一。据《古剑考志》载:青萍之名,源出战国。《孔子家语》云:昔楚昭王渡江,江中有物,大如斗,圆而赤,直触王舟。舟人取之,王大怪之,便问群臣,莫之能识。王使使聘于鲁,问于孔子。子曰:此所谓萍食者也,可刳而食。吉祥也,惟霸者为能获焉。昭王大悦,遂饬工铸剑,定青萍之名,取其操剑可以自雄,仗剑可以为霸之义也。沙碛:沙漠。井陉:指陉山。扃:关门。《说文解字》解为"外闭之关也"。

在赵州怀古,在赵州言赵国,在赵州叹前世,在赵州思战事,诗人想到赵武灵王的英武,自己壮志未酬,感而记之。

◎ 浅译

> 赵国千秋霸业烟云疏
> 胡服骑射遗俗根蒂固
> 梦里吴娃弹锦瑟
> 弦断言情愫
> 侠客剑影漂泊成离家苦诉
> 雁门大漠灭元都
> 韩信背水击赵歇
> 陈馀狭道悔傲骨
> 平原卫国志
> 宾客盈门无
> 不知谁锁尘埃浮立柱

22. 赵州道中忆殿卿

(明) 李攀龙

忆尔襜（chān）帷出牧年，风尘谁识使君贤。

政成神雀犹堪下，兴尽冥鸿遂杳然。

树色远浮疏雨外，人家忽断夕阳前。

重来此地逢寒食，何处看春不可怜。

◎ 微注

李攀龙（1514—1570），字于鳞，号沧溟，山东济南府历城人。明嘉靖二十三年（1544）赐同进士出身，历任刑部员外郎、刑部山西司郎中、河南按察使。其与谢榛、王世贞、宗臣、梁有誉、徐中行、吴国伦并称"后七子"，被尊为"宗工巨匠"。著有《沧溟先生集》。襜帷：车上四周的帷帐，借指车架。神雀：瑞鸟，凤的称谓。冥鸿：高飞的鸿雁。喻高才之士。

"手亦不识字，照旧轻翻书。"嘉靖三十二年（1553），李攀龙出任顺德（邢台）知府，而许邦才曾任赵州知州，从诗题中看出许邦才已在赴任永宁的路上，故人不得相见，李攀龙作诗留念。作为发小，又同为历下四诗人（边贡、李攀龙、殷士儋、许邦才），两人唱和之诗留世颇多。"名重梁园集，诗传瞻泰楼"的故事至今还在流传。

◎ 浅译

回想起，您刚任赵州知州轻车简从的场景，"百姓见容，以彰有德。"赵州官民谁不爱戴您的贤名？"政声人去后，雁过声留时。"正当政绩斐然之际，却又不得不像凤凰一样悄然落地。恰在方兴未艾之时，又似鸿雁一样淡然飞成南方影。春寒料峭、细雨朦胧中的杨柳，青浅似飘浮在层峦薄雾之屏。鸡犬相闻、邻里互通的人家，忽然隐在夕阳暮色中。我在寒食冷言压芳草时节，又来到赵州古城，没有你在，我看不到春天可爱的场景。

23.赵州赠许使君

(明)李攀龙

山雨萧萧曙色过,异乡携手问蹉跎。

岂缘知己朝廷少,自是词臣岳牧多。

宋子城高临大陆,汉王台迥(jiǒng)出滹沱。

风尘行役君须见,能得花前不醉歌。

◎ 微注

曙色:破晓时的天色。岳牧:《尚书·周书·周官》曰:"唐虞稽古,建官惟白,内有百揆四岳,外有州牧侯伯。"唐孔颖达《疏》解:四岳,内典四时之政,外主太岳之事,立四人也。外有州牧侯伯,牧一州之长。侯伯,五国之长,各监其所部之国。后指封疆大吏、辅国贤臣。宋子城:指古宋城,位于赵县城东北,尚存遗址。汉王台:指望汉云台,旧址位于州衙东侧,今无存。行役:就只因服兵役、劳役或公务而外出跋涉。泛指旅行、出行。

李攀龙幼时家贫曾寄居许邦才家,两人吃住在一起,许邦才母亲怕耽搁儿子读书,杜绝其与他人游玩,独见喜于李攀龙。两人为官后赠诗往来有二十首之多,据说,许邦才来赵州任知州也是因为李攀龙的举荐。现济南瞻泰楼是当时"历城四诗人"吟咏之地。

◎ 浅译

拂晓时分

天色掀开云朵

离愁从天上飘落

雨飘摇着丝丝缕缕

风轻张着薄雾轻罗

从平棘舒青里

从洨川环翠里

从东寺钟声里

从勒经石塔里
从古桥仙迹里
唤醒古赵州眼波
于鳞与殿卿
携手在驿里街
回味着历城往事
体验着百姓苦与乐
憧憬着岁月不蹉跎
朝堂投缘知己少
自以为是追名逐利客
古老宋子城
登临赵州风雨歌
你我知音难舍
从南畦稻熟丰
到北沼荷香泽
从双庙龙泉情
到西郊水利车
平原民众忙生计
望汉云台合
一夜冰封渡滹沱
光武铁骑尽开过
午间花前同祝酒
我带公差故交悦
买醉时下
感谢当初攻读学
珍惜眼前
相遇赵州桌前坐

24. 将赴永宁李顺德遮留言别

(明) 许邦才

击筑曾燕市，登台近赵州。

不知邢国别，何地话重游。

◎ 微注

许邦才（1514—1581）：字殿卿，号空石，济南历城人。嘉靖二十二年（1543）得乡试第一，历下四诗人之一。嘉靖二十九年（1550）任赵州知州，正遇天灾，因忙于救灾"不能使出，传承过使客意，坐与世忤"，于嘉靖三十二年（1553）贬为永宁知县而"行万里无难色"。后迁德府长史、开封周王府右长史。有《梁园集》《海右倡合集》《詹泰楼集》等留世。李顺德：指李攀龙，曾任顺德知府。筑：古代一种弦乐器，似筝，以竹尺击之，音悲壮。《史记·刺客列传》记载，"至易水之上，既祖，取道，高渐离击筑，荆轲和而歌，为变徵声，士皆垂泪涕泣"。高渐离曾隐于宋子城，故引用典故。燕市：此指战国时燕国都城。邢国：商周时期的国家，曾为商代都城。今指邢台一带区域。

此诗为初离赵州赴永州时，路过顺德府（邢台）时赠予李攀龙的诗。

◎ 浅译

秋风起

秋叶黄

往事回首

别时话彷徨

躬行历桥时

赵州多少时光为民忙

抬眼望天

雁叫流云已南翔

渐离击筑

声随风尘影迷茫

逢知音

泪失洨水顿汪洋

云台望汉心潮湃

伯山毁家纾难气轩昂

劝进攀龙附凤帝王业

赵州青史美名扬

我自愧担当

喜尔今

连叙顺德府

夜未央

灯火已引

雄鸡披霞光

连唱天下时日

尽敞亮

马上拱手别意长

万里归期待

海内知己

自在重逢相候时

执手细端详

25. 赵州道中

（明）许邦才

独往何为者，栖栖意不欢。

褰（qiān）帷秋雨过，伏轼夏云残。

潦水阴相积，蒹葭晚自寒。

大夫方跋涉，天步署艰难。

◎ **微注**

栖栖：忙碌不安。《诗经·小雅·六月》："六月栖栖，戎车既饬。"搴帷：撩起帷幔。指官吏体察民情。伏轼：俯身靠在车前的横木上。后指乘车。《庄子·渔父》："孔子伏轼而叹。"潦水：雨后的积水。蒹：未长穗的芦苇。葭：初生的芦苇。《诗经·秦风》有"蒹葭苍苍，白露为霜"之语。天步：天之行步，天体星象的运转，代指时运、国运。

◎ **浅译**

独自察访为谁忙

内心渐彷徨

暴涨的浇水

到处流淌

秋遇阴雨

借势又铺张

眼望田野

百姓收成莫泡汤

积水成灾

挟裹着愁怨与无望

芦苇飘摇

丛生着晚寒风凉

跋山涉水间

辞隐迎来送往

时运艰难

走过弯路长又长

倏忽间

升腾起雾色苍茫

26. 赵州怀古

（明）郭谏臣

长杨夹道引鸣驺（zōu），夜宿燕南古赵州。

草满丛台非旧日，月明泜水只空流。

也知此处荆蓁（zhēn）地，多是当年歌舞楼。

陵谷变迁人不在，关河烟锁古今愁。

◎ 微注

郭谏臣（1524—1580）：字子忠，号方泉，又号鲲溟，南直隶苏州府长洲（吴中区）人。嘉靖四十一年（1562）进士，授袁州推官，因持正不阿、屡有陈谏、词义正直而受严嵩之子严世蕃陷害，由吏部主事外调浙江布政使参政，累官至江西布政使参政，后归隐。著有《郭鲲溟集》。鸣驺：随从显贵出行并传呼喝道的骑卒，借指显贵。泜水：今槐河，赵县段俗称"沙河"。荆蓁：丛生的灌木。形容荒芜。陵谷：《诗经·小雅·十月之交》："高岸为谷，深谷为陵。"喻君臣高下易位或世事巨变。关河：关塞、关防。泛指山河。

◎ 浅译

黄昏时光

尽在南行路上

夕阳酌情

万物披上金色霓裳

倦鸟扇不动翅膀

在枝头

用羽毛隐藏音响

白杨高耸入云

森然成

倚天仗剑兵将

侍立在驿道两旁

仪威成行

烈马蹄声急

止不住一地恐慌

鸣叫声里

淹没夕阳最后光芒

月色照不亮影子

疲惫地走向

燕南赵州古街巷

驿站点燃客房香

久未识人推轩窗

挤出一壁灯光

朦胧月半自倚墙

又是谁

轻披衣衫空望

茸茸碧草汉云台

不见耿纯戎装

疑是那

丛台号令群雄

消尽了

赵武灵王激昂

韩信用兵

在泜水上升起的月亮

照见兵败陈馀

与左车的逆耳忠良

洨水半环玉扣

缝皱了

百尺长虹

长流不断东西水

流走多少波光

空余清风与荷香

荆榛丛生

无处凄凉话一方

也曾歌舞声声

醉人名利场

世事变迁

风流人物成典藏

关河冷落红尘事

云烟缠绕着

百姓家里话短长

古今忧愁谁能解

还是那

胸怀天下敢担当

还是那

为民请命铁臂膀

27. 九日过赵州怀屠太守

(明) 游朴

长怜分剑锦江头,忽漫相过古赵州。

已喜甘棠歌两地,其如采葛恨三秋。

森森树拥栖鸾郡,漠漠尘蒙去马辀(zhōu)。

况值黄花风景暮,客尊萧索倍离忧。

◎ 微注

游朴(1526—1599),字太初,号少涧,福建柘洋(柘荣县)人。明万历二年(1574)进士,曾任成都府推官、大理寺左司正、刑部郎中,官至湖广布政司右参政。曾修编《万历四川总志》，著有《藏山集》《岭南稿》《游太初乐府》等，有《游参知文集》存世。甘棠：即棠梨树。《诗经·召南·甘棠》："蔽芾甘棠，勿翦勿伐，召伯所茇。"后以甘棠称颂循吏的美政和遗爱。采葛：意指收获葛藤。葛，葛藤，蔓生，块根可食，茎可制纤维。《诗经·王风·采葛》："彼采葛兮，一日不见，如三月兮。彼采萧兮，一日不见，如三秋兮。彼采艾兮，一日不见，如三岁兮。"后演化为"一日不见，如隔三秋"，用来表达思念之情。栖鸾郡：栖宿鸾凤的地方。指赵州城。辀：车辕。诗人想起万历四年（1576）曾任赵州知州的好友屠安民，以记思念之情。曾任赵州知州四年的屠太守给世人留下了哪些记忆，需要慢慢寻找。

◎ 浅译

　　今朝赴任湖广路
　　心潮又起伏
　　遥忆锦江头
　　仗剑拱手相问候
　　旧梦动光影
　　情思漫赵州
　　对坐衙斋谈春秋
　　清廉干事心无忧
　　谁似召公梨下车
　　驻马听讼决狱案
　　搭棚过夜
　　百姓誉不绝口
　　相见恨晚君生早
　　别离时日寄云柳
　　采葛一日三秋情
　　谁把岁月值守
　　层林栖凤

密枝宛在仙境游

荒原故道

红尘蒙眼泪欲流

漫叮咛

扬鞭马去再回首

黄花瘦风景透

料想秋来飘不定

自有起落

道是离愁

阅尽千帆皆是书

客去冷场谁能收

28. 过赵州

（明）范守己

故国城池壮，神州驿路遥。
禅宗寻古寺，仙迹觅长桥。
山近云常暗，霜严木欲凋。
斋头聊驻节，风急马嘶骄。

◎ **微注**

范守己（1542—1611）：字介儒，号岫云、御龙子、九二闲人。河南洧川（长葛市）人。明代万历二年（1574）进士，历任云间司里、秦中参议、陕西提学、按察司佥事（驿传司司长）、兵部侍郎、太仆卿、总理钦天监。著有《御龙子集》《肃皇外史》《参两通极》《天官举正》。禅宗：中国佛教宗派，后形成"五家七宗"。此指赵州禅。古寺：指柏林禅寺。长桥：指赵州桥。斋头：书斋。驻节：指身居要职的官员于外执行使命，在当地住下。节，符节。

◎ 浅译

深秋时分
仰望赵州古城畔
雄浑又壮观
大雁落下鸣叫
谁寄云水天
荷香零落拱辰门
神州大地起清寒
驿路遥遥思倦困
人马歇脚浅
香火袅袅
升腾在开悟边缘
钟声缭绕
隐隐于柏林枝繁
禅宗一脉
赵州自有活泼泉
临洨门外夕阳懒
稻熟留寄炊烟
石桥仙迹易寻欢
度人忽千年
山色遮云天外
时光淡泊洨河边
冰霜凝重
草木衰凋叶翩跹
驿站小住灯火暖
书斋挚友一席谈
出门巡察
公务不胜远

又听窗外风影急

天未晓

马叫数声催人言

无奈

挥手道别如经年

29. 赠鹅池道士

(明) 吕时臣

鹅池道士何所事，摩顶向天手垂地。

家在赵州人不知，箕（jī）子之胄古姓氏。

箨（tuò）冠不正綦（qí）履穿，风雪一蓑行乞市。

儿童遮道做戏嬉，大人白眼但瞋视。

我独羡渠啸咤（zhà）人，只愁无酒不愁贫。

终夕对人突无语，诗画一发能通神。

咆勃气来便使酒，白日当廷骂太守。

绵山汨水义可投，不惜千金丧匕首。

早知骏骨成蹉跎，悔不临池学泛鹅。

无端我向秦中去，劝君隐卧湘山阿。

◎ 微注

吕时臣（1541—1611）：又名时，字中父（仲父），浙江鄞县人。少有诗名，明代"贞介廉洁"之士，不妄交，不苟取，为人所重。曾与徐文长、文徵明、祝允明交游甚厚，深得衡庄王朱厚燆器重。著《甬东山人稿》。鹅池道士：相传，王羲之爱鹅，知一道士养鹅，便前去买鹅，两人相谈投机，道士笑着让他书写一遍《道德经》便相赠，于是他一挥而就，抱鹅而去。回去后，放鹅于池中，书兴即来，刚写完鹅字，恰圣旨来宣，忙搁笔于案，其子献之借补"池"字，便有"鹅池"父子书的美名。李白有"山阴道士如相见，应写黄庭换白鹅"

的诗句，但这里的鹅池道士又是谁呢？是"山河大地作织机，百花如锦柳如丝"的道教南派五祖之一白玉蟾？是"赵州桥趺坐六年，持不语戒，儿童戏累石，为培于其顶，嘱以勿坏，头竟不侧。河水溢，不动亦不伤。寒暑风雨，不易其处"的全真北七子之一郝大通？是"太清宫请为宗主，不得已应之"的赵州上清宫清虚太师侯元仙？不得而知。摩顶：以慈悲心爱护众生。箕子：名胥余，殷商末期人，纣王的叔父，官至太师，封在箕地，与微子、比干并称"殷末三仁"。后去朝鲜，建立了箕子侯国，后演变成朝鲜国。著有《麦秀歌》。箨冠：用竹笋皮制成的帽子。綦履：用斜纹丝织品制成的鞋。遮道：拦路。瞋视：怒目而视。啸咤：大声呼叫，发出令人敬畏的声音。咆勃：发怒貌。汩水：连绵不断的水流。骏骨：指郭隗买马骨的典故。一句"家在赵州人不知"吟续了多少"旧时王谢堂前燕"。

◎ 浅译

鹅池道士，究竟为什么执着以求？摩顶放踵不辞把苦受，是为了"摩得人心一样平"吗？现在谁了解你的老家在赵州？更不晓得你是商末三贤箕子的王室裔胄。如今只能在风雪交加的冬天，戴着笋皮帽，穿着丝织鞋，衣衫褴褛地披着旧蓑衣"一蓑烟雨任平生"，旷达在市井里化缘云游。没想到，看到如此境地的你，孩子们故意挡住道路作弄取羞辱。而成人把恼怒神情、轻视目光流在你徘徊的街头。沦落于此，你毫不在意眼光与评说等候。单慕啸林仙人"平明空啸咤，思欲解世纷"的自由。仅担忧无酒相伴，而对一贫如洗笑不愁。虽然，终日看世间百态，突然却成无语先生的"知音难遇，弦断有谁听诉求？"没想到你的诗、你的字、你的画、你的道，却能通灵天地白云悠。谁都知晓你的毛病，一旦发怒生气便要酒。即使在白天筵席上，也会牢骚太盛说太守。又有谁知道，你的忠义可比介之推、屈原的千秋叹与忧。你的侠义可当"易水寒"荆轲刺秦的壮举悲歌奏。早知道"骏骨黄金买"，可怜报国安邦时机锈，岁月流逝皆错走。悔不如泛鹅临池，效仿王右军美德依旧！"冯唐易老"无助的我，只有去秦中寄情山水之乐游。劝你且把云游四方收，最好隐居君山，朝听波涌，晚钓夕阳，舟书鱼翔，潜心把道恒修！

30.宿赵州

(明) 袁宏道

入市不闻嚻，残阳半丽谯 (qiáo)。

人家多画水，贾肆尚依桥。

禅梦采清磬，秋心动夜条。

柏林如见语，还汝旧时瓢。

◎ **微注**

袁宏道 (1568—1610) : 字中郎，一字无学，号石工，又号六休，湖北公安县长安里人。与其兄袁宗道、弟袁中道并称三袁。万历十九年 (1591) 进士，作为万历年间公安派领军人物，以反七子"诗必盛唐，文必汉魏"的复古之风，倡性灵之说而自成一派，"世人所难得者唯趣，趣如山上之色，水中之味，花中之光，女中之态，虽善说者不能下一语。唯会心者知之"彰显"独抒性灵，不拘格套"。著有《筋政》《袁中郎全集》《潇碧堂集》等。嚻：喧哗。丽谯：华丽的高楼。《庄子·徐无鬼》："君子必无盛鹤列于丽谯之间。"贾肆：店铺。

◎ **浅译**

　　傍晚时光

　　进入赵州城垣

　　听不到街前嚻喧

　　浃水飞起倦鸟

　　映红半落夕阳面

　　余晖温柔飞进

澄波门楼的壮观

岸边人家炊烟

饱蘸点点灯火

临摹水里片片白帆

酒肆旗子秋风中

招摇来往思念

吃茶空杯去

谁采撷

一味悟道飘来的新笺

一指禅月秋心

照亮

夜间走动的平淡

现在可以放下

与你一起

起居不定游无边

且思庭前柏子

等虚空落地时

执着与留恋

吃茶饮一念

31. 高营夜坐感怀

（清）翟廉

红衣新熟橘，白首老书生。
解渴闲呼酒，思家厌说兵。
海天风鼓浪，平野月临云。
遥忆黄河北，霜寒古赵城。

◎ 微注

翟廉：生卒年不详，字静生，号棘麓，直隶赵州西门铺人。清顺治十六年（1659）进士，历任广西柳城知县、布政司参议。著有《宦游偶寄》。白首：白发。厌：嫌弃。

◎ 浅译

　　红橘新熟又一年

　　长恨读书少

　　白发增

　　容颜减

　　把酒解渴愁欲困

　　思家军旅间

　　借问战事几时闲

　　风急浪滔天

　　月游浮云乡野暗

　　想必河北头上月

　　照彻赵州霜寒

　　冷落两地谁相伴

32. 赵州城楼

（清）施㫤宝

西望青山掩赵城，碧云秋色更盈盈。
戍楼独立浑无事，一片愁心对月明。

◎ 微注

施㫤（延）宝：生卒年不详，号缓宜，上海华亭人。清顺治十六年（1659）任赵州州判。盈盈：美好的样子。戍楼：驻军的瞭望楼。这是他登上赵州城楼时题的一首诗。过去,赵州城城墙四合,周长十三余里,唯西门最高,"澄波门上有城楼,高有九丈,双层楼阁,并有西郊水利、爽挹恒山匾额,为重关双阙"。现已了然无痕。但从古城墙遗址园里酸枣丛生的断墙中仍能感受过去的巍峨与岁月的沧桑。

◎ 浅译

在一个宁静夜晚,处理完一天繁忙的公务与人情,就着如水月光登上城楼顶。月色朦胧雾气升,隐隐起伏的山峦衬托着古城丽景,一望无垠的秋色在田野里微风充盈。城楼上早已风化了鼓角与号鸣,但远离故乡的我还是惦念着父母神情,踮起脚望了又望,只能把一颗愁心让明月捎走,略寄一份未圆的不了情。

33.上巳赵州道中(二首)

(清)查慎行

其一
几日冰开合,余寒勒柳条。
水滨游女少,闲杀赵州桥。

其二
平原留故里,牢落几人家。
客过谁浇酒,僧来且吃茶。

◎ 微注

查慎行(1650—1727):初名嗣琏,字夏重,号查田,后因事更名慎行,字悔余,号他山,晚年居于初白庵,自称"查初白",浙江杭州海宁人。其家世显赫,"一门七进士,叔侄五翰林",查慎行为清康熙四十二年(1703)进士,曾任翰林编修,因"文字狱"屡遭贬谪而更名换姓变得谨言慎行。其为"清初六家"(施闰章、宋琬、朱彝尊、王士禛、查慎行、赵执信)之一,著有《敬业堂诗集》《余波词》《苏诗补注》《初白庵诗评》等。开合：指冰开始融化。勒：约束、禁锢的意思。平原：指赵国平原君赵胜。牢落：孤寂零落。

◎ 浅译

其一

春寒作冬冬未眠

旧雪才融

天公吹冷怨

谁执新冰一片片

岸上柳条垂未暖

瑟瑟不敢言

望断东寺钟声

水边相邀

无客伴日眠

独自凭栏

游人始未见

赵州桥上仙迹懒

伊人来探看

其二

平原故里隐赵地

盛势亦有期

千年声名随风去

不知谁家记

客伤把酒敬何处

豪情天然系

僧声三言吃茶去

何处悟禅机

34. 金缕曲·赠梁汾

（清）纳兰性德

德也狂生耳！偶然间，缁（zī）尘京国，乌衣门第。有酒惟浇赵州土，谁会成生此意，不信道，遂成知己。青眼高歌俱未老，向尊前，拭尽英雄泪。君不见，月如水。

共君此夜须沉醉，且由他，蛾眉谣诼（zhuó），古今同忌。身世悠悠何足问，冷笑置之而已。寻思起，从头翻悔。一日心期千劫在，后身缘，恐结他生里。然诺重，君须记！

◎ 微注

纳兰性德（1655—1685）：原名纳兰成德，字容若，号楞迦山人，满洲正黄旗人，叶赫那拉氏，康熙十五年（1676）进士，曾任康熙一等侍卫。清初权臣明珠之子，以文名世，清代最负盛名的词人，清词三大家（纳兰性德、朱彝尊、陈维崧）之一，梁启超称其为"清初学人第一"，王国维在《人间词话》誉其"北宋以来，一人而已"。而其三师之言最为后人称道："师者，以学术为吾师也，以文章为吾师也，以道德为吾师也。"且一句"人生若只如初见，何事秋风悲画扇"又触碰了多少世人心里的柔软。他为救知己之友于宁古塔而仗义云天。著有《渌水亭杂识》《通志堂经解》《侧帽集》《饮水词》等。金缕曲：词牌名。梁汾：顾贞观（1637—1714），字华峰，号梁汾，江苏无锡人。清康熙五年（1666）举人，与纳兰性德交厚。著有《弹指词》等。德：指诗人自称。缁尘：黑色灰尘。喻世俗污垢。此处作"混迹"意。京国：京城。乌衣门第：东晋王谢大族多聚金陵乌衣巷，后世遂以该巷名指世家大族。浇：浇酒祭祀。赵州土：代指平原君墓土。会：理解。成生：诗人自称，其原名成德，避太子讳改为性德。青眼：器重的眼光。指青春年少。尊：通"樽"，酒杯。蛾眉：喻才能。谣诼：造谣诽谤。悠悠：喻人生飘忽不定。心期：以心相许，情投意合。后身缘：来世情缘。诺重：守信誉。

◎ 浅译

漫卷风吹

成德一事喜欲狂

偶然生山巅

松青矮亦旺

香车宝马帝都

乌衣巷口夕阳旁

好客醉三君

美酒饮千杯

赵州自是英雄场

佳酿当浇情壤

此情此意此景

生成地

不相忘

机缘巧合偏不信

知己酬久长

对酒当歌人未老

袖宽瘦身量

英雄泪拭

江水不行航

月如水

人影动

不见旧时景象

夜沉沉

同君醉

任人评说端详

才高谣言起

古今事一场

出身高低不必问

但笑岁月更相伤

心上心下

放下才是一味风光

寻思觅想无计

相见恨晚悔无常

千劫不复在

一日祈得来生偿

再续重友归

非嫌梦恍

一诺重

务谨记

买丝绣像

相扶将

35.赵州道中作

（清）爱新觉罗·弘历

常山初驻翠华旃（zhān），老幼瞻依夹道填。

饥食寒衣均在念，车尘马足共摩肩。

幸逢四海方无事，益切三时祝有年。

惭愧闾阎（lú yán）心爱戴，曾何德泽被民编。

◎ 微注

爱新觉罗·弘历（1711—1799）：幼名元寿，生于北京雍亲王府东书院如意室，雍正帝第四子，清朝第六位皇帝，年号乾隆，庙号高宗。是中国历史上掌权时间最长和最长寿的皇帝。著有《乐善堂全集》《御制诗初集》《御制诗集》等，组织编写了《四库全书》等典籍。旃：赤色的曲柄旗。泛指旌旗。此指皇帝出行的护佑。瞻依：敬仰依恋，这里表示百姓对皇帝的敬意。摩肩：肩挨着肩，表示拥挤。三时：春夏秋三季农作之时。间阎：里巷内外的门。此指百姓。乾隆一生作诗四万余首，在历代皇帝中为最多。在驻跸或途经赵州的帝王中，因景生情，写赵州的诗作亦数其最多。这首诗是来赵州路上写的，主要描写了太平盛世景象。

◎ 浅译

才在正定驻车马
又到赵州城垣
男女老幼跪路边
迎接场面隆重盛大
百姓冷暖记心间
人来车往比肩又接踵
赵州盛世繁华再得见
福地幸好无战乱
三时调顺递丰年
平民如此拥戴
偏是心生愧惭
德泽未彰布
百姓称颂又加冕

36. 赵州道中

（清）戈涛

绿芜斜径带裙腰，麦陇烟深雊雉（gòu zhì）骄。

山色浴蓝初过雨，柳阴披幄（wò）乍闻蜩（tiáo）。

欲寻古壁看吴画，却趁朝餐到石桥。

东去故园三百里，十年鸿迹未应消。

◎ 微注

戈涛（1717—1768）：字芥舟，号遽园，直隶河间府献县人。乾隆丙辰（1736）科举人，乾隆十六年辛未（1751）进士二甲第21名，历任翰林院庶吉士，翰林编修，湖广、山西、河南道监察御史，刑科掌印给事中。清代诗人、文学家，为畿辅诗人之首，其与边连宝、刘炳、戈岱、李中简、边继祖、纪昀称为"河间七子"，是清中期畿辅诗坛的重要代表。《红豆树馆诗话》载："乾隆中，畿辅诗人盛于河间，一郡而必以芥舟先生为巨擘。"著有《献县志》《坳堂诗集》《坳堂杂著》等。绿芜：丛生的杂草。形容荒凉的景象。裙腰：裙子上的腰带。喻绿草丛生的小路。雏雉：鸡鸣。披幄：拨开帷幕。蜩：蝉的别称。吴画：指柏林寺摩尼殿的吴道子画水。鸿迹：鸿雁的足迹。喻行踪。

◎ 浅译

  赵州春深驿道
  满目葱茏恰齐腰
  麦浪无际炊烟起
  雉鸡一声展云霄
  雨空山色新
  晴蓝浴后天更娇
  柳荫垂幕合
  蝉鸣风来树先觉
  久慕赵州水
  本欲寻探古壁妙
  机缘趁巧
  一语早到赵州桥
  碧水东流三百里
  故园明月照
  鸿迹十年来又去
  思乡念更焦

37. 城堤柳色

(清)李文耀

重杨几队翠迷蒙，雉堞（dié）层层覆远虹。

环绕原因民固围，菁葱敢谓吏旌功。

莺啼飞絮千村月，马拂斜阳一桁风。

记取五年前种处，柔条初沾碧烟中。

◎ 微注

李文耀（1719—1775）：字金章，又字兰谷，福建清流人，拔贡出身。乾隆十年（1745）补授蓝旗教习，十四年（1749）任上海知县，十七年（1752）任上饶知县，二十二年（1757）任束鹿知县，二十七年（1762）任枣强知县、易州知州，三十年（1765）任赵州知州，三十四年（1769）任正定知府，后任保定、永平知府。乾隆三十一年（1766）因向乾隆敬献赵州雪浪石而知名。"今牧赵州李文耀者闻其事，乃亲诣临城，掘土剔台，沃之以水，而石之上宛露雪浪二篆字"。后移石于定州众春园雪浪斋，乾隆御题"后雪浪石""雪浪斋前两卷石"成为定州一景。雉堞：古代城墙上掩护守城人用的矮墙。泛指城墙。远虹：天边的彩虹。围：通御，抵挡。旌功：表彰功绩。桁：屋上横木。此指路。

◎ 浅译

　　重重杨柳

　　扶持春风醉

　　渺渺云烟

　　依依满目翠

　　层层雉堞

　　处处留忠魂

　　道道彩虹覆城巍

　　碧色环绕

　　称道民安居

绿荫乘来一片心

谁表知州好口碑

斜阳余晖里

骏马追风一路尘

千村月色捣衣声

柳絮飘舞惊鸟飞

忽见初来栽柳处

万千柔枝隐若水

好不娇媚

着实知

故人去又回

38. 赵州

（清）王鸿典

驿树葱茏野水浑，岿（kuī）然城阙压荒村。

埋沙卒尽长平劫，吞炭人怀国士恩。

郭邑瑞符原可信，石桥仙迹不堪论。

可怜车马纷纷过，谁向平原酹一尊。

◎ 微注

王鸿典：生卒年不详，字慎斋，直隶雄县人，清乾隆十七年（1752）举人。曾任湖北钟祥县令。有《抱经堂集》传世。长平劫：指秦昭襄王四十七年（前260）五月至十月秦国率军在赵国的长平（今山西省晋城高平市西北）一带同赵国军队发生的战争。从秦国出兵使韩国割让上党到秦国获胜，耗时三年。而长平之战持续了5个月，赵军最终战败，秦国获胜进占长平，此战共斩首坑杀赵军约45万人，并留下"纸上谈兵"的成语。此役之后赵国国力大衰。吞炭：春秋末晋卿智瑶家臣豫让"漆身吞炭"的典故。比喻为酬报知己不惜代价。《战国策·赵策一》:"赵襄子杀智伯,智伯之客豫让谋刺赵襄子,为所识。豫让又漆身为厉,灭须去眉,自刑以变其容。为乞人而往乞。其妻不识,曰:'状貌不似吾夫,其音何类吾夫之甚也。'又吞炭为哑,变其音。伺机刺杀赵襄子,后事败而死。"瑞符:吉祥的征兆。平原:指战国四君子"(魏国信陵君魏无忌、赵国平原君赵胜、楚国春申君黄歇、齐国孟尝君田文)"之一的平原君赵胜。

◎ **浅译**

驿道碧色近我身

三河并流处

春风涌波影自浑

城阙高耸

看矮一片荒村

长平劫梦苦赵久

沙埋多少英魂

吞炭漆身义豫让

知遇恩重常思报

机失愧难为

祥云萦绕赵州城

可信亦是云

舍身成仁走岁月

往来亦成尘

君子英雄迹

酒浇赵州

向来执手那一尊

石桥南门外

仙迹昭昭谁比论

车马过纷纷

把酒谁念平原君

39. 赵州

（清）路德

买丝争绣佳公子，颇调平原能好士。
楼头一笑红颜摧，食客纷纷来复来。
我言此事非人情，如何浪得怜才名。
恶客一言九鼎重，美人一死鸿毛轻。
君不见乐羊啜子甘如饴，功成反使文侯疑。
又不见吴起杀妻为求将，母死不奔心早丧。
公子天下寡恩人，可知好士情非真。
贤者闻风定高蹈，公等碌碌安足论。
吁嗟乎！躄者足，笑者头，千秋恨事良悠悠。
我今独酌中山酒，不愿将杯滴赵州。

◎ 微注

路德（1785—1851）：字润生，号鹭洲，陕西周至人。清嘉庆十四年（1809）进士，曾任翰林院庶吉士，因用眼过度，双目失明，静坐诵经三年后复明，并在关中、宏道等诸多书院授课20年，以讲书名满天下。曾国藩称赞路德"一时全秦三晋吴楚人士多从之，游掇甲科，任京外各职者以数百计"。"陕西近三十年科举中人无一不出闰生先生之门，湖北官员中亦有之名。"并寄语子侄，"闻近日精于举业者，言及陕西路闰生先生在《仁在堂稿》及所选《仁在堂试帖》律赋课艺，无一不当行出色，宜古宜今，余未见此书，仅见其所著《柽华堂试帖》，久为佩仰。请心手抄，熟必背诵"。可见路德在清代中后期影响之大。著有《仁在堂文集》。楼头一笑：指平原君杀妾求士的故事。《史记·平原君虞卿列传》："门下一人前对曰：'以君之不杀笑躄者，以君为爱色而贱士，士即去耳。'于是平原君乃斩笑躄者美人头，自造门进躄者因谢焉。其后门下乃复稍稍来。"乐羊啜子：魏国大将乐羊在义与亲之间抉择的悲壮故事。《战国策·魏策》记载，"乐羊为魏将攻中山。其子执在城中，城中悬其子以示乐羊。乐羊曰：'君臣之义，不得以子为私。'攻之愈急。中山之君因烹其子而遗之鼎羹与其首，乐羊循而泣之曰：'是吾子已。'为使者跪而啜三杯。使者归报中山曰：'是伏约死节者也。不可忍也。'遂降之。文侯谓睹师赞曰：'乐羊以我之故，食其子之肉。'赞对曰：'其子之肉尚食之，其谁不食！'乐羊既罢中山，文侯赏其功而疑其心"。吴起杀妻：指吴起杀妻而拜将的故事。《资治通鉴》："吴起者，卫人，仕于鲁。齐人伐鲁，鲁人欲以起为将，起取齐女为妻，鲁人疑之，起杀妻以求将，大破齐师。"

◎ **浅译**

尚忆入京过赵州
进士及第壮志酬
三十年功名利禄
而今再回首
笑看人生苦与愁
又到京畿直隶
过往成遥想
公子平原君争绣
好士纳客
美名传久
至今语未休
长思红颜笑跛
一声香殉刀口
莫若食客又重在
士来士去冤女流
聚士义当头
惜才杀女世堪羞
跛脚忌短是非浠
至今无人究
九鼎一言

美女香消鸿毛愁

君不见

乐羊含泪啜子羹

报国始成

文侯猜疑反更骤

君不见

吴起杀妻为求将

功名才成鲁国走

母逝未奔丧

曾子闻之

师徒恩断流

公子薄情事

天下人知

可叹好士实难留

纳贤揽才

重在用与否

非徒虚名

尽在囊中收

碌碌无为

闲职亦难守

可叹

跛者足短言过头

可怜

女子笑长祸溢口

往事越千年

爱恨情愁

今日云台凭栏

心事悠悠

独饮宋子酒中山

空杯举已久

不愿浇此地

唯祈时光趁酒

云卷云舒自在游

好一个天下赵州

40. 感事述怀

（清）李鸿章

一角江城恨未消，长怀楚泽佩芳椒。

中原旗鼓声先震，半壁金汤土竟焦。

蜀郡祠堂村社祭，赵州人士酒杯浇。

当时愧乏蚍蜉救，投阁何须解客嘲。

◎ **微注**

李鸿章（1823—1901）：本名章铜，字渐甫、子黻，号少荃，（一作少泉），晚年号仪叟，别号省心，谥文忠，安徽合肥人。年轻时曾写下"一万年来谁著史，三千里外欲封侯"的诗句。清道光二十七年（1847）中进士，历任翰林院庶吉士、翰林编修、湖广总督、两江总督、直隶总督、北洋通商大臣、文华殿大学士。晚清四大名臣（李鸿章、曾国藩、张之洞、左宗棠）之一。曾组建淮军，创办北洋水师，是《马关条约》《辛丑条约》的主要签订人。有《李文忠公全集》存世。此诗全名为《感事述怀呈涤生师用何廉舫太守除夕韵同次青仙屏弥之作·其八》。芳椒：一种香料。语出屈原《湘夫人》"荪壁兮紫坛，播芳椒兮成堂"。金汤："金城汤池"的略语，指金属造的城，沸水流淌的护城河。形容城池坚固。蜀郡祠堂：代指成都武侯祠。社祭：主要祭祀土地神，此指祭祀有功于国的人。《周礼·地官·鼓人》："以雷鼓鼓神祀，以灵鼓鼓社祭。"蚍蜉：蚂蚁的一种，指微小的力量。投阁：西汉扬雄投阁的故事。《汉书·扬雄传》：时雄校书天禄阁上，治狱使者来，预收雄，雄恐不能自免，乃从阁上自投下，几死。……然京师为之语曰：'惟寂寞，自投阁；爱清静，作符命。'后成为文士不甘寂寞而遭祸殃之典。比喻无辜受牵连而获罪，走投无路。

◎ 浅译

遥忆江城

一席风雨世无常

繁华隐

萧条猖

但恨内患嚣张

本欲驰疆场

常念屈子报国愿未偿

忠义幸流芳

中原地

民游荡

饥荒声声震朝纲

半壁江山毁

重振亦有伤

蜀地至今祭孔明

街头思安邦

人杰辈出赵州地

把酒赴国殇

惭愧未解时局势

投笔从戎寄故乡

何须费工夫

来解他人毁与谤

41. 赵 州

（清）程之桢

浊酒浇黄土，悲歌问昔年。
戍荒人荷梃（tǐng），沙阔马耕田。
奇士谁廉蔺，雄关荠晋燕。
书生如献策，行矣著先鞭。

◎ **微注**

程之桢（生卒年不详）：字维周，湖北江夏（武昌）人。清咸丰元年辛亥（1851）举人，曾任黄冈教谕，其书写的《前赤壁赋》彰显于黄州二赋堂。著有《维周诗草》。浊酒：用糯米、黄米等酿制的酒，较混浊。著先鞭：上马挥鞭行。比喻快走一步，占先机。"十载幽怀托素弦，江山如梦水如烟"，这首诗注入了诗人浓浓的家国情怀，就像大大的雪花落进我的心里，在肃杀之气中涌现出别样的高洁，飘进我的世界，亦如厚厚如书堆积在赵州夜里的雪，静候晴日阳光感动在温暖的融化里。

◎ **浅译**

我行进在古赵州驿道，看到战乱频频民不聊生心苦恼，忍不住停下车马，忧心忡忡把盏浊酒倾祭浇。想起杜甫"艰难苦恨繁霜鬓，潦倒新停浊酒杯"的无奈诗稿；想起刘禹锡"浊酒销残漏，弦声间远砧"的纵情寂寥；想起范仲淹"浊酒一杯家万里，燕然未勒归无计"的家国情怀，想起杨慎"一壶浊酒喜相逢，古今多少事，都付笑谈中"的世事悟道，想起"本是青灯不归客，却因浊酒恋红尘"的每每自嘲。

我禁不住仰天长问："往昔岁月里慷慨悲歌之士，莫不是淹没在漫漫黄沙故道？"

偶然看见三两人扛着棍棒走在无边际的秋晓，百无聊赖地看着荒地里起落的野草。来不及的眼神里又见一队战马踟蹰（chí chú）在开阔沙地上，好像要踏出往日喧嚣。

现在谁又能成为廉颇、蔺相如那样的奇才而雄姿英发？只有铜帮铁底的赵州雄关成为突破燕晋之地的牢固关要。

谋略千里的左车如果计谋早一时得用，着鞭先行的定是赵国天下再造！

自忖当时，鸦片战争与太平天国的外患内忧叠加，虽赴黄州为官，心情依旧沉重，事难料。

42.过赵州战国苏秦受印绶处

（清）严金清

伏诵阴符志不群，果然挟策动时君。
金裘自惜悲秦道，意气于今震赵军。
七国纵横三寸舌，千年事迹一碑文。
我来忽有升沉感，立马旗亭落日曛。

◎ 微注

严金清（1835—1909）：字紫卿，江苏无锡人。曾任清代中兴名臣左宗棠幕僚、台湾淡水同知、新疆迪化知州、陕西延榆绥道。有《严廉访遗稿》留世。感到愧惜的是赵州苏秦接受印绶处已不可考。苏秦：战国时纵横家、外交家、谋略家。早年求学于鬼谷子，学习纵横术，后攻读《阴符》游说列国，被燕文公赏识，出使赵国后，提出合纵六国以抗秦的战略思想，在"洹水之约"时组建了合纵联盟，任"纵约长"，兼佩六国相印，使秦十五年不敢出函谷关。阴符：古代兵书。《战国策·秦策一》："（苏秦）乃夜发书，陈箧数十，得《太公阴符》之谋，伏而诵之。"挟策：胸怀计谋、建议。纵横：合纵连横。《韩非子》："纵者，合众弱以攻一强也；横者，事一强以攻众弱也。"战国时期纵横家宣扬推行的外交和军事政策。合纵就是多个实力较弱的国家联合对付强国。连横就是采取远交近攻方法，强国拉拢弱国攻打弱国，得以兼并扩张土地。旗亭：市楼。古代观察指挥集市的处所，楼上立旗。《史记·三代世表褚少孙论》："臣为郎时，与方士考功会旗亭下。"

◎ 浅译

经过古赵州苏秦奉绶六国相印之处，我禁不住思潮翻涌。

想起早年苏秦，为实现卓尔不群志向，以"刺股"毅力揣摩阴符经以求学致用。

想起他挟策读书一举成名，六国相印收囊中，与六国君主就天下大事论合纵，誓与强秦争雌雄。

想起他初向秦惠王上书十次却没被接纳的动容。

想起他在花尽金子，没有生计徘徊在十字街头的窘迫，不得不穿着破旧皮袄、系着露趾草鞋、拖着瘦弱身子，面呈黧色，羞愧地顺着墙角低下昔日高昂的头颅，向家慢慢靠拢的悲痛。

想起他"归至家，妻不下纴，嫂不为炊，父母不言"情何以堪的世之不容。

想起他饱受白眼之后，没有自杀，没有疯癫，没有抑郁沉沦，反之愤而苦读，寂而后悟，意气闻达于诸侯。

想起他名声喝令于赵军，"一怒而天下惧，安居而天下息"，成就天下风流自称雄。

想起他凭借过人胆识，依仗超群才智，计许无敌雄辩，率百万之众"叩关而攻秦"，是何等壮怀激烈运筹帷幄！

现如今，千秋功业已化作一石碑文，风疏骤雨冲。

想起他雄心万丈誓效忠，"谁主大地沉浮"势愈隆。

好像自己照亮夕阳醉红影子，立马在校场，时刻准备为国报效再立功。

43.送莫子偲游赵州赴陈刺史之招

（清）张之洞

黄沙舞风白日晡（bū），眲（nè）叟束书戒仆夫。

何事犯寒须冻结，南渡衡滱（kòu）饥来驱。

臣朔履破不足道，君亦如此堪卢胡。

蚤年高名动帝都，西南郑莫称两儒。

犍为文学毋敛尹，三千年上攀为徒。

涩体惯作孟郊语，瘦硬能为李潮书。

今年京国朋不孤，瑰琦跌宕（dàng）刘与吴。

经生壮士各异态，臭味自合无差殊。

刘归吴逝君去国，远游宝璐何人沽。

君诗送我西山麓，重裘装缠秋林疏。

我歌送君燕市外，剑筑萧瑟冬原枯。

勿饮赵茶浇赵酒，平原公子无时无。

◎ 微注

张之洞（1837—1909）：字孝达，号香岩（香涛），又号壶公、无竞居士，晚年号抱冰，人称"张香帅"，又称"张南皮"，谥"文襄"，清代河北南皮人，生长于贵州兴义府。清同治二年（1863）中进士探花，历任翰林编修、陕西巡抚、两广总督、湖广总督、两江总督，官至体仁阁大学士。晚清名臣、清代洋务派代表人物，与曾国藩、李鸿章、左宗棠并称"晚清中兴四大名臣"。政治上主张"中学为体，西学为用"，创办大批军民用工业，并创办了自强学堂（今武汉大学）、三江师范学堂（今南京大学）等学校。著有《张文襄公全集》。莫子偲（caí）（1811—1871）：名友芝，号紫泉，又号郘亭，贵州独山人。晚清著名学者，宋诗派诗人。他与郑珍共同修纂《遵义府志》，并称"西南巨儒"，曾任金陵书局总编校、扬州书局总校刊。陈刺史：指赵州知州陈钟祥（1809—？）：字自凡，号拟叟，贵州独山人。道光十一年（1831）举人，后考取官学教习，历任青神、绵竹、大邑知县，后任沧州、赵州知州，曾整理出《赵州石刻全录》，现珍藏于中国国家图书馆。著有《依隐斋诗钞》《夏雨轩杂文》《香草集》等。晡：申时，指下午三时至五时。郘叟：莫友芝的晚号。束书：犹负籍。卢胡：笑声发于喉间。蚤年：多年以前，指年轻的时候。犍为：指汉代的犍为郡，今正安县。文学：指舍人、待诏等官名。毋敛尹：毋敛，汉时古县名，今正安县，东汉西南名儒尹珍故里。尹珍 (79—162)：字道真，贵州叩问中原文化的学者、文学家、教育家、书法家，儒学大师许慎的学生，官至尚书丞郎、荆州刺史，西南汉文化的开拓者，《后汉书·西南夷列传》有记载。涩体：指艰涩难读自成一格的文章格式。孟郊 (751—814)：字东野，湖州人，唐贞元十二年 (796) 中进士。唐代著名诗人，与贾岛并称"郊寒岛瘦"。李潮子：传说为唐朝隶书大家李阳冰，与韩择木、史维则、蔡有邻并称"四家"。刘与吴：指刘坤一 (1830—1902)，字岘庄，湖南新宁人，晚清军事家政治家，湘军宿将。曾与张之洞联名上疏"江楚三折"请求变法，官至两江总督。著有《刘坤一遗集》。吴指吴大澂 (1835—1902)，初名大淳，字止敬，又字清卿，号恒轩，愙斋、郑龛，江苏吴县人。清同治七年 (1868) 进士，官至广东巡抚、湖南巡抚，与张之洞结为姻亲，喜好收藏金石书画。著有《古玉图考》等。宝璐：美玉。《楚辞·九章·涉江》："被明月兮佩宝璐。"此诗是他送莫友芝去见赵州知州陈钟祥时所作。赵茶：赵州茶。赵酒：赵州酒。

◎ 浅译

  风舞午后黄沙

  遮天蔽古塔

  自背书囊入赵州

  省却仆人车马

  谁轻紫泉重儒业

  五进会试未显达

  叹世事无常法

  意冷心自寒

  仕途封冻休牵挂

  南渡未见来时路

  饥食难耐

  自有友酬答

  游来久

鞋底破
微不足道道怜它
暗笑人间话
少年文名盛传久
一来京城才更佳
子尹与君两巨儒
西南东北人皆夸
牛耳一执学案
徒手就笔
三千年史迹在当下
诗文自起一脉
不看长安孟郊花
阳冰篆书稀指间
先生骨气锋毫大
京城今岁友灿
岘庄三折开先河
止敬金石学无涯
人生经年老
英雄百态承潇洒
志趣相投礼不差
离别常是相逢
刘吴外赴君离京
又有何人沽泪花
西山赠我诗情
疏林道上
装束衣袂系又扎
赵州城内燕市外
冬野萧萧冷

长剑失鸣筑已哑

宋子落繁华

平原绣已旧

千年赵州

有酒浇时义气发

茶凉人未走

低头又思太守衔

44. 赵州怀古

（清末民初）李大防

河朔称雄古赵州，悲歌慷慨世无俦（chóu）。

屠沽隐姓寻奇士，风雨登台吊故侯。

塔外柏林环寺拱，桥边洨水抱城流。

平原宾客三千盛，零落而今满眼愁。

◎ 微注

李大防（1868—1938），字范之，四川开县汉丰镇人，附贡生。清代两江总督李宗羲（1818-1884）之孙，兵部郎中李本芳之子。他既是赵州最后一位知州（1911年），又是赵县第一个县长（1912年）。历任直隶法律学堂监督、法官养成所监督，遵化知州，赵州知州。民国四年（1915年）任福建省省长王筱岩秘书。民国八年（1919年）后曾任安徽省烟酒公卖局局长、政务厅厅长、安庆道尹。民国十七年（1928年）弃政从教于安徽大学，任文学院院长兼教授，与姚永朴、胡远浚、陈慎登、杨铸秋、潘季野、韩伯韦等著名学者共事。著有《赵州集》《历代诗选》《啸楼集》《礽盦（rèn ān）诗存》《寒翠词》等。河朔：紧靠帝都，地理位置重要，为帝都周围的主要防御屏障。寓意"战略要地"。无俦：俦，伴侣，同类。引申为相比，指没有能够与之相比。屠沽隐姓：指高渐离隐藏在宋子城酒馆。

◎ 浅译

  赵州古来屏帝京

  锁钥称雄

  地势聚胜形

  慷慨悲歌

  英雄敌手敬

  渐离宋子隐酒肆

  谁轻埋没义士影

  一声筑起

  拳拳赤心惊

  宁为知己就死

  无惧无悔

  秋风秋雨秋意应

  云台望汉

  登临怀古景

  毁家纾难立雄志

  攀龙附凤佐汉兴

  一塔独高

  柏林环寺合拱影

  石桥栖洨水

  绕城清流成美景

  三千宾客侍平原

  谁见云烟凝

  落零如叶随波逝

  满眼离愁并

  家国如梦身何处

  但愿一方宁

二、古宋城垣残

古宋城址，古称"宋子"，形成于公元前770年，初属中山国，后属赵国。公元前228年，秦置宋子县。西汉初，刘邦封许瘛为宋子侯，升为侯国。汉景帝中元二年（前148）复置县。王莽时称宜子县。北魏永安二年（529）复名宋子县。北齐天保七年（556）废县。隋文帝开皇元年（581）重置宋子县，属赵郡。隋炀帝大业三年（607）并入平棘县后未再置县。遗址位于赵县韩村镇宋城村南，古城南北宽550米，东西长700米，总面积38.5万平方米，城墙厚达6～10米，残高4米，是国内保存相对较好的古城遗址。作为一座保存3200余年的古城，始于商王武丁封儿子子宋于"宋"。周边30余座古老墓丘与之共同讲述着历史的沧桑。其间最为著名的历史记载有：宋子三孔布币流通于当时，珍藏于今（中国国家博物馆）。与荆轲生死之交的高渐离匿于宋子，后击筑刺杀秦始皇功败垂成。廉颇大败燕国栗腹于宋子。宋子人耿纯进言刘秀"攀龙鳞附凤翼"名垂史册。书法大家师宜官在宋子受袁术令而书《耿球碑》成为书法绝唱。1956年9月，被河北省人民政府公布为第一批省级文物保护单位。2013年5月，被列为第七批全国重点文物保护单位。此情此景，此音此地，何不弃车登临抒怀！

1. 宋城者讴

（先秦）佚名

睅（hàn）其目

皤（pó）其腹

弃甲而复

于思于思

弃甲复来

从其有皮

丹漆若何

◎ 微注

　　此诗为先秦时一首乐府诗。讴：民歌。睅：眼珠突出。皤：凸出。弃甲：丢掉铠甲，表示战败。于思（腮）：多须貌。一说白头貌。皮：牛皮。丹漆：红漆。《左传》有载郑宋交战之事，但呈之共阅。夜来闲翻书，灯影伴我读，疑是记录古宋城最早的诗文。

◎ 浅译

　　　　华元战败
　　　　牛羊车马质归来
　　　　城上卒众
　　　　瞪眼鼓肚笑称怀
　　　　一味独行
　　　　不理又不睬
　　　　满腮胡子弃甲回
　　　　缘何狼狈在
　　　　想之又想
　　　　弃车为羊当罪裁
　　　　重整旗鼓未可知
　　　　信心不可折
　　　　犀牛兕牛再收买
　　　　牛皮铠甲莫托开
　　　　莫问丹漆何待
　　　　多言亦多累
　　　　须来日
　　　　战鼓响处兵阵排
　　　　胜负分时
　　　　再论高矮

2. 宋子城

（隋）李谔

一望平沙宋子台，苍苍乔木石城隈（wēi）。

云生旷野孤村冷，月照荒丘百雉隅。

易水风寒豪士过，秦庭日暮壮心灰。

当年匿作人何去？燕赵悲歌今更衰。

◎ 微注

李谔（？—605）：字士恢，赵郡人。初为北齐中书舍人，后为北周天官都上士，隋文帝时任比部功考二曹侍郎，迁治书侍御史，出为通州刺史，封南和伯。学问广博，明达世务，为时论所推。可谓中国公文改革第一人，其《上隋高祖革文华书》《上书正文体》中"连篇累牍，不出月露之形。积案盈箱，唯是风云之状""屏黜轻浮，遏止华伪"的思想深受隋文帝推崇，更为后人借鉴。隈：城拐角之处。雉：古代城墙面积计算单位。长三丈、高一丈为一雉。隅：角落。易水：河流名，源出易县境，入南拒马河。匿：隐藏。衰：懈怠。

◎ 浅译

平沙漫漫原野上

一眼可看到

土石筑成宋子城

依偎在高大苍翠乔木旁

旷野低垂朵朵白云

好像刚长出的迷茫

战火过后的村庄

在白云笼罩中冷僵

寂寞月色下

荒草丛生在

座座墓丘与蜿蜒的城墙

影影绰绰的风

侵蚀悲喜感伤

诉说着前尘过往

与荆轲拜别的易水

早已流走侠士铿锵

壮士刺秦的雄心

激荡了多少岁月彷徨

终与大秦帝国烟虚流殇

宋子繁华早隐藏

到如今

击筑之声

回响千年慨而慷

悲歌清越再难寻访

3. 市

(唐) 李峤

阛阓 (huán huì) 开三市,旗亭起百寻。

渐离初击筑,司马正弹琴。

细柳龙鳞映,长槐兔月阴。

徒知观卫玉,讵 (jù) 肯挂秦金。

◎ 微注

李峤 (645—714):字巨山,河北赵州 (赵县) 人。唐代赵郡李氏东祖之后,唐高宗麟德元年 (664) 高中进士。曾任长安尉、监察御史、凤阁舍人、中书令等职。历仕五帝,三次拜相。为当时"文章四友"(李峤、苏味道、崔融、杜审言) 之一。留有"龟息贵寿""梦得双笔"等典故,其诗作《李峤百廿咏》在中唐时流传到日本。其中《风》诗入选小学一年级课本。阛阓:街市。旗亭:

秦汉时市场内标志性建筑，市官的官舍，其上高悬旗帜为标志。寻：古时长度单位，八尺为一寻。渐离：指高渐离，擅击筑，与荆轲结为生死之交。司马：指司马相如，西汉著名辞赋家，以琴结缘卓文君。细柳：周亚夫驻军细柳，治军严明，汉文帝入军营亦不可，汉文帝赞其能。后代指军纪森严。卫玉：晋卫玠年轻时丰姿绝美，见者皆以为玉人。代指文辞华美或风姿秀异。讵肯：岂肯。挂秦金：吕不韦使门人作《吕氏春秋》，在咸阳城广贴布告，悬千金，凡有能增一字或减一字者，赏千金。后来泛指高价征求对文章的意见。此诗主要写宋子古城的往昔盛况。

◎ 浅译

  宋子城垣十万尺

  人来车往

  聚居成三市

  旗亭高耸入云端

  百寻鸟飞滞

  渐离击筑

  旁若无人人声肆

  司马弹琴

  两相情愿长相思

  细柳军严

  日照金波龙颜喜

  兔目虚合

  月掩浮云影色支

  卫玉风采空看好

  秦金告示实难撕

  此城此地

  一筑世人知

4.宋城道中

（宋）王安石

都城花木久知春，北路余寒尚中人。

宿草连云青未得，东风无赖只惊尘。

◎ 微注

王安石（1021—1086）：字介甫，号半山，谥号文。江西抚州临川人。北宋仁宗庆历二年（1042）进士及第，历任扬州签判、鄞县知县、舒州通判、参知政事，官至宰相，实行了熙宁变法运动。北宋著名思想家、政治家、文学家、改革家，有《临川集》存世。宿草：墓地上隔年的草。无赖：没有依傍。此指顽皮。

◎ 浅译

  人在归途
  前路漫漫雄心疲
  想必
  春天应归故里
  东京汴梁草木
  早已浸染鲜活气息
  但见
  宋子古城一片孤寂
  生机微寒掩
  渐离筑声空留迹
  打马路过
  只剩下未解之谜
  宿草连天
  碧色尚未栖
  一声飞鸣入云际
  东风不展城头旗

前尘往事

幻作云烟生成地

5. 宋城

(宋) 贺铸

水馆四边村，登临奈断魂。

黄花开小径，红粉哭高原。

舟楫逢新火，松楸老故园。

斜阳一千里，依约是苏门。

◎ **微注**

贺铸 (1052—1125)，字方回，又名贺三愁，人称贺梅子、贺鬼头，自号庆湖遗老，为贺知章后裔，河南卫州人。北宋诗词名人，有《庆湖遗老集》存世。此诗作于宋哲宗元祐元年 (1086) 寒食节。水馆：临水的馆舍或驿站。红粉：妇女化妆用的胭脂和铅粉。借指年轻妇女、美女。舟楫：船只。松楸：松树与楸树。代指坟墓。苏门：指河南新乡辉县苏门山。东晋著名隐士孙登曾隐居此处，后代指孙登。

◎ **浅译**

水绕村馆风自住

登临北望

魂断多少路

小径黄花开无数

脚步亦跼蹐

红颜零落

记忆成尘土

灯火挑动黄昏舟

影里梦屈辱

故园先人墓

老干凌云筑

千里斜阳千里树

苏门依依

未见人行处

6. 高渐离击筑

（明末清初）顾炎武

神州移水德，故鼎去山东。

断霓夫人剑，残烟郭隗(wěi)宫。

身留烈士后，迹混市儿中。

改服心弥苦，知音耳自通。

沉沦余技艺，慷慨本英雄。

壮节悲迟晚，羁魂迫固穷。

一吟辽海怨，再奏蓟丘风。

不复荆卿和，哀哉六国空。

◎ 微注

顾炎武（1613—1682），本名绛，字宁人，号亭林，明朝南直隶府苏州昆山人。明末清初思想家、经学家、音韵学家，与黄宗羲、王夫之并称"三大儒"，被誉为清学开山始祖。明崇祯十六年（1643）为国子监生，加入复社。因仰慕文天祥学生王炎午之气节，更名为炎武。后抗清未果，潜心治学，终成一代大儒。而其"保天下者，匹夫之贱亦有责焉！"演化而成的"天下兴亡，匹夫有责！"之语成为近代以来众多仁人志士保家卫国的热血激情。著有《日知录》《天下郡国利病书》等。《史记·刺客列传》载，高渐离"变名姓为人佣保匿作宋子城"。《河朔访古记》载："赵州城东北三十里平棘县境上古宋子城……

即秦高渐离匿作宋子而歌之所也。"水德：《汉书·郊祀志上》记载，"今秦变周，水德之时"。水德崇尚颜色为黑色，对应朝代为秦朝。断霓：断虹。借指宝剑。夫人剑：徐夫人剑，徐夫人为战国时赵国铸剑名家，以藏锋利匕首闻名。荆轲刺秦王所用匕首即得自徐夫人。《史记·刺客列传》："太子欲求天下之利匕首，得赵人徐夫人匕首，取之百金，使工以药淬之，以试人，血濡缕，人无不立死者。"郭隗宫：战国燕昭王为礼待郭隗所建的馆舍，称尊贤堂。后代指贤人聚集之所。郭隗，河北定兴县人。战国时期燕国大臣、贤者，纵横家代表人物。其以千金买骨为例使燕昭王广纳贤才，建筑"黄金台"。辽海：指辽河以东沿海地区。蓟丘：古地名，北京城西德胜门外西北隅。荆卿：荆轲，姜姓，庆氏，字次非，战国时卫国人，春秋时齐国大夫庆封后人。战国时著名刺客，亦称"庆卿""庆轲"。

◎ 浅译

秋风换了人间

神州归一统

秦国鼎定崤山东

可怜夫人剑

锋刃未断祭长虹

招贤纳士光彩没

烟云散尽隗阳宫

荆轲英魂

常绕巷谈中

混迹宋城人未知

换装酒肆丛

苦恨埋名掩旧事

知音洗耳躬

筑音余留空谷

慷慨赴国难

方是本色英雄

壮士持节

悲歌无人读懂

重诺酬知己

客死咸阳

朝堂一片红

谁唱易水

风寒声声怨

谁鸣燕山

叶落簌簌忠

荆高唱和

风云不复重

剑失筑消

六国水逝鸟飞空

片片惊梦

夜思故国踪

7.为宋子主人送高渐离入秦

（明末清初）王夫之

每见关中客，无心理筑哀。

徵（zhēng）书昨夜到，不待曙光催。

◎ 微注

王夫之（1619—1692），字而农，号姜斋、船山病叟，别称王船山，衡州府王衙坪（衡阳雁峰区）人。明末清初大儒，是当时三大思想家（顾炎武、黄宗羲）之一。著有《宋论》《读通鉴论》等。宋子：即宋子古城，是宋姓最早的起源地，历史学家胡厚宣认为："23世商王武丁（前1250—前1192）诏封子宋于宋地，始有宋城。西周时微子启奉祀迁一部置商汤旧地亳都（睢阳）。"可见，宋子古城历史之悠久。关中：指四关之内，东潼关、西散关（大震关）、南武关（蓝关）、北萧关。今指陕西中部秦岭以北，子午岭、黄龙山以南，陇山以东，潼关以西区域。徽书：征书。

◎ 浅译

  常思易水别

  风送波远志士血

  刺秦垂成英名在

  寒冰自冻结

  隐身宋子心犹存

  关中客来歇

  常问三秦事

  无心击筑

  独坐忆荆轲

  复仇待几何

  昨夜梦起

  秦王征书命我

  击筑上朝歌

  处心积虑

  誓将秦王灭

  不待曙光催人起

  征衣系身稳坐车

  未耽搁

  但报知己恩

  成败哪堪后果

  生死命

  天地之间笑蹉跎

8. 宋子城

（清）王汝弼

雉堞荒凉秋水滨，萧条不复旧时春。

城头薄暮人吹角，堤畔黄昏鸟弄茵。

绿绿树重阴遮野，白云无际锁寒榛（zhēn）。

可怜一片纤纤月，曾照当年击筑人。

◎ 微注

王汝弼，生卒年不详，赵州人。清顺治八年（1651）贡生，曾任房山县训导。雉堞：又称"齿墙""垛墙""战墙"，是有锯齿状垛墙的城墙。古代城墙上掩护守护人用的矮墙，泛指城墙。榛：指丛杂的草木。可怜：怜爱。

◎ 浅译

萧条的宋子城墙上，深秋傍晚了无行，荒草瑟瑟成清冷光景，古宋繁华无踪影。忽然，薄暮冥冥城头上传来时断时续号角声，归巢鸟在河堤柳荫时静时鸣。重重柳绿隐住河上孤帆独影清，层层矮树漫住眺望故国的淡淡愁风，步步尘土淹没在筑声里，侠客悲情。重云压低破败城墙，淹没无边黄昏，浓缩了丛丛翠碧滴风寒星。可怜那努力钻出云层的纤纤弯月，像磨新弯刀胜过电闪雷鸣。莫非易水映照的月光、击筑渐离的凄凉就是今晚当空的情境？

9. 高渐离筑

（清）郑用锡

十载潜身托宋佣，解装未出发先冲。

如何又误咸阳击，暴魄空教褫（chǐ）祖龙。

◎ 微注

郑用锡（1788—1858）：字在中，号祉亭，台湾淡水人。清道光三年

(1823)中进士,时称"开台黄甲"。历任兵部武选、礼部仪制司员外郎,回台后主讲明志书院,曾募勇抗击英军,授四品衔。著有《周礼解疑》《北郭园全集》。潜身:隐姓埋名。褫:剥夺。暴魄:强大的精神。

◎ 浅译

十年生死两茫茫

心惆怅

愧难当

隐身宋子酒肆

英雄气短情长

一日击筑声激越

壮士意气再昂扬

怒发冲冠

恨失知己国离殇

但听征召事

一夜未解装

星月伴筑到咸阳

可怜朝堂近始皇

一误命未偿

空教世人叹惜

只把英名存寻常

三、古村烟柳稀

古赵州，作为中原人类的最早栖息地之一，部落村庄散布其间，每个村亦是一段历史的微光。现选数诗以彰其貌。

1. 泥沟

（宋）张耒

沟泥不可步，况复雨清晨。
下直休半日，闭门闲晚春。
著书聊尔耳，隐市笑徒云。
买酒待新月，奈兹千里云。

◎ 微注

张耒（1054—1114）：字文潜，号柯山，时称"宛丘先生"，安徽亳州人。宋神宗熙宁年间进士官至太常少卿，苏门四学士之一，赵郡苏轼称其"汪洋冲淡，有一唱三叹之音"。著有《柯山集》《宛邱集》等。尔耳：如此而已。奈兹：奈何。赵县泥沟村是否心有所属，不得而知，姑且以诗寄情。

◎ 浅译

春风挂柳
清晨帘动雨重重
街前浊泥沟
细浪腾涌
行得印迹留履住
笑看双足风雨浓
叩门醉卧书中
半日飞流敲阶响
晚春闭户闲在空

犹是不解情

笔下寂寞聊老宅

徒笑人微隐无踪

沽酒邀新月

杯中云天容

千里听透声声意

人生何曾真懂

2.过杨村

（宋）杨万里

石桥两畔好人烟，匹似诸村别一川。
杨柳阴中新酒店，蒲萄架底小渔船。
红红白白花临水，碧碧黄黄麦际天。
政尔清和还在道，为谁辛苦不归田？

◎ **微注**

杨万里（1127—1206）：字廷秀，号诚斋。江西吉州（吉水）人，南宋著名诗人。南宋绍兴二十四年（1154）中进士，历任国子博士、太常丞、吏部员外郎等职，以"正心诚意"爱国直言知名。曾数度出使金地，故思这首诗与赵县杨村有关、与赵州桥相关。著有《诚斋集》。杨村：在赵县城西南，旧有冯唐墓。亦有认为是铅山县杨村。匹似：好似。政尔：正当。清和：指农历四月初夏时节。在道：在旅途中。归田：归隐田园。

◎ **浅译**

赵州石桥接南北

两岸茵茵

堤畔草青肥

炊烟飘飘人微醺

谁倚门前

轻捻柳色盼夫归

乡村风物自然亲

恰似到老村

杨柳披叶迎客响

酒店又新闻

葡萄架下听织女

渔船小动银河唇

亭亭红花照细水

涟滟随风吻

碧天映黄穗

正把人间光景存

为谁辛苦

忘却眼前田园韵

3.出东平

（金末元初）元好问

老马凌竞引席车，高城回首一长嗟。

市声浩浩如欲沸，世路悠悠殊未涯。

潦倒本无明日计，往来空置六年家。

东园花柳西湖水，剩著新诗到处夸。

◎ 微注

东平：元好问在赵州一带生活时间较长，且在柏林禅寺《大金沃州柏林禅院三千邑众碑记》中记载"东平村"，故作赵州东平记之。但疑为东平府。凌竞：战栗、恐惧的样子。长嗟：长叹。潦倒：颓丧、失意。

◎ 浅译

　　老马引车急

　　回首东平

　　往事已成谜

　　人生闹市几驻足

　　无边奔波

　　年年何处憩

　　困境哪堪明朝

　　四壁对望空相欺

　　柳花飞絮西边水

　　新诗剩句残羹

　　自言自窃喜

　　只手划空

　　一片纸无迹

4.宿宋村次唐人韵

（明）吴与弼

　　茅店又安眠，前程听自然。

　　余魂知有几，不必问流年。

◎ 微注

　　吴与弼（1391—1469）：初名梦祥，字子傅，号康斋，江西抚州崇仁县人。明代学者、理学家、教育家、诗人，开创崇仁学派。其作为教育家，第一个提出劳动与教育相结合的观点。作为哲学家，其《崇仁学案》位列第一，"天道观、性善观、践行观、苦乐观"影响深远。著有《日录》《康斋文集》等。宋村：作为三河交汇、九道相通之地，俗称"九龙口"，明朝时兴盛一时。流年：逝去的年华。

◎ 浅译

> 晚来风无声
> 独眠茅店酣梦轻
> 不知前程又几程
> 顺其自然
> 细月画窗棂
> 余生知己何在
> 流年不必问
> 过往夜凉看数星

5.州城怀古（四）

（清）梁肯堂

其一

兴亡一瞬叹沧桑，泜水茫茫感信阳。
剩有钓盘青照眼，东流呜咽绕城郎。

其二

古柏阴森废寺门，寒烟蔓草断人魂。
棘蒲事业空台在，虚说柴侯南北村。

其三

城西古隧泣秋风，千古英魂入梦中。
不是白狐成幻景，重泉犹闷漆灯红。

其四

十丈丰碑太息生，开元诗格数轮城。
词人漫笑银花合，删却模棱不减名。

◎ 微注

梁肯堂（1717—1801）：字构亭，号春淙，又字石幢，号晚香。浙江钱塘人。清乾隆二十一年（1756）举人，其"贤能之声久达天聪，又能宽猛相济"，历任栾城知县、苏州知州、深州知州、保定知府、山东按察使、河南巡抚、直隶总督、刑部尚书、漕运总督。著有《石幢居士吟稿》。棘蒲、城郎、轮城：为赵州古地名。沧桑：沧海桑田，比喻世事变化巨大。泜水：今槐河，赵县称"沙河"。信阳：代指韩信。钓盘：指韩信钓鱼无食，漂母赐饭而活。青照眼：比喻受人重视。棘蒲：古赵县。空台：柴武台。柴侯：指棘蒲侯柴武。南北村：指泜河边上的南北轮城两个村。古隧：古墓。白狐：指西汉广川王盗墓遇白狐的传说，在《西京杂记》《搜神记》中有记载。银花合：苏味道（648—705），唐代赵州人。与杜审言、崔融、李峤并称"文章四友"。因凡遇大事都不拿主意，不做决断，模棱两可，时称"苏模棱"。其在《正月十五夜》中有"火树银花合，星桥铁锁开"的名句。

◎ 浅译

其一

世事沧桑

执卷朝夕叹兴亡

泜水不解东流意

只道韩信长

钓台空余碧草生

鳞波晚霞共茫茫

辗转绕城郎

其二

古柏森森闭寺门

禅风济济深

蔓草丛里寒烟生

萧条断魂人

千年棘蒲成往昔

汉台存迹真

南北轮城栾武地

洨水觅知音

其三

城西古道里

秋风泣落洨水急

左车谋略

一语成典籍

孤坟白狐谁又见

甘泉映朱漆

其四

丰碑十丈民生迹

味道轮城籍

火树银花盛名在

笑知模棱

删繁就简

说来有深意

第二章　巧夺天工赵州桥

百姓赵作首，万桥安为先。赵州石桥众多，最知名的当数赵州桥（安济桥），位列中国四大古桥（赵县安济桥、潮州广济桥、泉州洛阳桥、北京卢沟桥）之首。小学、初中的《语文》《品德与生活》《品德与社会》《历史》课本以及《社会主义发展简史》中都有精要介绍，以其为原型的"丝路金桥"更是成为一带一路连接沟通世界的文化符号。在赵县，除赵州桥外，永通桥秀甲天下，济美桥栏板钩沉，永济桥隐身无语，范庄桥藏而不发，为赵县的桥文化蒙上了更多神秘色彩。

一、赵州桥如虹

赵州桥始建于隋朝公元585—605年，由李春建造，开创了坦弧敞肩石拱桥的先河，在世界桥梁史上独领风骚。从唐朝开始，历唐、宋、元、明、清、民国等各时期，一千四百年来，均有诗话与赵州桥共留名。可以说，赵州桥是一系文脉传承，更是一种蕴含特殊文化符号的中国印记。

唐朝宰相张嘉贞"赵郡洨河石桥，隋匠李春之迹也。制造奇特，人不知其所以为。……目所睹者，工所难者，比于是者，莫之与京"。共204字的奇秀文章唱响并激荡起赵州桥上、洨水河面朵朵文化浪花。

柳涣"架海维河，浮鼋役鹊"、张彧"月挂虚檐，星罗伏兽"点醒了唐诗梦幻般赵州桥的若飞若动。

崔恂一句"代久堤维固，年深砌不毁"吟起了唐诗江河里赵州桥的源头活水。

李翱"石穹窿兮与天终"希望盛世赵州桥与天地同寿!

到宋朝倚桥南行时,洪皓"四隅柱干霄"、安汝功"万古作津梁"、杜德源"驾石飞梁尽一虹"、宋谦甫"澄心洞里有闲人"、陈孚"只留驴迹印青苔"丰满了天上人间的神话传说。

至元朝挽弓会月处,杨奂"郑卿车渡心应愧"、刘百熙"水从碧玉环中过"、杜英"路险天横千丈霓"道尽了人间神话到此回。

逢明朝志献浓墨池,蔡瑗"郡南尚有度仙桥"、陆健"乾坤此一桥"、傅振商"石桥碧影驾长虹"、鲍捷"谁移云根一掌平""补地绝红尘"史存了通达古今的桥迹流韵。

遇清朝愈行愈近春,祝万祉"一弯新月出云霄"、王懿"长虹嵌石跨云霄"、王基宏"龙盘虎踞洨河州"、张光昌"悬向地中偃日月"、王悯"长虹百尺锁关河"、张士俊"谁掷瑶环不记年"、饶梦铭"长虹应卷涛声急"望尽了千年东西水!

顾清末民初风浪云涌重,李大防把柳"嫣然争媚李春桥"!

时至当代桥容绽新姿,周汝昌"我来瞻眺无穷意,思浚清河照影留"。

水东流到大运河,桥南行至春暖色。此时的灯光已掌起夜帆,此时的洨河已无语缠绵,此时的石桥已走过月光晒醒的星盘,此时的你,是不是与赵州桥还能续上千年之缘?是不是能看到鹊桥护翼下那心有灵犀、梦里手牵?是不是能哼起传说里的笛声清远?是不是重见桥洞里凿刻的大匠风范?是不是真正走上丝路金桥的起始线?

1. 石桥吟

(唐)崔恂

巨川横广路,褰涉吟艰危。

巧思侔(móu)神工,经途变险戏。

石梁全架起,铁锁竟何资。

昔有鼋鼍(yuán tuó)异,今看结构奇。

疑因女娲补,似迫祖龙移。

跨水鳌峰见,凌虚鹏翼垂。

宁劳浮柱设，讵假造舟为。

代久堤维固，年深砌不隳（huī）。

霓虹常偃蹇，云雁无差池。

风物三方会，传名四海知。

雕镌（juān）起花叶，模写跃蛟螭。

上矗平逾砥，下穹圆甚规。

槛如丹洞出，穴类白岩窥。

黄鹤临华表，词人访古碑。

幽燕连北聘，郢（yǐng）越亘南弛。

一春无濡足，千秋长为斯。

◎ 微注

崔恂：生卒年不详，唐代荥阳（郑州）人，唐中宗（705—709）、玄宗（712—755）时历任水部郎中、杭州刺史、深州刺史、赵州长史等职。赵州桥建于公元585—605年，全长64.4米，拱顶宽9米，净跨37.02米，是世界上最古老的跨度最大的坦弧敞肩石拱桥，被誉为"桥梁鼻祖"。巨川：大河。褰：提起下衣。涉：徒步渡水。侔（móu）：相等，齐。鼋鼍：传说中的巨鳖和猪婆龙。女娲：神话传说中的创世女神，中华民族人文始祖。祖龙：神话传说中最古老的龙祖应龙。鳌峰：江海中的岛屿，此指石桥。鹏翼：大鹏的翅膀。讵：如果。隳：毁坏。偃蹇：高耸。云雁：高空的飞燕。差池：闪失。雕镌：雕刻。蛟螭：蛟龙。

◎ 浅译

奔涌荡突洨河水，横断了南北大道，行人每每渡河艰难心急又火燎。大匠李春与神仙媲美，构思堪巧妙，难越穷途化作通衢大桥，令人没料到。一座石桥，完美连就南北两岸遥，桥成锁水因之去烦扰，再不用资借渡船乘波涛。过去鼋鼍带人过河很惊异，现在结构神奇让人坦然度过无烦恼。常疑补天剩石叠放洨河堤，浑然造就天然神桥。龙祖填河移石构建仙桥修成道。汹涌澎湃洨水上，感觉跨水石桥像鳌峰凸现云缥缈，又像凌空大鹏半垂翅膀连通两岸驾云霄。架设浮船念想已作罢，有了石桥不用再把船工叫，几代人过往仍坚牢，维修砌筑石桥常完好。远看石桥像彩虹卧波光闪耀，又似云中大雁双翼傍河罩。石桥占尽天时地利人和，才使美名四海晓。莲花莲叶雕琢镌印翩然动眉梢，蛟龙螭首精雕细刻呼之欲出涛。桥面平整如砥实轻巧，圆碹造型优美合乎比例来构造。夕阳斜照金光波涌桥洞里，舟橹击水游出一角，船上小窗窥探白浪激石的欢笑。华丽栏槛上，忽然间一只黄鹤落悄悄，有关神桥传说由头，骑鹤仙人莫非也在找？石桥向北连通幽燕遥，向南郢越接达到。一河东流清水，浅唱桥工巧，石桥千年志弯腰，护佑着一方百姓老与少。

2. 题石桥

（唐）韦应物

远学临海峤，横此莓苔石。
郡斋三四峰，如有灵仙迹。
方愁暮云滑，始照寒池碧。
自与幽人期，逍遥竟朝夕。

◎ **微注**

韦应物（737—790）：字义博，京兆杜陵（西安）人。历任栎阳县令、朝散大夫、滁州刺史、江州刺史、苏州刺史。在唐代，作为与王维、孟浩然、柳宗元齐名的诗人，以山水田园描写见长，一句"春潮带雨晚来急，野渡无人舟自横"冠誉当时。临海峤：借指谢灵运。郡斋：郡守起居之所。幽人：隐士。时值石桥月圆之夜，月蕴清风嫌路远，却教寒星执明盏。此诗别有一番意境。

◎ **浅译**

灵运但隐临海礁

远山近水醉风摇

且看且行

雨住石桥角

苔藓生处绿眉梢

只怕人不觉

西山三四峰

看似真切又缥缈

赵郡石桥仙迹

疑是神缔造

暮云深处愁石滑

幸得流水挽夕照

自与故人邀

日日期盼成遥遥

早晚相见

竟成梦里含泪笑

3. 赵州石桥铭

（唐）李翱

九津九星横河中，

天下有道津梁通，

石穹隆兮与天终。

◎ **微注**

　　李翱（772—841），字习之，谥文，河北赵郡（赵县）人，一说甘肃陇西成纪人。唐德宗贞元十四年（798）进士，历任校书郎、国子博士、考功员外郎、朗州刺史、礼部郎中、谏议大夫、户部侍郎、山南东道节度使。著有《复性书》《佛斋论》《李文公集》等。此铭石在赵州桥洞中曾见。九津：日出的地方。九星：指白贪狼、黑巨门、碧禄存、绿文曲、黄廉贞、白武曲、赤破军、左辅、右弼。津梁：桥梁。穹隆：天空中间高四周垂的样子，代指高起呈拱形。

◎ 浅译

  夜幕降临石桥边
  暖风吹过
  天上银河灿
  谁移清波到洨水
  九星九津浪里连
  大道桥通天

4. 海上

（唐）李商隐

石桥东望海连天，徐福空来不得仙。
直遣麻姑与搔背，可能留命待桑田。

◎ 微注

  李商隐（812—858）：字义山，号玉谿生，又号樊南生，郑州荥阳人。晚唐著名诗人，曾任弘农县尉。在唐中书令张嘉贞的《石桥铭序》中曾写道："故辰象昭回，天河临乎析木；鬼神幽助，海若倒乎扶桑。"在杜德源《安济桥》诗中有"自古神丁役此工"之句，在杨奂《安济桥》诗中有"泰山鞭驱血尚殷"之句，均与秦始皇有关。李商隐是否来过赵州石桥，不得而知。徐福：秦朝著名方士，以出海东渡求仙知名。麻姑：又称"寿仙娘娘"。有"麻姑搔背指爪轻"之说。《神仙传》中称其为亲历"东海三为桑田"之人。

◎ 浅译

  独立石桥凭栏眺
  洨水东去

接海连天浪滔滔

始皇空盼徐福归

仙人何处邀

悔未识得麻姑面

搔背止痒

长命自思量

留作余生

沧海换作桑田

尚能做痴觉

5.赵州桥之一

(宋) 杜德源

赵州桥久闻天下,制造奇巧地势高。

百丈虹飞吞藻涧,半轮月转展波涛。

不问仙迹传今古,路上行人贵贬褒。

寄语留心题柱客,高乘骏马任游遨。

◎ 微注

杜德源(生卒年不详):宋代诗人,宋太宗淳化年间(990—994)任赵州刺史,据邓先实考证,疑为元代人。藻涧:碧绿的河水。题柱客:汉代司马相如曾在成都北升仙桥题句于桥柱,自述致身通显之志,曰:"不乘赤车驷马,不过汝下也!"语见《华阳国志·蜀志》。诗人对赵州桥赞赏有加,惊为天人之作。

◎ 浅译

巧夺天工的赵州桥制造奇特,早已天下闻名。崇高的地位于我相见恨晚,却又三生有幸。如天边飞降长虹卧饮碧水倩影,似半轮明月倒映水清，波涛转动晚笛声声。不用问仙迹流传了多少年景，行人褒贬自在情。提醒在桥栏上题字的游客，费力刻字留名，还不如骑上骏马在天地间纵情驰骋。

6.赵州桥之二

(宋) 杜德源

隋人选石驾虹桥，天下闻名岁月遥。
仙子骑驴何处去，至今遗迹尚昭昭。

◎ **微注**

这首诗重点突出了仙迹。昭昭：清楚。

◎ **浅译**

历史久远、奇丽坚固的赵州桥，早就人人知晓，那是隋朝人李春精心选用石料，架起彩虹一样美丽石拱桥。张果老骑驴到底去了哪里，为什么杳无音信？这么明显的仙迹或许让人猜得到。

7.安济桥之三

(宋) 杜德源

驾石飞梁尽一虹，苍龙惊蛰背磨空。
坦平箭直千人过，驿使驰驱万国通。
云吐月轮高拱北，雨添春水去朝东。
休夸世俗遗仙迹，自古神丁役此工。

◎ **微注**

惊蛰：二十四节气之一，意味着天气回暖、春雷始鸣，惊醒蛰伏于地下的动物。此指赵州桥像初醒的苍龙一样乘势欲飞。神丁：天神的使者。诗中不着

"桥"字，却对桥的日景、夜景、远景、近景、天景、地景、人景，现实与传说都尽情地进行了描绘。

◎ 浅译

　　远看赵州桥，好像用石头砌起彩虹高架洨河脚。近处看桥，春天初醒始报到，中间镂空背弯腰，青龙乘势欲飞横卧洨河堡。箭一样顺直平坦的桥面，每时每刻都有人通行在驿道，来回奔走的驿使，从这里分头到各国传递友好。雨过天晴，仰望星空，半个月亮在浮云里窈窕，好像从神似鱼嘴的云里吐出祥兆。抬首北望，高高拱起的北斗七星像石桥一样闪烁着微笑。桥似月，月呈星，星如桥，点点光彩溢波涛，一河春水雨后向东寻浪潮。看到这些，不用再怀疑古桥仙迹的传说，只有神仙建此桥。

8. 安济桥

（宋）刘弇

拥翠拖青得要津，截波仙屐略无尘。
借令万鹊填桥巧，何补褰裳一世人。

◎ 微注

　　刘弇（1048—1102），字伟明，号云龙，江西安福人。宋神宗元丰二年（1079）中进士，历任海门县主簿、临颍知县、洪州教授、兴化军录事参军、太学博士、秘书省正字、礼部参详官、实录院检讨官。与苏东坡交往甚厚。著有《龙云集》《疆村丛书》等。要津：冲要的渡口。泛指水陆交通要道。屐：泛指鞋。褰裳：撩起下裳。

◎ 浅译

　　石桥渡口
　　不禁春色轻拂柳

青青点点柔

含蓄温婉水色游

仙人踏波

波上烟雾羞

看遍桥上影

未见胜迹红尘留

万鹊云集谁招手

安济巧作爱神

且把人间姻缘求

一世和合在

牵衣渡桥天成就

9. 安济桥

（宋）安汝功

夭矫苍虬脊，横波百步长。

匪心坚不转，万古作津梁。

◎ 微注

安汝功（生卒年不详）：为宋浚都，于宋宣和己巳岁，即宋徽宗宣和七年（1125）出使金国时，在"重阳后三日辰时过平棘石桥漫留廿字，方持方诗，兹事劝传行"，挥笔寄情。诗中"夭矫"在清光绪《赵州志校注》中为"天桥"，"脊"为"卷"，"波"为"披"。现以已故古建专家、化学教育家俞同奎早期刻石拓片为准。夭矫：形容姿态伸展屈曲而有气势。苍虬：青色的龙。匪心：比喻意志坚定。此处代指石桥坚固。

◎ 浅译

壮美的石桥，像苍龙挺直脊梁舒展地伸向两岸，盘伏在巨波涌动之上，距离足有百步长。作为使者，坚如磐石爱国之心不变样，愿成为沟通永远的纽带与津梁。

10. 石桥

（宋）魏宗

闻说招提景，昙花结翠云。
晴光朝更合，岚气晚来分。
梵语微茫韵，钟声杳霭闻。
无由问禅法，坐对柏炉薰。

◎ 微注

魏宗（生卒年不详）：宋代浙江宁波人。招提：原指为四方僧众所设的客舍，后代指寺院。晴光：晴朗的日光。岚气：山林间雾气。霭：云气。薰：香气。诗人来赵州后，看到度风度雨度岁月的赵州桥，写下此诗。

◎ 浅译

柔丝挽柳依水摇

经来石桥上

暮色凭栏

水天尽茫茫

思对永安院中景

忽如昙花开落

碧云卷舒在心房

朝气布晴光

乾坤朗朗

晚来水流畅

雾气收分说风凉

诵经微指

禅韵淡星装

香霭袅袅钟声里

了无风云了无常

问禅问道问桥

来来回回无由忙

柏炉香燃灯影

人情世故欠思量

看遍石桥恨与伤

处处名利场

11.赵州桥

(宋) 洪皓

洨河建石桥，可但驴马渡。

长耳留蹄涔 (cén)，嗟我来何暮。

四隅柱干霄，停骖 (cān) 俯一顾。

上镂过客名，旁镌海怪怖。

开元双折柱，隶画尚坚固。

神物久护持，赵人速惊嫭 (hù)。

泉南应伯仲，松江说无处。

引领渺烟波，恨不奋飞去。

◎ 微注

洪皓 (1088—1155)：字光弼，谥忠宣，江西饶州人。宋徽宗政和五年 (1115) 中进士，历任宁海主簿、徽猷阁待制假礼部尚书、濠州团练副使、赠太师魏国公。因出使金国，被留置15年后回宋，时称"宋之苏武"，备受文天祥推崇。著有《松漠纪闻》《鄱阳集》等。涔：汗流出。骖：驾三匹马。代指车。婷：美好。泉南桥：指泉州南部洛阳桥，又名万安桥，始建于北宋皇祐五年（1053）至嘉祐四年（1059），由曾任泉州知州的著名书法家蔡襄主持修造。松江桥：指望仙桥，建于南宋绍兴年间，传说站在桥上可见乘鹤而来的仙人。此诗为洪皓任大金通问使时出使金国途经赵州桥时有感而作。

◎ 浅译

洨河石桥渡罗雀

行至倍亲切

渡驴渡马渡南北

年年时光过

执意艰难汗驴卧

叹我晚来光景

沉醉在洨河

四角撑起云天

停车俯首感慨多

过客留名作

饕餮雄踞桥中

游人急避躲

开元洪水肆虐

桥无大碍固长波

神桥神护持

赵人行语叹妙可

莫非预兆江山扩

泉州洛阳桥

松江望仙桥

伯仲之间人纷说

缥缈烟波云长

到此才知奇绝

12. 过赵州桥

（宋）洪适

访古洨河上，聊忘道路劳。

仙踪尝策蹇，海怪或镌鳌。

济远徒杠小，凭虚乱石牢。

何时冠盖集，一变犬羊臊！

◎ 微注

洪适（kuò）（1117—1184）：字景伯，号盘州，谥文惠，江西鄱阳人。宋高宗绍兴十二年（1142），其与弟洪遵同中博学鸿词科，洪遵中状元，洪适中榜眼，历任秘书省正字、台州通判、荆门军知军、徽州知州、尚书右仆射、中书门下平章事兼枢密使、参知政事，封太师、魏国公。与欧阳修、赵明诚并称为"金石三大家"。著有《隶释》《隶韵》《砚说》《壶邮》《盘州文集》等。蹇：跛驴。杠：可行人的小桥。冠盖：泛指官员的冠服和车乘，代指官员。

这首诗是洪适任贺生辰使（后为端明殿学士兼枢密院事，即宰相职）使金途中路过赵州桥时有感而发的著名五言律诗，北走看山河易主，视国土改旗，羞北面称贡，心里愈是不平，当走到赵州桥时，想起黄袍加身宋太祖拉车时的传说，想起宋哲宗赐名"安济桥"时的雄心，想起靖康之耻徽钦二帝过桥时的懊悔，想到抗金名将韩世忠与守将王渊合力坚守赵州城的壮举，想到父亲出使金国多年未归却不辱使命的铮铮硬骨，想到自己有心杀贼、无力回天的境遇，想到自己这次出使的目的，在感叹国土沦陷悲愤之余，叹而记之。

◎ 浅译

我来到洨河滨，有幸寻访久负盛名赵州石桥真身，暂时忘掉远道征尘烙印。著名仙迹曾历忍辱负重的艰辛，那兴风作浪、乘势作乱的海怪、河妖已被雕在栏板成为饕餮、蚣蝮印。金人何能犹如北风猖獗侵？遥想南国，独木也能徒步渡河津，时隐时现的乱石铺在河上也能行稳致远。现在，面对故国神桥却徘徊几度无望回。站在这里，看到"城头变幻大王旗",暗期待宋军挥师北上平定中原归,喜迎百官朝贺云集桥头喊万岁,能让北地消失臊气刺鼻味,根除犬羊膻气霉,尽快摆脱金人统治,壮我河山日月随。

13. 鹧鸪天·赵州桥

(宋) 江溥

一拱苍茫带晚烟。潇潇秋雨袅深寒。
已无商旅通南北,剩有文章说肇端。
今古梦,往来帆。漫教思绪越千年。
当时多少闲情在,及至归时俱惘然。

◎ 微注

江溥(1120—1184):字叔源,浙江衢州(常山县)人,南宋高宗绍兴十五年(1145)进士。历任襄阳教授、太府寺丞、殿中侍御史、侍御史兼移京西路转运副使。历三朝而不改其悔,时称"真御史"。肇端:开端。惘然:空无所有的样子。

◎ 浅译

　　出使归来
　　又来到赵州桥边
　　暮色合烟里
　　苍茫云海照水闲
　　潇潇秋雨绵绵愁
　　袅袅寒气拨琴弦
　　冷冷零零里
　　来往商旅已不见
　　只有伤感文章

流淌笔端

洇成垂泪一片片

古今家国梦成幻

舟船帆影划淡浅

黄叶飞又落

勾栏画梁

白驹过千年

遥想东京繁华地

闲情尽付时光前

等归途当来路

失意盈盈柳成烟

14. 过赵州桥

（宋）范成大

石色如霜铁色新，洨河南北尚通津。

不因再度皇华使，谁洗奚车塞马尘。

◎ **微注**

范成大（1126—1193）：字至能，号石湖居士，南宋平江府吴县（苏州）人。宋绍兴二十四年（1154）进士。历任户曹、处州知府、四川制置使、参知政事、资政殿大学士，富爱国情操，曾使金而不屈，完节而归。与杨万里、陆游、尤袤合称南宋"中兴四大诗人"。著有《石湖集》《揽辔录》《吴船录》《吴郡志》《桂海虞衡志》等。津：渡口。皇华使：奉命出使的使臣。奚车：代指金人制作的车。

◎ **浅译**

故国异地行，

桥面霜白冷，

百年腰铁铮铮骨，

老而弥新锋。

不愿再做议和使，

清洗新使命。

誓扫奚车赴征程

踏平金国境

15.过赵州石桥

（宋）许及之

桥梁显刻认中朝，仙迹遗风不可招。

唤作沃州人不识，今朝只过赵州桥。

◎ 微注

许及之（？—1209）：字深甫，温州永嘉人。南宋诗人。宋孝宗隆兴元年（1163）进士，历任分宜知县、太常少卿、吏部尚书兼给事中、知枢密院兼参知政事。曾于宋光宗绍熙四年（1193）出使金国，沿途写下诸多诗作，著有《涉斋课稿》等。中朝：指宋朝。沃州：金天德三年（1151）改赵州为沃州，盖取水沃火之意。源自脱脱《金史·地理志》。

◎ 浅译

持节南归

风雨浈河尽汪洋

遥想

安济名始

哲宗当年英气扬

辽夏进贡忙

但见碑刻

字字记流芳

古桥仙迹谁人彰

太祖黄袍

一手执绳缰

中原至此能逞强

世间繁华

独有东京汴梁

叹如今

金人横行无略方

易名沃州

心内怒满腔

赵人志向宋

我亦只从

桥上望故乡

收复旧河山

盼所愿

终得偿

16.送行者妙淙往青龙谒陈七官人

(宋)敖陶孙

三生同听寺楼钟,紧峭芒鞋任所从。

莫向华亭觅船子,赵州桥下有青龙。

◎ 微注

敖陶孙(1154—1227):字器之,号臞(qú)翁,一号臞庵,福建福清人。南宋著名学者、诗人、诗论家,宋宁宗庆元五年(1199)进士,历任海门县主簿,漳州府教授、温陵通判。著有《江湖集》等。芒鞋:用芒茎外皮编的鞋。泛指草鞋。华亭:华亭船子(约760—约840):指晚唐高僧船子德诚,蜀东武信（四川遂宁）人。受法于药山惟严禅师门下，隐居华亭吴江畔30年，常用小船摆渡接送四方来者，纶钓舞棹，随缘度世，一日与夹山禅师善会（德诚和尚衣钵传人）相遇朱泾，相言投机，曰：钓尽金波，金鳞始遇。后覆舟而逝。著有《拔棹歌》39首，《景德传灯录》有传。

◎ 浅译

> 永安院里传钟声
> 柏风荡音清
> 三生有幸至此地
> 塔铃亦诵经
> 芒鞋寻踪处
> 寂寂赵州庭
> 华亭船子钓金波
> 落水悟禅风
> 赵州桥下棹
> 影动见青龙

17. 安济桥

（宋）宋自逊

安济桥通官道津，澄心洞里有闲人。
长流不断东西水，往来驿驰南北尘。

◎ 微注

宋自逊（约1172—1256）：字谦甫，号壶山，婺州金华人，后徙居南昌。其文笔高绝，时名流皆爱之，与江湖诗宗戴复古、刘克庄交往密切。戴复古曾赞其"谦甫多才思，存之重谊襟"。著有《渔樵笛谱》《壶山诗集》，有《花庵词选》行世。澄心：使内心清净。驿驰：旧时官员入觐或奉差出京，由沿途地方官按驿供给其役夫与马匹廪给。借指驾乘驿马急行。诗人出使金国路过大石桥,听说宋神宗在北巡时为其赐名"安济桥",取"通济利涉,利贯金石,安全通过,万民以福"之意。站在桥边,他看到有一位道士正在小桥洞里打坐静修,还时不时打个盹儿,浑然不顾身下汹涌澎湃的河水向东流。再看看快马加鞭的驿使身后弥漫的尘土,想想前途未卜,不知自己的努力会不会白白付出,不知北边战事会不会又要起冲突,莫非自己也要像道士一样远离世俗?莫非自己的报国之志无用武之地?且看他写啄木鸟,足见其志未伸。"志非啄木在啄虫,利觜似染虫血红。木外无虫虫在中,外视一啄殊不空。人嗟木皮遭啮毁,岂知虫多木心死。木心无蠹木乃荣,安得去回之蠹如此觜!"

◎ 浅译

安济桥贯通南北来往

清静的桥洞停泊着小舟荡漾

站在船头的我心在飞扬

静观洨水东流无悔意

驿马南北奔腾忙

梦里老家战事起

百姓生活又动荡

18. 除夕和唐人张继张祐即事四绝句

(宋) 程公许

一簪华发雪萧萧,流景星驰道转遥。

拨倦寒炉鸡唱晓,春风携手赵州桥。

◎ 微注

程公许(1182—1251):字季与,又字希颖,号沧州,四川眉州眉山人,祖籍叙州宣化(宜宾)。宋宁宗嘉定四年(1211)进士,历任华阳尉、大理司直、著作郎、中书舍人、礼部侍郎、刑部尚书。著有《沧州尘缶编》《金革讲义》《进故事》等。一簪：一股。流景：闪耀的光彩。借指如流的光阴。星驰：形容速度像流星一样快。寒炉：熄灭的火炉。

◎ 浅译

  萧萧雨雪早

  华发哪堪愁来恼

  快马流星路遥

  寒炉倦夜弄火烧

  一鸡唱晓

  彩霞满天飘

  浟水扬波

  春风自在赵州桥

19. 三偈寄白沙和尚（3）

（宋）林希逸

其一

叠石为梁岁月遥，溪神毒发恣飘摇。

万事有缘人赞叹，白沙师造赵州桥。

其二

桥长百丈架溪横，半水工夫次第成。

人言不是慈悲力，非得霜冬暖又晴。

其三

作缘道者信难哉，小工石匠亦持斋。

世间苦行谁能此，为向白沙会下来。

◎ 微注

林希逸（1193—1271）：字肃翁，号鬳（yàn）斋，又号竹溪，福建福清人，南宋理学家，艾轩学派代表。宋理宗端平二年（1235）进士，历任秘书省正字、枢密院编修、饶州知州、司农少卿、中书舍人。著有《竹溪十一稿》《三子口义》等。溪神：传说掌管溪水小河的神。持斋：古人在祭祀前或举行典礼前，洗浴更衣，戒除嗜欲，洁身清心，以示虔诚。此指修桥敬畏神灵之心。

赵州和尚语录中有李膺造石桥一说，但没找到佐证，可能是代指。据史料，李膺为东汉名臣，以刚正清明为时人所重。李白诗中有"何时一杯酒，更与李膺同""湖西正有月，独送李膺还"之句。杜牧诗中有"此意无人识，明朝见李膺"之句，但亦不解疑。

私下以为与怀丙和尚有关，但无据可循。

又有师点悟，白沙和尚为福建人，此处修赵州桥为虚指，喻功德之意。此时如有一师以食指指月之禅机，而愚者只见手指而未见月明矣！

明朝儒学大师陈献章，因在广东新会江门白沙居住，世人尊称"白沙先生"，并创立"江门心学"，但相继甚远。

对于诗中"白沙师"不能探知其人其事，心有不甘，但忽然想起"吃茶去"，暂且放下，抑或有所得。

以石为桥，以桥补道，以道成德，以德成行，以行成远，以远知天下，天下而为一，一又为桥矣！

◎ 浅译

其一

想一想

石桥建成耐久长

肆虐河水

疑是狠毒溪神狂又妄

逞欲摇动石桥梁

人人赞叹桥与万物结缘广

饶是造化自然功德无量

其二

可以遥想

横架近百丈的石桥

在半杯茶水工夫建周详

那是神奇的力量

慈悲不能用言语表达流畅

冬霜暖晴只能用心体谅

其三

桥与道修缘功德无量

小工与石匠

秉持必成信念来标榜

人世间

有谁能承受百般苦难修桥

却不为民颂扬

白沙智者

修道成桥德愈彰

20. 安济桥

（金末元初）杨奂

五丁凿石极坚顽，陌上行人得往还。

月魄半轮沉水底，虹腰千丈驾云间。

郑卿车渡心应愧，秦帝鞭驱血尚殷。

为问长江深几许，雪风吹为下天山。

◎ 微注

杨奂（1186—1255）：又名知章，字焕然，号紫阳，世称关西夫子，谥文宪，陕西乾州奉天（乾县）人。元太宗八年（1236）进士及第状元。曾任元朝河南路征收课税所长官兼廉访使、参议京兆宣抚司事。是当时著名的理学家、史学家，著有《天兴近鉴》《还山集》《疢文集》等。五丁凿石：五丁指蜀开明王朝时的五力士。东晋常璩《华阳国志·蜀志》说"时蜀有五丁力士，能移山，举万钧"。三国来敏《本蜀论》记载："秦惠王欲伐蜀而不知道，作五石牛，以金置尾下，言能屎金，蜀王负力，令无丁引之成道。秦使张仪司马错寻路灭之，因曰石牛道。"相传秦国欲灭蜀国，但地险道阻，便做五头石牛，能拉金。蜀王命五大力士凿山开路拉回石牛，蜀道得通，秦惠文王乘机灭蜀。陌：古时东西走向小路为陌。南北走向为阡。月魄：月初生或圆而始缺时不明亮的部分，泛指月亮。道家以月为阴神，称"月魄"。虹腰：虹的中部。郑卿：郑恩，号子明，乳名黑娃。传说与赵匡胤结拜为兄弟，与陶三春定终身传颂千年。戏曲《斩黄袍》《陶三春》有其事。鞭石：晋伏琛《三齐略记》："始皇作石桥，欲过海观日出处。于时有神人，能驱石下海，城阳一山石，尽起立。嶷嶷东倾状似相随而去，云石去不速，神人辄鞭之，尽流血石莫不悉赤，至今犹尔。"借指神助。杨奂第一次把与柴荣、赵匡胤义结金兰的郑恩载入了传说，使赵州桥更具传奇魅力，因为郑恩偷瓜招亲、三打陶三春的故事在民间流传甚广，大大增加了传说的亲和力。在这首诗里，五士驱石牛、郑恩拉山车、秦帝驱鞭血等一系列的故事，引发了探索老石桥的好奇心。

◎ **浅译**

常年来往于江河之上

看惯了风浪里的桥梁

一到赵州桥还是内心激荡

每块两千斤重的桥石

磨垄致密不寻常

是神丁役此工建造

还是拉石牛通蜀道的五力士

把坚硬石头运来帮忙

有此神奇力量

建好石桥

才使南北通顺

行人往返货达畅

整座桥分明有半轮月魄

沉浸水底支撑住顽强

上栖千丈彩虹高架水中央

常年根伸两岸自生长

这时看到桥上仙迹

郑恩悔想

赵匡胤会不会怪他帮倒忙

为何不尽力再拉一把缰

致使三山五岳无用场

桥上推车碾沟辙

柴荣跪桥落下膝盖印久长

到今天

驱赶山石到河边的鞭子

还残留着殷红血象

汪洋恣肆的洨水不知谁深藏

只听说春风吹送天山雪

飞临洨河水荡漾

21. 安济桥

（金末元初）杜瑛

龙卧苍江势欲飞，马冲寒雨净无泥。

影沉云掩半边月，路险天横千丈霓。

人世变更仙迹在，水神威避浪头低。

凭栏洒尽伤时泪，落日太行山色西。

◎ 微注

　　杜瑛（1204—1273），字文玉，号缑山，谥文献，河南彰德（安阳）人，金末元初鸿儒学隐。著有《春秋地理原委》《皇极引用》等。《元史》记载："岁己未（1235），世祖南伐至相，见瑛身长七尺，美须髯，气貌魁伟，便问计于瑛，瑛从容应对：'汉唐以来，人君所恃以为国者，法与兵、食之事而已，国无法不立，人无食不生，乱无兵不守。'帝纳之，心贤瑛，谓可大用，命从行，以疾弗果。"大意是，己未年（1235），忽必烈率军打到相州时，见到隐士杜瑛，见他长得仪表堂堂，便问他时局应对之策，他很从容地回答道，自从汉唐以来，能成为一国之君的人，无外乎严法度、强军事、足衣食。国家没有严格的法度不能正常运转，百姓缺衣少食就无法生存，战乱没有强大的军队就不能平息。……忽必烈欣然接纳建议，认为他是贤才可堪大用，让他随军同行，但杜瑛以身体有病推辞了。从简短的应对看出杜瑛有隐士之身兼备出世之才。此诗颇有气势，龙马精神，人神相与，时态情景跃然笔端，非经历非常之事所能言，非处经离乱之人所能感。

◎ 浅译

　　苍龙一样的安济桥
　　盘卧滔滔不绝洨河壁
　　何时乘势飞抵亦是谜
　　不绝的战马
　　奔驰在凄风冷雨
　　纷踏桥面净无泥迹
　　洨水桥影沉水间
　　似半轮明月
　　云雾隐藏深情依
　　波涛汹涌横亘长路民心急
　　天堑变通途的石桥
　　恰似千丈霓虹横架洨河堤

世事变幻朝更替

水神卷波澜

仙迹依然清晰

凭栏望远

不禁感慨眼迷离

夕阳隐没太行西

想起战乱频仍百姓疾

22.赵州石桥

（元）郝经

轮囷（qūn）太古绿玉月，半插水面半挂天。

一矼（gāng）一段数十丈，大业至今七百年。

深衔密匝无罅（xià）隙，嵌磨妥帖坚且圆。

鬼功神力古未有，地维欲绝还钩连。

仰视压面势飞动，劲欲拔起疑坠颠。

蛟龙辟易洚（jiàng）水伏，细纹参错如新镌。

晴虹不散结元气，海牢缥缈缠飞烟。

冲风倒景鲤背摇，金澜滉瀁（huàng yǎng）青环偏。

乾坤壮观全赵雄，几回笑杀秦人鞭。

往来细读张相碑，直与北岳相轾轩（zhì xuān）。

先君有诗不忍看，摩挲华表空法然。

◎ 微注

郝经（1223—1275）：字伯常，谥文忠，河南许昌（陵川）人。曾任江淮路宣抚副使、翰林侍读学士。作为元好问的学生，金亡后迁居河北。曾提出"古之一天下者，以德不以力"的名言。元中统元年（1260），郝经出访南宋，通报新君即位并索要协议岁币，被南宋宰相贾似道拘于南宋真州（扬州仪征）

15年，守节不降，著书立说。也是以大雁传书而获释的传奇大儒。著有《续后汉书》《春秋外传》《行人志》《太极演》《镜芗亭记》《退飞堂记》《密斋记》《江石子记》《陵川文集》等。轮囷：弯曲且高大。太古：远古。矼：石桥。罅隙：裂缝。地维：维系大地的绳子。古人以为天圆地方，天有九柱支持，地由四维系缀。也指地的四角。辟易：退避。洚水：洪水。倒景：即倒影，水中之影。混瀁：水深广貌，泛指光影晃动、晃荡。青环：碧水环绕。张相：张嘉贞（665—729），山西临猗人。历仕武则天、唐睿宗、唐中宗、唐玄宗四朝，官至中书令。曾在《大石桥铭序》中第一次指出李春为造桥者。䡐轩：高低。泫然：水滴落的样子。代指流泪。

　　这首诗神奇中展示天然，天然中又呈现神奇。唯桥可架古今，唯桥可照晨昏；唯桥可比日月，唯桥可视天地；唯桥可连往来，唯桥可流人波；唯桥可寄平安，唯桥可送希望；唯桥可知未来，唯桥可望前程。逝者如水过桥而随波，生者似车渡桥而负重。得意时桥不生骄，失意时桥不欺道。辞旧迎新，桥之职也。助人为乐，桥之责也。背躬而诚纳之，脊挺而志坚之，何人不能容，何事不能成？桥诗诗桥，石桥桥石，大巧藏拙，浑然天成，处之泰然，行之安然，至此斐然。

◎ 浅译

　　　　站在洨河边
　　　　我望着石桥感叹不已
　　　　它莫非是
　　　　上古那一轮长着桂树的月亮
　　　　在这里盘踞
　　　　一半光环
　　　　像桂树清魄根植水底
　　　　另一半
　　　　像高挂天上一样架成桥驱
　　　　我真不敢想象

一座桥

像从一块整石上

裁剪出几十丈长的拱石

安放两岸无缝隙

要不然

为何从大业年间到现在

七百年却安然无恙

所有石块刚好吻合在一起

石桥真的是坚固而臻于圆满

打磨妥帖嵌成一体

站在拱券下面抬头看仔细

拱随河水奔流好像飞动在一起

整座大桥好像被连根拔起

摇摆欲坠人人屏气息

自古以来神鬼功力达不到这种境地

此刻大地好像在断裂后

被大石桥又勾连凝聚

栏板上栩栩如生的蛟龙纵身飞离

轻易把洪水降伏水流不再急

要不细密而错落有致的纹鳞

会像新刻盎然有生机

看来雨后晴虹横架在两岸不消散

真是元气集结灵性启

云烟缥缈的海蜃石桥腾放有真迹

疑惑中

石桥又幻化成龙门

红鲤在冲风破浪中一跃而去

光影摇动中的金色波澜

把碧水环绕的石桥融进神话里

我感觉天地之间

再也没有与赵州桥的雄伟壮观相比

想起秦始皇鞭石泣血架桥渡海的故事

就显得可笑至极

我反复读取张嘉贞的石桥铭碑记

深深感到赵州桥

简直像北岳恒山一样神秘无高低

摩挲着玉石栏杆

自己禁不住流下泪滴

先贤诗文不愿再多看一集

23. 水龙吟·萧公弼生朝

（元）李庭

喜逢天上天人，一尊共醉梅花底。

朝元已了，读书未遍。

复来人世，憩鹤台边。

景龙门外，十年游戏。

自归来，却过赵州桥上。

阅桥下，东流水，尽道翱翔物外。

解牛刀，刃游余地。

谁知别有，香山远韵，谪仙豪气。

应笑蹉跎，半生书剑，今犹如此。

待西风，拂口貂裘尘土，进黄公履。

◎ 微注

李庭（1194—1277）：字显卿，小字劳山，号寓庵，谥武毅，本金人蒲察氏，入中原改为李姓，山东济阴人，后迁寿光。历任骠骑卫上将军、尚书左丞、枢密院事、平章政事。著有《寓庵集》《疆村丛书》等。朝元：古代诸侯和臣属在每年元旦（正月初一）觐见帝王。憩鹤台：位于济源市玉阳东山（王屋山），相传周灵王太子王子晋驾鹤憩于此处。

◎ 浅译

  赵州桥上起祥云
  喜遇梦里仙人
  一杯同醉梅花下
  仙书已在枕
  春风未识半页书
  醒来知梦沉
  桥头憩鹤处
  石上景龙真
  憾空空留迹处
  十年岁月蹉跎
  一路桥上同途归
  何必问流水

  尽道逍遥游
  造桥有神
  天工巧夺
  鬼斧游刃
  有谁知
  香山居士留余韵
  太白豪气
  乘长风势凌云
  书剑英雄遁

西风起

征尘密

又寻

黄公履下兵书论

24. 安济桥

（元）刘百熙

谁知千古娲皇石，解补人间地不平。

半夜移来山鬼泣，一虹横绝海神惊。

水从碧玉环中过，人在苍龙背上行。

日暮凭栏望河朔，不须击楫（jí）壮心声。

◎ 微注

刘百熙：生卒年不详，初名驷，字梦骥，又字梦吉，号静修，雄州容城人。在诗里，你能看到补得天缺的女娲石、可驱山羊的初平石、可成玉环的美润石、可做苍龙的雄浑石、中流击水的雪浪石、一架飞虹的赵州石。娲皇石：传说女娲补天用的五彩石。河朔：指紧靠帝都，地理位置极为重要，为帝都周围的主要防御屏障。代指赵州城。击楫：敲打船桨。《晋书·祖逖传》载："中流击楫而誓曰：'祖逖不能清中原而复济者，有如大江！'辞色壮烈，众皆慨叹。"大意是东晋时祖逖统兵北伐，渡江至中流拍击船桨，立誓收复中原。比喻立志奋发图强。

◎ 浅译

一天傍晚

夕阳垂暮中天澄如镜

山色微黛里桥影浸水

离合成画间

诗人望着桥

如遇知己始顿悟

谁料想

娲皇补天的五彩石

也能在湍急的洨河上构建坦途

谁料想

为了帮助修桥

黄大仙在夜半时分

化石为羊赶到洨河浦

而让山鬼哭泣着

找不到心灵安放处

谁料想

一挥而就的石桥让海神叹服

莫非真是

海石引牵运于此把桥筑

要不

河水怎会从碧莹如翠的玉环流出

行人怎会在苍龙背上行走欢呼

凭栏四顾

不用中流击水

依旧能实现报国宏图

25. 安济桥

（元）宋褧（jiǒng）

街树葱茏晓雨收，官河相近御沟流。

帝城不是多尘土，直住诗人到白头。

◎ **微注**

宋褧（1294—1346）：字显夫，谥文清，北京宛平人。元代泰定年间进士，历任翰林编修、监察御史、翰林直学士，著有《燕石集》。官河：指运河，代指洨河。御沟：流经宫苑的河道。作为京畿门户的直隶赵州，历来是学子应试或去或归、官吏或升或谪必经之地，夜覆天地，灯卷帘幕，桥影水声。

◎ **浅译**

晨雨知心停桥头

归心似水东流

最爱自是街前柳

碧眉频频皱

洨河自是通京道

船上谁招手

莫言帝京春色尘土多

哪比世间愁

我寄此地凭栏

但随赵州长相守

白首照水

了却平生愿方休

26. 过赵州石桥和杜缑（gōu）山韵

（元）王翰

隔断红尘竟不飞，客行石磴（dèng）不粘泥。

高连晓岸堆晴雪，斜跨青波卧彩霓。

山势远连沧海阔，地维平见太行低。

故园回首几千里，怅望碧山山更西。

◎ **微注**

　　王翰（1333-1378），字用文，号时斋，晚号友石山人，庐州路独山（今安徽合肥市庐阳区）人。其诗书画俱佳，为元末忠介之士，志节高尚，刚直不阿，历任千户、庐州路治中、福州路治中、同知、行省郎中、潮州路总管，其"缓徭赋、简刑罚、兴学校、礼儒生，使民之好恶"。重建韩山书院，颇有政绩。元亡后不仕，屏居永福观猎山。著有《友石山人遗稿》。杜缑山，即金末元初名士杜瑛，曾在赵州桥寄情抒怀留诗一首。石磴：石级。晴雪：梨花的雅称。彩霓：彩虹。地维：地的四角。初以为该诗是唐朝以《凉州词》名重天下的王翰所作，经与元朝杜瑛诗相对照，方知理解有误。

◎ **浅译**

　　站在寂寞驿道边、清冷石桥畔，看那石桥如儒将气质优雅，压落巨浪洪波顿感心阔天远，又似一段红尘往事被青龙偃月弯刀从容割断，搁放于两岸之间，蓄势中尽显洒脱留恋。君不见，沿桥上坡行人都怀着无比敬畏神情亦步亦趋，从不把脚下泥土沾在桥面。看那玉石栏杆像冰雕玉砌的梨花层叠相勾连，高高连起两岸玲珑剔透线。美丽石桥横跨在碧水清波，宛如一道彩虹栖息在梦境仙葩边。远方山势，蜿蜒曲折好像直通沧海波澜亘连绵。傍晚时分，借着袅袅炊烟、乘着倦鸟羽翅举目西望，巍巍太行隐没地平线里面。几千里外老家、几十米竹编篱笆在回望从前，夕阳用亲切影子与我把手牵，笛子的悠扬又把乡音召唤。怅然若失中，碧山落日山成夕，西山碧云隐无迹，一如洨水东流永续延。

27.石桥秋月

（元末明初）邓伯凯

　　鞭石为梁枕碧流，山河倒照一轮秋。

三冬既免褰裳涉，五夜何须炳烛游。

玉兔长生寒影动，彩虹横卧瑞光浮。

醉来脱帽思题柱，又恐嫦娥笑白头。

◎ 微注

邓伯凯（1324—？）：号迂叟，广东顺德龙江人。元末隐士，明洪武四年（1371）荐授番禺县训导，后任太平府教授。著有《龙江八景诗》《顺德龙江乡志》。鞭石：《艺文类聚》中《三齐略记》载："始皇坐石塘，欲过海看日出。时有神人，能驱石下海，石去不速，神辄鞭之，皆流血，至今悉赤。阳城山石尽起立，巍巍东倾，状如相随行。"玉兔：指传说中嫦娥身边捣药的玉兔。彩虹：代指石桥。

◎ 浅译

鞭石成桥砥波秀，山河秋月照水柔。

免去寒冷赤足过，省却五更执火泅。

长生殿里玉兔梦，彩虹桥上祥瑞游。

醉来题柱诗未就，只怕嫦娥已白头。

28. 石桥感兴

（明）吴与弼

石桥小立感怀多，借问当年事若何。

不识天人相胜理，朔风凄烈漫长歌。

◎ 微注

天人：仙人。朔风：寒风。

◎ 浅译

风雪随心播

描摹天地正气歌

独立石桥

苍茫一片感应合

借问朱子清如许

源头活水

何时又冰结

天人合一谁识得

石桥漫漫

寒风正猛烈

长歌声声

未见人影歌

29. 石桥晚坐

(明) 胡居仁

身随所寓贫何害，浓酒三杯落日残。

半醒却来桥上坐，乾坤容我一人闲。

◎ **微注**

胡居仁 (1434—1484)：字叔新，号敬斋，谥文敬，江西余干人。明代著名理学家，明代崇仁硕儒吴与弼的门生，曾主持白鹿书院，与陈献章、娄谅、谢复、郑侃等形成崇仁学派。其"读书得之虽多，讲论得之犹速，思虑得之最深，行事得之最实"颇有感触。有《胡文敬公集》《易象抄》等行世。寓：住。乾坤：天地。黄昏时分，夕阳西下，月光初上，独坐桥头，诗人流露出无心仕途的人生感念。

◎ **浅译**

身在异地

处处且为家

清贫教人无牵挂

举杯邀夕阳

三杯浓酒

落日痴醉如红花

吐露满天晚霞

半梦半醒

何似在人间

孤云独去乾坤大

独倚桥栏

岁月流水

夜色沉沉星光洒

容我一身轻闲

30. 石桥芳桂

（明）吴宣

石桥东畔桂团阴，天近蓬莱雨露深。

云表一枝翘挺玉，秋香万叶暗藏金。

世传胜事宜先榜，人望高门比邻（xì）林。

桂下芳声今益远，清风肯让窦公吟。

◎ **微注**

吴宣：生卒年不详，字师尼，号野庵，江西崇仁人。明景泰四年（1453）举人，授左都督，因弹劾长僚入狱十年而其心不悔，昭雪后任镇远知府。著有《野庵文集》十卷。云表：云外。邻：推辞。窦公：指西汉时著名盲人乐师，寿一百八十岁。晋代嵇康《答难养生论》有"窦公无所服悦而至百八十，岂非鼓琴和其心哉，此亦养神之一征也"之语。在吟诵赵州桥的古诗里，常提及月亮，有"云吐月轮高拱北"之势，有"半轮月转展波涛"之形，有"月魄半轮沉水底"之奇，有"月落青虹冷"之孤，有"一弯新月出云霄"之美，有"故教半魂隐清流"之韵，有"影沉云掩半边月"之妙，有"新月一弯浃水波"之态……既然桥伴月，月映桥，那么，赵州石桥有没有栽种月下桂树呢？今读其诗，方澄其实。

◎ 浅译

　　　　石桥东畔

　　　　桂影婆娑隐婵娟

　　　　云深藏雨露

　　　　蓬莱八仙谁凭栏

　　　　踏石留印浅

　　　　一枝高耸云端

　　　　欲与月桂攀

　　　　疑似玉兔倾情

　　　　翩翩捧出白玉盘

　　　　寻寻觅觅

　　　　不知谁人折桂

　　　　阵阵清香系风恋

　　　　万叶丛中金灿灿

　　　　迷了眼

　　　　醉了天

　　　　浃水幻出天上人间

　　　　世代传诵石桥坚

　　　　胜事标榜

　　　　桂花独领先

　　　　人结高门缘

　　　　心比邻家好自谦

　　　　树下芳香随水远

　　　　窦公桥上抚琴

清风摇落一片片

弹指一挥间

又是千年

31. 石桥仙迹

(明) 顾清

云根一片压中流,曾是仙人玉斧修。

绝岸巧通平野去,细波长共远山浮。

苔纹想象空飞舄(xi),树影参差蓥驾舟。

借问碧阑容点笔,凌风我欲试清游。

◎ **微注**

顾清(1460—1528):字士廉,号东江,谥文禧。松江府华亭人。明弘治六年(1493)进士,授编修,历任南京兵部员外郎、礼部右侍郎、礼部尚书。著有《东江家藏集》《傍秋亭杂集》《农桑辑要》等。云根:云触石而出,故石为云根。代指坚固的石桥。玉斧:指仙人鲁班的神斧。绝岸:陡峭的岸。苔纹:绿苔状纹理石。舄:原指喜鹊。后引申为木底鞋。碧阑:玉石栏杆。

◎ **浅译**

谁移巨石一片搁

彼岸至此合

料想仙人回首处

看人争渡苦

玉斧轻裁长虹节

水未断

心成结

潮平大道直通车

微波细水放牛梦
远山游石唤羊歌
苔痕依堤照晴空
俯首势欲飞天阶
参差树影
撼动铜邦铁底河
深水驾轻舟
水里夕阳一天歇
点睛之笔神来意
玉石栏杆边
春心荡漾借问何
凌波微步风起处
我欲顺流漂泊
又怕误归程
但随仙迹
指点迷津意切切
柏子未落时
暂与赵州挥手别

32.古桥仙迹

（明）陆健

车马人千里，乾坤此一桥。

良工玄绝代，巧构称殊标。

月落青虹冷，天空白鹤遥。

岸柳笼朝雾，泯泯带春潮。

◎ 微注

　　陆健：江苏长洲人，明弘治十五年（1502）进士。明嘉靖二十二年（1543）任赵州同知，赵州"第一任旅游局长"。查《赵州志》，仅在"官师表"中记载，长州人，进士出身，嘉靖二十二年任赵州通判，任职两年。良工：古时指技艺高超的人。绝代：空前绝后，冠出当代。巧构：精巧的构造。青虹：彩虹。白鹤：道教仙人的坐骑，代指仙人。泯泯：水清貌。

　　古赵州美景，由来已久，但把十景集中宣传推介并加以保护的，可以说陆健是第一人。那他为什么写十景诗呢？"怆胜迹之或湮"，意思是有的古迹已消失了，我感到非常痛心，长此以往再也不会有人借景抒怀、咏志感叹了。这里的仙迹指赵州桥上留下美丽传说的驴蹄、车辙、膝盖、手掌等印迹。据说明代还有"古桥仙迹"的匾额挂在桥头的关帝阁上。描写仙迹的诗很多，这首诗却别具一格，很有特色。整首诗无一处写仙迹又处处似仙迹，用笔之妙，妙不可言。不说仙迹说人迹，不讲传说讲繁华，人间奇迹自然天人合一。

◎ 浅译

　　　　万里乾坤第一桥
　　　　绵延到千里之外
　　　　天下无双的神匠
　　　　自能别出心裁
　　　　寂寥仙人乘白鹤
　　　　飞去成谜传说猜
　　　　白云空等待
　　　　视线模糊了天空
　　　　一溪弯月
　　　　冷冷沉浸在水带
　　　　卧波长虹
　　　　重托着过去、现在和未来
　　　　微风涌动春潮
　　　　两岸柳树在轻雾中徘徊

33.赵州桥之一

(明) 鲍捷

洨河之水清且浟，来往征人急如蚁。

谁移云根一掌平，穹隆砻 (lóng) 密如生成。

一飞长虹何处堕，偃蹇 (yǎn jiǎn) 苍龙水浒卧。

嗟哉溱洧 (zhēn wěi) 乘舆劳，滹沱舟子频呼招。

任渠车马纷于织，往过来续无病涉。

百代奇勋谁为镌，区区驴迹今浪传。

◎ 微注

据《舒城县志》记载，鲍捷，明弘治年间（1488—1505）岁贡生。据《隆庆赵州志》官师表中记载，"鲍捷，舒城人，正德三年（1508）以吏员为本州判官，省刑罚，忍嗜欲，孜孜为善，继日不给，民爱慕之。常遇岁歉，首捐俸资以济饥民，由是富家感化，争先出各赈贷，赖以全活者甚众"。浟：充满。穹隆：形容像天四周低垂而中间隆起的样子。代指桥。砻密：细密。偃蹇：委屈婉转的样子。水浒：离水较远的岸边。溱洧：指故时在河南省的溱水与洧水。此指水大。《诗经》中《溱洧》语："溱与洧，方涣涣兮。"

伴梦随学，灯影诗文。鲍捷是位勤政爱民的清官能吏，上任后，不是以酷刑捞钱，而是慎用刑罚，戒忍私欲爱好，持之以恒做利民之事，遇到灾荒年，别说收钱，连自己的俸禄都带头捐给灾民，并带动影响富人捐款捐物救济灾民，让大多数灾民得以存活下来。鲍捷在赵州任职十年左右，可以说对赵州有很深的感情。同时，他又是一位才气充溢的志史学者，时任赵州知州王廷相于正德十年（1515）十月在《重修赵州志序》中写道，"近偕司马舒城鲍君捷、新会周君克誉，于旧帙中搜访，得数十板刻，十仅六七，乃觅得旧本，用以补其缺略，遂得成帙，以应往来宾客观览之需耳"。从搜寻旧志的细致耐心亦知他也是一位治学严谨之人。前人栽树，后人乘凉。前人造桥，后人过桥。可见诗人对以李春为代表的造桥人的敬仰之情！

◎ 浅译

　　过去洨水清又满

　　憾无桥梁通两岸

　　来往行人

　　像暴风雨前的蚂蚁徘徊伤感

　　庆幸到隋朝

　　是谁巨臂一摇

　　块块石材移此间

　　又打磨得

　　手掌一样平滑细腻

　　称心又如愿

　　桥洞天衣无缝

　　真像自然生成结妙缘

　　站在远处眺

　　雄丽石桥好像飞来彩虹

　　下凡此地心有执念

　　站在下面望

　　分明是苍龙乘云治水

　　庇护两岸最周全

　　此情此景

　　想起大水乘船渡河劳

　　滹沱艄公往来频频不胜烦

　　喜来飞架南北成一桥

　　再不为渡河发愁团团转

　　车水马龙客心闲

　　驴蹄印迹广风传

　　百代奇功

　　人把赵州石桥赞

34. 赵州桥之二

(明) 鲍捷

千年留石碛,阅尽古今人。
坦坦程途迥,绯绯车马频。
割云通绿水,补地绝红尘。
如矢堂堂去,何须更问津。

◎ **微注**

石碛:堆积在水中的砂石。此指石桥。迥:遥远。绝:横渡,穿越。红尘:古时指繁华的都市。后指热闹的地方。佛教指人世间。诗人为官为诗,关注桥匠、关心现实、关爱民生的情怀,了然于桥。

◎ **浅译**

千年印迹石桥上

看透了人情来往

平坦如砥行匆匆

走向不一样

红车宝马忙碌苦

谁剪长石变桥梁

两岸坦荡荡

谁补河隘延续繁华忙

何必冥思苦想

看人过桥不思量

不问源头也知晓

修桥之人

超凡脱俗不寻常

35. 赵州桥

（明）蔡瑷

郡南尚有渡仙桥，水逝云飞换六朝。

迁客重来值秋暮，疏林寒雨晚萧萧。

◎ 微注

郡南：指赵州城南。六朝：隋、唐、五代、宋、元、明。迁客：遭贬谪的官员。疏林：稀疏的林木。诗人蔡瑷"因言事落职"，被贬回到赵州老家，睹桥思情有感而发。此诗既写书院旁边无桥，又写来此读书的人很多，读书也能过人生之桥，可谓一语双关。写这首诗后，他开始了人生第二春，甘为人桥，教书育人。

◎ 浅译

时光荏苒世事变沧桑

深秋傍晚萧瑟秋风凉

连绵冰冷的雨

黄叶纷飞飘落在平棘山上

也飘进贬职居家游子房

看城南宠辱不惊

渡过神仙的桥面上

平淡中赓续天下来往

不知不觉间

浮云飘散天地连

河水依旧向东流淌

六朝千年轻如烟

只有老桥长又长

36. 石桥别

(明) 文嘉

其一

爱此白石梁，况对桥上月。

携手素心人，而于此中别。

其二

归来明月还照我，光湿瑶阶露华堕。

疏钟不鸣偶回顾，严城层层已深锁。

◎ **微注**

文嘉（1501—1583）：字休承，号文水，南直隶苏州府长洲人。江南四大才子之一文徵明的二儿子，其名不亚于其父，书画名重当时，石刻冠于一代，诗文流传至今，尤其是《明日歌》《今日歌》耳熟能详，成为珍惜时光的座右铭。曾任乌程训导、和州学正。著有《钤山堂书画集》《和州诗》等。素心：心地纯洁，于世情淡泊。瑶阶：石阶的美称。疏钟：遥远的钟声。严城：戒备森严的城池。

◎ **浅译**

　　天下赵州

　　习习晚风吹面寒

　　桥上明月

　　爱抚玉石栏杆

　　携手当年知己

　　流水潺潺

　　别意未曾怜

　　相邀归来日

　　皎皎玉轮载我还

　　清光打湿台阶

　　露华失落心事缓

蓦然回首

东寺钟声已熟眠

森严锁城

层层黄叶飞不倦

只把

平安随身

再言三遍

37.赵州石桥歌

(明) 归有光

余同年友蔡溟阳(蔡懋昭)守赵州,为余言石桥之奇,以图经见示。
余数往来京师,恨不过此。因蔡侯之言而作歌。

六王争斗赵更骄,壮哉武灵尤雄枭。

尝游大陵感其梦,天赐神女有孟姚。

改服骑射致其兵,拓境千里功何高!

北地方从代犬通,甍甍灵寿起岧峣(tiáo yáo)。

一日沙丘变叵测,空忆前梦花如娇。

后来赵迁入函谷,李牧诛死廉颇逃。

此来赵地更百变,悠悠千载岁月遥。

至今谁言鄗事丑,独有河薄洛水流迢迢。

问之赵人懵不知,共夸洨河大石桥。

此桥之建真奇獝,神师斫成班尔屈。

蛟龙若伸势敌虹,扶拔欲动光摇日。

天下万里九衢通,地平如掌长河失。

仙人张公倒骑驴,蹄涔印石宛然出。

赵州太守政绝殊,得以余闲缀图书。

呜呼,太守之名远与此桥俱!

◎ 微注

　　归有光（1507—1571）：字熙甫，号震川，又号项脊生，时称震川先生，江苏昆山人。其为明代刚正之臣，明嘉靖十九年（1540）中举，"八上公车而不遇"（八次落第），嘉靖四十四年（1565）中进士，为明朝中期散文家，与唐顺之、王慎中并称嘉靖三大家，时称"明文第一""今之欧阳修"，著有《震川先生集》《三吴水利录》等。其《项脊轩志》一文情动人心，常读常新。六王：指赵、魏、楚、秦、燕、齐六王，时前326年，赵肃侯新亡，五国吊唁时都带了一万军队前往，但都被挡在了境外，挫败了五王分赵的计谋。武灵：指赵雍（前340—前295）嬴姓、赵氏，史称"赵武灵王"，因推行胡服骑射使赵国走向强大。大陵：指大凌邑，今文水县。孟姚：又称"吴娃"。赵武灵王王后，赵惠文王之母。代：代郡，治所在代县（今蔚县西南）。犬：指犬戎，西北游牧民族，今陕甘一带。嵬嵬：高耸的样子。岩峣：山势高峻的样子。赵迁：赵幽缪王，赵国最后一位国君。鄗事丑：指赵成侯时，赵国军队被中山国桓公统帅乐池围在鄗邑而兵败的故事。《资治通鉴》载赵武灵王劝公子成之语："顺中国之俗，恶变服之名，以忘鄗事之丑，非寡人之所望也。"

　　归有光的诗，言简意赅而旨亦远。犹如惊见故交，握手止不住端详，尔后相视大笑。恰似身无分文时，发现洗皱的衣服里隐着几张皱褶的百元大钞，喜不自胜。

　　在归有光六十岁高中三甲进士后，听同科好友赵州知州蔡懋昭讲述赵州桥的神奇，今见到赠送的赵州桥图画，虽数次往来京师，遗憾未经过，想起赵国，想起赵国兴衰，想到桥仍在、人已故、国成史，不禁感慨成诗。

◎ 浅释

　　　　回想五国陈兵
　　　　一代枭雄赵武灵王
　　　　多么气壮山河英姿轩昂
　　　　游猎大陵时
　　　　一梦成思的天赐神女孟姚

恍然间从梦里来到身旁

琴瑟和鸣在耳畔回响

音容笑貌在眼前飘荡

胡服骑射改革成就兵强马壮

横扫千军拓疆开土

功勋又是世代标榜

北地代国收复

犬戎通好示交

盛极一时的中山古国

在灵寿冷落萧亡

没承想彷徨的王位

在沙丘变成含恨绝望

那娇花如梦

在记忆里永远合上

伴随着李牧遇害廉颇逃亡

赵王迁也同赵国被秦灭戕

沧桑变幻世代更替的古赵之地

千年岁月渐行渐长

奔流的洨水流逝着往事

有谁还在传说赵地旧时模样

问起路人往事已不知

都夸石桥雄伟样

这座桥建造如此神奇

必是神秘鲁班暗帮忙

看那石桥稳如蛟龙气势如虹栖

游龙在栏板上漂浮似动荡

那波光里的洨水

已把白日纳入心房

通九衢达天下的赵州桥

让洨河汹涌无指望

一夜变成如掌坦途行者喜

驴蹄印赫然在石上

张果老倒骑驴过客熙熙

赵州太守突出政绩人赞赏

亲自修订志书在空闲之余

声名能与桥相彰

38. 赵州大石仙桥

(明) 欧大任

何处仙人倚石阑，骑驴曾此向长安。

华清一笑远山后，应忆西南栈道寒。

◎ 微注

欧大任 (1516—1595)：字桢伯，号仑山，广东顺德人。明朝嘉靖四十二年 (1563) 状元，其与梁有誉、黎民表、吴旦、李时行并称"南园后五子"，工古文诗词，历任江都训导、光州学正、绍武教授、大理寺左评事、工部屯田司主事、虞衡郎中。曾参修《世宗实录》，著有《百越先贤志》《广陵十先生传》《平阳家乘》《旅燕集》《欧虞部诗文全集》等。石阑：石栏杆。华清：华清宫，唐代帝王游幸之地。此处代指玉真公主。来到赵州桥，他与众多人一样对张果老的传说很感兴趣，并把张果老与玉真公主谜一样的传说融入了赵州桥。

◎ 浅译

是什么仙人

靠在玉石栏杆上

望着驴蹄印熠熠生辉

这里原来是

骑驴张果老奔向长安的地方

不承想

与玉真公主的美谈

留在巷坊

不羡鸳鸯只羡仙中

迷离中隐居终南山旁

想必这骑驴的果老

冷落了公主期盼

寂寞着

鸟迹绝山色的栈道

冷落出

垂垂欲朽飘飘成仙模样

39. 安济桥

（明）傅振商

石桥碧影驾长虹，流水无心夕照中。

千载乘驴人不见，徘徊学步愧青骢（cōng）。

◎ 微注

傅振商（1573—1640）：字君雨，号养拙叟，谥庄毅，河南汝阳人。明万历三十五年（1607）进士，历任翰林院庶吉士、右都御史、太常寺卿、兵部尚书。著有《爱鼎堂文集》等。碧影：碧水中的倒影。青骢：相传产于西域，毛色青白相杂的骏马。

他写石桥也没有离开长虹与仙迹，但把参照物一换，由静变动带来无限神奇。天上长虹是怎么形成的？原是桥影倒悬碧水中，而后折射雨后空，好像桥影并蒂接彩虹。而别人如何写桥如虹呢？你看："百尺长虹横水面""长虹嵌石跨云霄""虹腰千尺驾云间""百尺虹飞吞藻涧""驾石飞梁尽一虹""月落青虹冷""岂是长虹吞皓月",虹还是虹,桥还是桥,但感觉不一样。落日有情、流水无意,一河春水无纹静,一只金乌落西山,无情汖水东流行,夕阳依旧照水波,万道彩霞当空映,夕阳如心跳,虹如桥洞景。

◎ 浅译

> 流水东去不复返
>
> 落日余晖尽归山
>
> 不见骑驴张果老
>
> 一切归圆点
>
> 惭愧邯郸学步
>
> 暮色合烟绵
>
> 马蹄踏碎黄昏
>
> 长影回响余音浅
>
> 仙迹有时望传说
>
> 无尽流波无穷言
>
> 恍然越千年

40. 赵州桥

(清)祝万祉

> 公余揽辔过仙桥,隋迹传来历几朝。
>
> 百尺长虹横水面,一湾新月出云霄。
>
> 恒山北接千峰秀,驿路南来万国遥。
>
> 春早桑麻劳灌溉,民家庐舍半萧条。

◎ 微注

祝万祉:生卒年不详,辽东人。清康熙三年(1664)出任赵州知州,曾组织编著《赵州志》。揽辔：握着马缰绳。代指巡行各地检查。恒山：指位于保定曲阳与石家庄交界地带的大茂山，今曲阳县尚存北岳庙。秦汉时期正定一带为恒山郡。《尔雅·释山》载："河南华，河西岳，河东岱，河北恒，江南衡。"清朝顺治十七年（1660）七月，北岳始改为山西浑源境内的恒山。作为赵州知州，祝公见景生情，遇桥思民，显示了浓浓的民本思想。桥在忙碌着行人，民在忙碌着春耕。

◎ 浅译

  我下马牵着辔头
  走上闻名已久的仙桥
  身不由己凭栏眺
  隋时胜迹亦昭昭
  至今历数朝
  看那石桥
  如百尺长虹拥抱洨河涛
  像从云纱中轻盈复出的新月
  勾连洨水待梦觉
  站在桥上
  似见千峰竞秀的恒山
  南望递迢迢
  凝视驿道
  各地信使飞马进京送急报
  早春三月
  辛勤农人
  忙碌着桑麻灌溉盼风调
  百姓房舍显寂寥

41. 安济桥

(清) 王悃

长虹百尺锁关山，新月一弯淀水波。

两岸烟光杨柳嫩，千家灯光客槎 (chá) 过。

势凌霄汉蛟龙起，地接楼台风雨多。

隐隐仙风何处去，石梁犹颂白驴歌。

◎ 微注

王悃：生卒年不详。曾任赵州学谕。关山：关峡山隘，地势险要的地方。代指赵州城。客槎：指升天所乘之木筏，传说古时天河与大海相通。晋张华《博物志》载，汉代曾有人从海渚乘筏游天河遇牛郎织女。借指行人所乘之舟。

◎ 浅译

仰看淀河两岸并

百尺长虹凝

锁钥官道止与行

一弯新月横跨处

淀水碧波晴

晨鸟朦胧织春光

鸣声动柳嫩黄轻

傍晚时分

古城灯暖炊烟递袅青

点亮水底浪子情

过往客心痴望明

石桥凌空飞架

犹如蛟龙乘势起天庭

扼守桥头关帝阁

忠心虎视风雨平

欲问仙帆远

但闻隐隐名

桥上白驴传千年

石板浅吟风

蹄迹车辙眼眸底

鬼斧神工惊

42. 赵州桥

（清）王懿

赵州南去驾横桥，洨水西来涌势迢。

万灶合烟笼短棹（zhào），长虹嵌石跨云霄。

棘山竦矗凝朝岫（xiù），帝阁穹崇起夜潮。

仙迹茫茫何所见，白驴飞渡有人谣。

◎ **微注**

王懿：赵州人。清朝顺治十一年（1654）举人，康熙三年（1664）进士，曾任新田知县。其与其子基宏撰修康熙《赵州志》成名于史。《志序》中道："考古镜今，有所慕而为之，有所惧而不为，人心励而风俗纯"，"取百年之政事而进退之，取百年之人物而藏否之，取百年之户口、田赋、艺文之属而修明之"，"不敢摘人之瑕，不敢市己之恩，有善可取者，虽小必备。有疑宜阙者，虽大不登。"从中可见其治学之严谨、为官之耿忠。短棹：划船用的小桨。代指小船。棘山：平棘山，赵州就有大小平棘山，为古赵州十景之一。竦矗：耸立。朝岫：早晨山峦笼罩的雾气。

◎ **浅译**

古赵州南行路上

横架着一座著名石桥，

汹涌的洨河水

自西向东乘势呼啸

暮色轻风里

两岸农家炊烟笼罩着

片片白帆短棹

点点明灭灯火

在波动的河水里闪烁跳跃

晚霞沉影中

安济桥像镶嵌玉石的长虹

横跨在暮云星海里闪耀

清晨时分

高耸的平棘山上郁郁葱葱的树木

像冷凝的碧雾被霞光映照

夜静星寒时

潮起拍浪中的关帝阁

岿然不动地关注着肩扛担挑

人海茫茫中

只见仙迹缥缈

没看到仙人渡桥

白驴已化作传说民谣

43. 安济桥之一

（清）张士俊

谁掷瑶环不记年，半沉河底半高悬。

从来兴废如河水，只有长虹上碧天。

◎ **微注**

　　张士俊：生卒年不详，赵州人。顺治年间贡生，宿儒，曾参与重修赵州庙学。瑶环：瑶，美玉。借指玉环。

◎ **浅译**

　　喜看赵州石桥
　　不知仙人何处寻年脚
　　琼葩仙境掷佩瑶
　　月中嫦娥舒广袖
　　织女银线断
　　坠得玉环
　　半沉河底影连天
　　半悬空岸度人觉
　　世间兴衰事
　　得失随水遥
　　碧海青天
　　夜夜饰心焦
　　负重石桥未显老

44. 安济桥之二

（清）张士俊

　　青龙谪下化长桥，日驾川流谁可摇。
　　果老坠驴应有意，仙家游戏上云霄。

◎ **微注**

　　谪下：传说神仙受了处罚降到人间。川流：流动的水。看到充满神秘色彩的赵州桥，诗人寄情于桥。

◎ 浅译

青龙乘云访洨河

人间疾苦多

争渡波涛浪里舟

谁人能解

愿贬虬躯连南北

化桥千年歌

川流架日永不逝

自此安然合

果老乘驴来赵地

有意验坚磨

蹄印空留仙迹

神话成一辙

45. 安济桥

（清）王基宏

安济石桥日月留，龙盘虎踞洨河州。

无楹自夺天工巧，有窍能分地景幽。

岂是长虹吞皓月，故教半魄隐清流。

不言果老多神异，况剩白驴嵌石头。

◎ 微注

王基宏：生卒年不详，赵州举人。王懿《赵州志序言》中载："日与郡守祝公、学博阎公，搜遗编、咨掌故，每遇疑义，辄相发明。或有缺略，共为考镜。犹子基宏亦操觚珥笔，编摩校雠，相与补残缺，除烦冗。可者因之，否者革之。"史言父子同修史的有司马谈与司马迁，而今赵州王公亦效之，可见父子二人对赵州的一往情深。龙盘虎踞：像龙盘曲，像虎一样蹲坐，形容地势险要。楹：堂屋前部的立柱，泛指柱子。窍：洞。半魄：半个月亮。

◎ 浅译

众所周知

安济桥历经千年

与日月同光

在洨河两岸

虎踞龙盘人称妙

巧夺天工的石桥

没有桥柱撑

却能横跨洨水永不倒

众口称道

透过心有灵犀的桥洞

便知地上幽静

已谱成美妙歌谣

莫非气贯长虹的神桥

吞并了月亮

有意让半轮明月

沉隐在洨水流照

不必崇拜中条山张果老

有多么神奇怪异

看看桥上驴蹄印

就已明了

46. 宿大石桥

（清）戴亨

去家三十里，犹隔一宵程。

两岸众峰敛，一钩新月明。

近乡思愈切，久别恨旋生。

不寐听残夜，荒鸡下五更。

◎ 微注

戴亨（1691—1762）：字通乾，号遂堂，奉天（沈阳）人。清康熙六十年（1721）进士，曾任山东齐河知县，是居官秉直、怀才不遇的名士。与李楷、陈景元并称"辽东三老"。著有《庆芝堂诗集》。大石桥，作为赵州城南驿站，历来是官商驿宿之地。一宵：一个晚上。旋：又。寐：睡。

◎ 浅译

乡愁一望炊烟稀

离家三十里

长程更短程

灯火不语鞍马疲

暂搁一夜期

洨水西望

群峰隐隐息

两岸翠柳风

涤清夜色

一钩新月钓明启

归乡情急切

一声惊起飞鸟翼

梦里推窗

似是久别地

又暗恨生生不记

宿酒不睡三更

难熬风寒聚

雄鸡啼破残夜

五更打理正好

他乡故乡行李

47.赵州桥（古桥仙迹）

（清）饶梦铭

谁到桥头问李春，仙驴仙迹幻成真。

长虹应卷涛声急，似向残碑说故人。

◎ 微注

饶梦铭（1724—？）：字蓝湄，南昌府进贤县人。清乾隆年间拔贡，乾隆二十二年（1757）任新淦县教谕，乾隆二十八年（1763）任赵州学正，乾隆四十三年（1778）任雄州知州。后任宣威知州、东川知府。有《赵州十二景杂咏》传世。仙迹：指驴蹄车辙印迹。残碑：指刻有《大石桥铭》的石碑。

◎ 浅译

洨河边

古桥头

碧柳织春愁

梦里几度问李春

仙迹何时有

波光动

涛声急

长虹跨奔流

水上数次落帆影

传说存世久

48. 重过赵州桥

（清）牛堉

我来杨柳正飞花，客里逢春感物华。
今日重过桥畔路，麦黄风暖绿阴斜。

◎ 微注

牛堉：生卒年不详，字静涵，直隶天津人。清嘉庆三年（1798）举人，曾任山西平鲁知县。物华：自然景物。桥畔：桥边。诗人展示了赵州杨柳飘絮、麦色微黄的春夏风景。

◎ 浅译

杨柳吐絮
似雾似梦似飞花
浇堤满翠
自当顾不暇
桥下流水
无意逢迎去
波痕挽柳泪垂洒
时光易逝春难再
独自凭栏
夕阳西下伤物华
桥上石板桥畔沙
踏石留印地
尚遗一句旧时话
风暖麦黄
绿荫深处笛声哑

49. 除夕

（清）黄景仁

千家笑语漏迟迟，忧患潜从物外知。

悄立市桥人不识，一星如月看多时。

◎ **微注**

黄景仁（1749—1783）：字汉镛，又字仲则，号鹿菲子，为黄庭坚后人，江苏阳湖（常州）人。清代著名诗人，"毗陵七子"（黄景仁、洪亮吉、孙星衍、赵怀玉、杨伦、吕星垣、徐书受）之一。其一生怀才不遇，仅短暂做过县丞。曾发出"十有九人堪白眼，百无一用是书生"之感叹。著有《两当轩全集》《竹眠词》等。漏：更次。潜：暗暗地。

◎ **浅译**

万家灯火

照亮古城墙

欢声笑语

透过那轩窗

更漏迟迟报晨曦

繁华常随寂寞旁

忧患寄民生

久欲赴功名

书生扶枥志未扬

叹人生多少荒唐

独上石桥

平野夜茫茫

我自往来成古今

人间过客作寻常

一星明澈如月

对看多时不相忘

谁知岁月度空

亦是空度好时光

明朝白发又长长

50.石桥望月

(清) 于云升

舍南舍北水争流,人静桥空夜色幽。

漫倚阑干成小立,仰看明月恰当头。

疏疏风散红莲渚,淡淡烟横白荻洲。

隔浦邻舟归欲尽,渔歌声断一天秋。

◎ **微注**

于云升 (生卒年月不详):字山来,山东临淄人,清代秀才,有《绿墅诗草》存世。渚:水中的小片陆地。白荻:一种形似芦苇的多年生草本植物。浦:水边。

◎ **浅译**

淡水隔人烟

南北望

石桥连

寂寂夜色无人言

暂寄清光影

桥头独自凭栏

问天上明月

谁伴君颜碧水间

相看两不厌

河心红莲亭亭闲

浅浅风色

无意染香鲜

烟波淡淡点星暖

白荻飘飘照客船

邻家归尽白帆

渔歌唱晚

声断流水潺

天凉秋意阵阵寒

桥上忆当年

彩云追月梦阑珊

51. 石桥晚归

（清）郭绥之

木落随秋雨，河流带晚沙。

笙歌喧两岸，灯火聚千家。

市散游人醉，风高旅雁斜。

濠梁归去晚，霜月满芦花。

◎ **微注**

郭绥之（1836—1873）：字靖侯，清咸丰年间山西布政使郭梦龄之子，山东潍县人。著有《靖侯诗草》《沧江精华录》《餐霞集》等。木落：树叶凋零。笙歌：合笙之歌。泛指演奏歌唱及舞蹈。形容歌舞热闹非凡。濠梁：河上的桥梁。桥是征途，更是归途，且读其诗。

◎ **浅译**

叶叶飞落枝丫低

飘飘欲仙知

秋雨湿尽

茫茫天地

石桥老印迹

暮色卷云

洨河波浪砂石激

两岸笙歌伴雨

千家灯火续

楼台歌舞醉游人

风吹大雁斜

独向南移

雨歇石桥舟向晚

月色芦花

同栖清霜席

我掬清光两袖

思思不得已

不如早归去

52. 安济桥

（清）张光昌

登临放眼太行西，水拍栏杆烟树齐。

悬向地中偃日月，陡从天外落虹霓。

云滃（wěng）隐见青龙卧，苔蚀依稀白卫蹄。

最笑秦人痴并赵，丘墟一样夕阳低。

◎ 微注

张光昌：生卒年不详，赵州人。偃：停止。虹霓：雨后或日出日没之际空中所现的七彩圆弧。云瀚：云气四起。丘墟：陵墓废墟。桥还是那座桥，水还是那条水，走不远的路途，流不尽的思绪，桥依旧在日月、虹霓、青龙、白驴中固化着精妙，活化着神奇，锋藏着无与伦比，但一句秦人并赵痴，丘墟落夕日，委婉地感叹人生苦短，何必纠缠于自我，应像桥一样默默忘我负重度人，不图名而名自千秋，不苟利而利行天下！

◎ 浅译

  桥上西望太行
  凭栏击水
  一片苍茫
  日月行且止
  疑是落虹水下藏
  陡然飞架河上
  遥看青龙隐隐卧
  白驴蹄痕印记长
  可怜嬴政并赵急
  暮色夕阳里
  热血雄心凉

53. 小憩即景

（清末民初）李大防

风柔日暖鸟声娇，洨水消消咽暮朝。
嫩柳鹅黄深浅色，嫣然争媚李春桥。

◎ 微注

  消消：涸敞貌。嫣然：娇柔的笑态。诗人作为民国时赵县第一位县长，在公务繁忙之余，难得放松心情来到赵州桥，看到春日石桥，即兴赋诗。

◎ 浅译

  汉时洨水到今朝

  一时满目自春光

  和风丽日

  鸟声多美妙

  柳色扶水摇

  波中石桥秀目眺

  放下世事纷扰

54. 游安济桥

(现代) 周汝昌

跨水虹梁古赵州,神工长为后人留。

我来瞻眺无穷意,思浚清河照影流。

◎ 微注

  周汝昌(1918—2012):字禹言,号敏庵,别名解味道人,天津咸水沽人。著名红学家、诗人。著有《红楼梦新证》《曹雪芹传》《石头记会真》等。虹梁:高架而拱曲的屋梁。代指石拱桥。神工:神奇的造诣,指能工巧匠。瞻眺:观看。思浚:期盼疏通洨河。

◎ 浅译

  古今横跨独一桥

  安济如虹骄

  鬼斧神工石

  一凿千年平两岸

  行走不再遥

  凭栏看尽人间事

  河清海晏待今朝

55. 安济桥

（现代）罗哲文

环球第一敞肩桥，四穴平弧形式娇。

最是雕龙栏柱巧，若飞若动压浇涛。

◎ 微注

罗哲文（1924—2012），四川宜宾人。著名古建筑学家。环球：全世界。四穴：指四个小桥洞。平弧：指桥顶面的弧度较一般弧面型低缓平舒。

罗哲文与赵州桥、赵州城、赵州文物都有着不解之缘。这是他于1953年11月在考察赵州桥时写的一首咏桥诗。

整首诗不事雕琢而特点尽彰，第一句平铺直叙言明它是世界第一的敞肩石拱桥，位置不容置疑。第二句简单明了写它坦弧曲线美、小碹轻灵美。第三、四句勾勒出栏板望柱龙腾浇水雕刻的精致神韵。浅显易懂的诗句流淌着诗人浓浓的崇爱之情。

那么，他为什么如此深沉地热爱天下第一桥呢？且随时光流转看一下他的经历吧。

1940年，罗哲文进入营造学社不久，古建筑大师梁思成开始教他描临在营造学社期刊发表的《赵县大石桥即安济桥》一文中的赵州桥图纸，从这时起，他对赵州桥就有了最初印象。

1952年8月，在文化部的安排下，他与祈英涛（古建筑专家）、里正等人第一次来到赵州桥进行实地考察，了解赵州桥现状。

1952年11月7日至14日，他与刘致平、卢绳（天津大学建筑学院创始人之一）、祈英涛、余鸣谦（古建筑专家）、李良校、孔德埛、周俊贤、酒冠五、孔祥珍、里正等人第二次来到赵州桥进行实地勘测并写成报告及论文，制定了保持原貌方案，并于1953年3月在《文物》杂志上发表了《赵县安济桥勘察记》。

而后，于1953年对赵州桥进行再次深入勘察，先后对河底挖掘四次，范围扩展到桥两侧15米的距离，面积达1200平方米，挖深3~4米。这次收获可谓颇大，令人振奋，共发现雕龙栏板、龙柱等石刻拱石1500余件，可称作赵州桥考古最重大发现。同时,基本掌握了此处水文地质形态、石拱上部变形、下部基础、墩台走动、石料风化松弛演变情况。

1955年6月3日,由文化部文物管理局与交通运输部公路总局联合成立安济桥修缮委员会,并对修缮计划草案及预算草案进行了多次讨论修改。

1955年8月,编制完成《赵县安济桥修缮计划方案》。

1955年8月至1958年11月,施工队在多位专家指导下对安济桥进行了历史上规模最大一次维修。整个工程采用了原有护拱石、钩石、腰铁、铁拉杆等材料及收分法。为保证古桥做到百年无大修、交通正常使用,仅在拱背与护拱石中间改置140号钢筋混凝土盖板,并采用锯齿咬接法加强稳固性。同时,23道完好主拱及两端小拱金刚墙未有变动,其余部分依旧进行重砌。由此可见,此桥非旧桥说法是站不住脚的!

1991年10月,罗哲文在美国(国际)土木工程师协会为赵州桥颁发的第十二处国际土木工程历史古迹铜牌前留影。

2005年6月1日,他在赵县申报省级历史文化名城评审会上发表深情讲话,并提出极有远见建议:"我对赵县一直怀有很深的感情,五十多年了,一直到现在,我也经常在一些场合宣传它。作为一个县的文物来说,赵州桥的的确确是很了不起的,世界第一,又是第一批国保单位。当时我是参加第一批评定的,那时的第一个标准就是拔尖,这个没有话说,赵州桥评上是没有问题的。""没有一个伟大的民族,就不能创造出一项伟大的工程。如果人们到了赵州桥,就会亲眼看到,有了我们中国这样一个聪明智慧的伟大民族,才能建起举世闻名的赵州桥来。""中国的桥梁不仅表现了工程技术,而且还是文化艺术。赵州桥可以说是工程技术的尖子、艺术上的尖子和历史文化上的尖子,三大价值兼而有之。而且它不是一般意义上的古代桥梁建筑成就,而是工程技术的最高成就、科学的最高成就和艺术的最高成就。建议在这里建桥梁博物馆,因为这里具有很好的条件。"

2006年12月6日,83岁高龄的他获知赵县申报省级历史文化名城顺利通过,又欣喜地写下"赵县历史文化名城"的题字。"一个没有历史的民族,好比一个人失去了记忆。"斯人已逝,一个人一座桥。

◎ 浅译

  首创敞肩石拱
  桥身剔透玲珑
  四穴平弧惊世界
  古今求大同
  飞龙在雕栏
  呼之欲出露峥嵘

二、水生桥畔景

  古时赵县河流密布,《赵州乡土志·河流》记载:"滹沱河古道在州东三十里,今为支河。夏水泛滥,东北向自花邱、圪塔头、孝友,横流急湍,南北五六十里。明成化八年,滹沱出晋州紫城口,南入宁晋泊。"《水经注》记载:"洨水不出山,而假力于近山之泉,今考洨河,实受西山诸水,每大雨时行,伏水迅发,建瓴而下,势不可遏。至赵州大石桥,东南流归滏阳河。"有水就有河,有河就有桥,有桥可连两岸景。

1. 永通桥

(宋)杜德源

并驾南桥具体微,石材工迹世传稀。
洞开夜月轮初转,蛰启春龙势欲飞。
金道马尘奔驿传,玉栏狮影炽清晖。
可怜题柱诗人老,惭愧相如驷马归。

◎ 微注

  具体微:总体的各部分都具备而形状和规模较小。指大体近似而略有区别。金道：黄土铺就的大道。相如：司马相如进京求官路过成都北门驷马桥（升仙桥）时曾在桥柱上题写"不乘高车驷马，不过汝下也"。

永通桥横跨在赵县西门外的冶河上，始建于唐永泰年间（765—766），长34.5米，宽6.63米，由20道拱券砌筑而成，跨径23.48米，桥面坡度极小，便于行车。1961年3月公布为全国第一批重点文物保护单位。诗中用微、稀、月、龙、影等具体物象描摹了小石桥的精美。与赵州桥并驾齐驱、不分伯仲的小石桥只在形体上显得娇小，但是它的石材形制、巧夺天工都是世上罕见的。

◎ 浅译

桥洞敞开

像半轮明月流转下凡

秀丽桥影

支起人间梦幻

春龙栖卧惊蛰时分

半梦半醒中一飞冲天

黄土铺就大道上

尘土掩映着

石桥驿马奔不厌

栩栩如生的玉狮

辉耀阳光明又艳

慨叹岁月催人老

遥想司马相如

不乘高车驷马

不过此桥的壮志豪言

2. 衣里叹

(元) 王恽

洨水南来接北滹，两河汇合泛田庐。
官来检验承尊重，所望申圆得早除。

◎ 微注

王恽（1227—1304），字仲谋，号秋涧，谥文定，河南汲县人。元代著名学者、诗人、政治家，以好学善文、清贫守职而知名。历任监察御史、翰林学士知制诰等职。有《秋涧先生文集》传世。田庐：田地和房屋。滹沱河是石家庄的母亲河，洨河是赵县的母亲河，两河同脉共生，河合一系。

◎ 浅译

滹沱北来洨河南
荡涤人间
水势并接天
谁解合和奔流意
田家农舍水漫
收成枯萎成一片
居官知民诉
体察百姓历苦难
根治随众愿
盼我梦早圆
堤固柳绿桥通
美时美刻美感
乘得片片白帆
戏游云水欢

3. 洨川环翠

（明）陆健

石邑乾坤久，洨河岁月深。

云空天浩荡，沙净鸟浮沉。

高柳沾竦翠，孤城带晚阴。

余流看不歇，江海会遐心。

◎ 微注

陆健（生卒年不详）：江苏长洲（苏州）人。明朝嘉靖二十二年（1543）任赵州同知。留有《赵州十景诗》。洨川环翠：指洨河两岸的垂柳环抱充满春意的河水。石邑：河北省鹿泉一带古县名，西汉初置石邑县。现已不存。此处借指赵州。沾：浸润。竦翠：高耸苍翠。遐心：广阔的胸襟。

◎ 浅译

雄伟的赵州古城历久弥坚

波涛激荡的洨水岁月流淌

天空中飘浮着白云

倒映在河中如浪滔天

成群的鸟儿翔集河滩

在白净沙地上安然承欢

高大柳树照着清澈水面

微风轻梳着嫩绿枝尖

不知不觉中

沉浸在古城夜色风寒

行走在花香拂柳岸

看流水尽缠绵

汇入滏阳行经大运河

奔向大海起波澜

广阔的胸襟浮想联翩

4. 西郊水利

(明) 陆健

濠平春雨碧，湍急晚风高。

峡回流能迅，盘旋力未劳。

潺湲（chán yuán）寒冽冽，沆莽净滔滔。

利民愁仍夺，凭栏首重搔。

◎ 微注

西郊水利：指赵州西门澄波门外三河（淡河、冶河、甘淘河）与护城河交汇处兴修的水利设施，春秋时节成为赵州盛景。濠：护城河。回：掉转，拐弯。盘旋：回旋往复地流。潺湲：河水慢慢流淌。沆莽：水广大无际貌。

◎ 浅译

一场春雨如约而至

蓬蓬勃勃地填满冶河

淋绿田野

傍晚时分

风高浪急的气势

奔腾着心结

局促的河水

拥挤着急不可耐的浪头流出季节

一个接一个的漩涡

似淘气的孩子吐着水沫

在水中不知疲倦地

打闹着天真无邪

浅滩宽阔处

河水缓缓地流淌着呜咽

转弯迂回处

又瞬间白浪滔天放声歌

举目四望

兴修水利的愁绪挥之愈多

凭栏独立

下定决心

把利民之举办妥。

5. 南畦稻熟

(明) 陆健

青畦怜故色，南望尚依然。

插冷春云里，颖虚秋雨边。

风花仍宇宙，岁月几桑田。

欲下杨朱泪，栖翔怀紫烟。

◎ **微注**

南畦稻熟，指城南洨河北岸成熟的稻田金黄一片。畦：古时五十亩田为一畦。代指田野。颖虚：穗子饱满低垂。风花：风中稻花。喻春华秋实。桑田：泛指田畴，喻世事变迁。杨朱泪：歧路感伤之泪。代指离别之情。栖翔：止息与飞翔。紫烟：紫色瑞云。

◎ **浅译**

站在临洨门楼上

青青稻苗楚楚立在水中央

依然去年模样

春天的稻秧

像一片绿云

根植在冰冷水房

秋天的稻穗

像谦谦君子

淋湿了雨中沉甸甸的盼望

在久远岁月里

沧海桑田不断变幻更迭

世上春华秋实

依旧是永恒主张

稻田里

晚霞映照紫云升腾

群鸟时停时飞翔

看着眼前如画美景

想起杨朱在十字路口

不知往哪而哭泣彷徨

我却在稻场流连忘返喜气扬。

6. 北沼荷香

(明) 陆健

雨后花犹净，濠空香更饶。

平漪（yī）栖晓鹭，密叶避轻鲦。

红落城阴回，青回岸色遥。

柳边时走马，迢递揽芳飙。

◎ 微注

北沼荷香：指州城北门临洨门外的一片荷花塘。漪：通"漪"，细小的波纹。迢递：连绵不绝。飙：疾风。

◎ 浅译

夏天风雨后

雨洗荷花净自然

无边香气在空气里弥漫

微风中

娇饶诱人的河水

展露开细如绸缎的潋涟

清晨轻雾里

优雅的鸳鸯

淑女般亭立在荷面

梳理着羽翼清闲

层层叠叠叶子下边

成群的鱼儿

欢快地游着自在散漫

调皮小鱼怕伤着叶子

在风中有意识地躲闪

凋零的莲花瓣

随风飘落在水畔

有的吹递到城墙边

让人忍不住弯腰拾鲜

又轻轻捧在手心间

远远望去

河塘掩映碧叶风光无边

已分辨不出

回头哪里才是岸

时而巡视的骏马

在河滩奔跑中

带来沁人心脾的香风潺潺

7. 洨河工竣纪事

(清) 桂超万

下车问民情，邑西鹄面黑。
父老告我由，洨河为害烈。
塞来二百年，境内八万尺。
河槽半垦种，那复辨故辙。
洪波一岁冲，十年补不得。
未信何敢劳，郁郁中肠热。
捐工寻旧章，忽见古碑碣。
劝民勿惮勤，誓扫天吴绝。
井毋临渴修，桑乘未雨砌。
春秋书大役，时使在冬节。
谁知北地寒，冬令冻深结。
解冻而农闲，四时唯二月。
破块促鸦锄，省力驾牛辄。
载土车与筐，两堤筑如铁。
堤筑须远涯，休令土反宅。
切身困凫趋，望宇亦鹜竭。
富者授贫餐，老者为壮馌 (yè)。
庸仆尽驱遣，商贾各津贴。
春雨柔土膏，枯草动活色。
三旬平地中，渐渐成川泽。
惮人岂不怨，疲惫反欢悦。
恐乏岁修资，日久又淤塞。
杨柳种满堤，伐条作金穴。
金水支流开，城壕四围掘。
阖邑无闲民，西人力倍协。
胼胝 (pián zhī) 尔自劳，莫助我心恻。

群讴归我功，贪天讵非窃。
邻壤同心人，源委合疏决。
德星照我前，福曜在我侧。
福泉涌何长，德水流不歇。
善哉徐孺东，一言尾闾泄。

◎ 微注

桂超万（1784—1863）：字丹盟，安徽贵池人。清道光十三年（1833）进士，初任丹阳知县，受到林则徐赏识。十六年（1836）补栾城知县，历任永定府同知、扬州知府、苏州知府、福建按察使。曾作一诗一联明志。"下车告鬼神，焚疏明己意。撰句悬公堂，卖法脑涂地。""我若卖法脑涂地，尔敢欺心头有天。"著有《敦裕堂古文》《养浩斋诗稿》《宦游纪略》《清史列传》等。鹄面：容颜枯瘦的人。天吴：水神。鸦锄：形似鸭嘴的轻便小锄头。牛轭：给牛在脖子上配大小适当的颈箍以防走脱。代指牛犁地的农具。凫：野鸭。馌：给在田间劳作的人送饭。胼胝：俗称"老茧"。德星：古代以景星岁星为德星，喻贤德之士。福曜：福星，指木星，所在主福。比喻能给大家带来幸福的人。徐孺东（1530—1590）：名贞明，字孺东，江西贵溪人。明代著名水利专家，著有《潞水客谈》。尾闾：传说海水所归之处，承接江河水流汇聚之地。洨河是海河流域子牙河系滏阳河上游的一条支流，并与京杭大运河相通。其全长62.3公里，流经赵县20.3公里，途经赵县22个村，流域面积223平方公里。据考证，洨河两岸遍布新石器时代以来各个朝代的遗址多达77处，流淌着古老且富有活力的文化基因。

◎ 浅译

上任问民情
城西百姓形枯瘦
面色疲惫皱纹黑
贫疾由来久

百年堵塞非一朝
洨河水患历成愁
百里曲不畅
老道磨灭不见
河堤垦种望丰收
一年洪灾至
十年补又修
取信于民凭谁寄
郁郁憾不得
喜及百姓愿成就
义工觅得旧制
刻石谨记先人留
民众何惧勤劳
扫除洪涝休
勿临渴而掘井
须未雨当绸缪
经春历秋民心齐
冬闲冰冻誓开头
二月解冻人倍忙
鸭锄破土两轻快
牛车助力解心揪
筐扛车拉汗携泥
层层筑堤治横流
边缘弃岸远
严防重来溃难修
精疲力竭知事艰
亦是紧要关口
富捐食来老送饭

商贾捐钱贫者干不休
重整泽地造河川
劳苦百姓乐悠悠
又思再筹难
唯恐河塞二度失守
引水护城河
大堤植满翠柳
一城无闲人
皆在堤上协力保统筹
慨叹兴水利
老茧硬脚手
歌功颂德非一己
百姓挂心足够
源头源尾上下顾
同步疏去淀患由
贤德佑民水静远
徐公方略治水忧
我自效仿乘势
潦水入海不泛流

第三章　平常心系赵州寺

"南朝四百八十寺，多少楼台烟雨中。"在古赵州的大地上也一样拥有数不清的寺院，但大多风化在历史的烟尘里，残留于书籍里的文字中，固化成农田里不经意间翻出的瓦片。

一、寻踪柏林寺

柏林寺，始建于东汉末年汉献帝年间（190—220），初称观音院。唐武德六年（623），玄奘法师在观音院潜心十个月研习《成实论》。唐大中十一年（869），赵州和尚从谂禅师（778—897）住锡观音院四十年，赵州门风德化天下，方有赵州祖庭。寺内21棵唐宋古柏见证了历史烟云。高28.3米的柏林寺塔于2006年5月由国务院公布为全国第六批重点文物保护单位。塔上248个风铃在风中念念作响，似时时警示着世人自在平常心。赵州寺、赵州师、赵州禅、赵州柏、赵州水、赵州茶更是点化着迷津、活泼着渊源。

1. 柏林寺南望

（唐）郎士元

溪上遥闻精舍钟，泊舟微径度深松。

青山霁后云犹在，画出东南四五峰。

◎ 微注

郎士元（727—780）：字君胄，中山（定州）人。唐天宝十五载（756）进士，历任拾遗、补阙、校书、鄂州刺史。在唐代高仲武编写的《中兴间气集》中，素有钱郎（钱起、浪士元）并称。精舍：僧人修行之处。

清新自然了动吾心，柏林寺有联"寺藏真际千秋塔，门对赵州万里桥"，如今南望，心亦向往之。这是不是中唐时柏林寺的模样，不妨实地追寻旧时楼台烟雨。

◎ 浅译

细雨微湿早露浸
泛舟行进
未见陌上人
远闻东寺钟声鸣
枝鸟白帆尽
移舟登岸穿小径
松林迷雾忽散心
阳光彩虹飞经
青山流云
相知不相轻
猛见
西山画摹东南屏
峰峰似在眼前
笑看烦忧抛无名
流水度桥影

2.守岁

（唐）戴叔伦

有客同参柏子禅，不知今夕是何年。
忧心悄悄浑忘寐，坐待扶桑日丽天。

◎ 微注

戴叔伦（732—789）：字幼公，江苏润州（常州）金坛人。唐代中期著名诗人，主张"诗家之景，如蓝田日暖，良玉生烟，可望而不可置于眉睫之前"。历任新城令、东阳令、抚州刺史、容管经略使等。其著名诗作有《女耕田行》《边城曲》《屯田词》等。柏子禅：指禅宗，参禅时多燃柏子香。扶桑：神话中东方高大的桑树。代指太阳升起的地方。

◎ 浅译

晚来香火盛

游人虔诚祈福延

庭前柏子落

不知是何年

忧心悄悄至

坐守岁月人无眠

灯火熄时星光懒

抬眼望平川

旭日勃兴照晴天

换了人间

3. 赵州关

（唐）纸衣和尚

孤峻南泉派，师机已得闲。

三衣传祖域，一句动人寰。

幽谷珠光异，蓝田玉彩班。

来明根下蒂，难过赵州关。

◎ 微注

纸衣和尚（生卒年不详）：又称"克符道者"，涿州固安人。唐末禅僧，临济宗义玄禅师传人，平时喜着纸衣。孤峻：孤岸严正。师机：禅师与学人用机敏语言表达的主题与禅境。三衣：指僧迦梨，用九至二十五条布片缝制而成，专为上街托钵或奉诏入宫时所穿之衣，亦指受众、受戒、说戒等严议所穿之衣，又称"大衣""重衣""杂碎衣""入聚落衣""高胜衣""九条衣"，而二十五条的镶金大衣称作"祖衣"，只有传祖接法的人才能披它；郁多罗僧，用七块布缝制而成专为掩盖上半身而披的衣服，为礼拜听讲布萨时所穿之一，又称"上衣""中价衣""入众衣""七条衣"。安陀会：用五条布缝成掩盖腰部以下，为日常劳作或就寝时所穿之衣。又称"内衣""中宿衣""中衣""作务衣""五条衣"。人蓑：一种类似人参的珍稀动物。后代指人世间。幽谷：幽深静寂且不见人烟的山谷。蓝田：有蓝田种玉的典故，借指美好的愿望得以实现。语出晋干宝《搜神记》："公（杨伯雍）至所种玉田中得璧五双以聘。"蒂：原指花或瓜果跟枝茎相连的部分。后专指花下萼结果实之所在。借指事物发展的根本或初始点、根由。

◎ 浅译

  独超象外南泉
  机缘自在处变
  三代传承祖师愿
  一句扣人心弦
  幽谷珠光添异彩
  蓝天玉斑喜生烟
  来悟根下妙谛
  赵州机语悟关联

4. 和黄山谷游云居作

(宋) 苏轼

一行行到赵州关,怪底山头更有山。

一片楼台耸天上,数声钟鼓落人间。

瀑花飞雪侵僧眼,岩穴流光映佛颜。

欲与白云论心事,碧溪桥下水潺潺。

◎ **微注**

苏轼 (1037—1101):字子瞻,又字和仲,号东坡居士、铁冠道人,谥文忠,四川眉山人,祖籍赵郡,其十一世祖苏味道为唐文章四友之一(崔融、李峤、苏味道、杜审言)。嘉祐二年(1057)进士及第,历任大理评事、凤翔府判官、杭州通判、密州知州、徐州知州、湖州知州、黄州团练副使、礼部郎中、中书舍人、翰林学士知制诰、杭州知州、颍州知州、扬州知州、定州知州,官至礼部尚书。其为唐宋八大家之一(韩愈、柳宗元、欧阳修、苏洵、苏轼、苏辙、王安石、曾巩),北宋中期文坛领袖。其诗词文都名重古今,代表作有《东坡七集》《东坡易传》《东坡乐府》等。苏轼在《亡妻王氏墓志铭》中写道:"治平二年五月丁亥,赵郡苏轼之妻王氏,卒于京师。"在唐宋八大家之一曾巩《赠黎安二生序》中有"赵郡苏轼,余之同年友也"。

黄山谷:指苏门四学士之一黄庭坚。赵州关:在赵州,绕不开赵州桥,放不下柏林禅寺,最想迈过却最难迈过的却是谜一样的"赵州关"。一日,偶翻赵州禅师语录,有一问答常引己趣。师问新道:"从何处来?"云:"南方来。"师云:"知有赵州关否?"云:"须知有不涉关者。"又云:"如何是赵州关?"师云:"石桥。"举僧问师:"如何是赵州?"云:"东门、西门、南门、北门。"到底是赵州桥还是赵州门,还是其他呢?江西九江永修县云居山真如寺前有"赵州关"隘口,但千里之外为何要设赵州关?据说,赵州和尚在110岁时行脚到曹洞宗祖庭云居禅院(龙昌禅院),与道膺法师相见甚欢,并在此与朝鲜法师同为善信说法,大行其道,赵州禅学自此远播海内外,赵州和尚南北声重,赵州亦是东西皆称。诸位可以一想,110岁的年龄尚能行脚千里,布法施德,没有信念可以吗？在公元897年，一代大德圆寂于真际禅院。公元900年，为感念相交至深的赵州和尚，道膺法师在与赵州和尚道别处——莲花城中心隘口修建了关楼，名为"赵州关"，关楼高7米、宽11米，赵州关从此立名于世。后几经战火焚毁而又重生，1956年，虚云长老重建，不久又毁。1985年，一诚大和尚再建，保留至今。抑或，这就是实体的赵州关吧。冷肥暖瘦，关冬闭风，热茶拭手，赵州关亦是赵州石桥，是赵州四门，是云居"赵州关"，是"吃茶去"，是"平常心"，是关在门外的冷风，是挤满屋里的光明，是留在身后的印迹，是前路漫漫抬头仰望的星空，是那走不出的千年老赵州，是那一抹离了又聚、聚了又离的乡愁。

◎ 浅译

千里之行

缘来赵州关

山外青山壁立

云间高耸静修禅

钟鼓数声参

飞瀑碎玉落人间

尽把执迷烟

岩穴佛光里

谁度流年

白云欲展心底事

桥下流水浅

5.赵州婆子勘破话

(宋) 释子淳

木人岭上歌，石女溪边舞。

明月共同途，无私照今古。

◎ 微注

释子淳（1064—1117）：俗姓贾，四川剑州梓潼县人。北宋著名僧人，曾拜玉泉、大沩真如、芙蓉道楷三位禅师门下，著有《虚堂集》《丹霞子淳禅师语录》等。赵州婆子勘破：为赵州著名公案。传说，在赵州城的岔道口边，住着一位无儿无女鹤发童颜的老太婆。有一天，有个僧侣问"往台山的路怎么走？"她便说"径直走！"僧人刚走了三五步远，老太婆就自叹道"好一个不明不白的出家人，居然就这么糊里糊涂地只管朝前走了"。每每出现这样奇怪的场景后，有位僧人就把故事讲给了赵州和尚。赵州和尚说："待我明天去勘验一下她的悟境。"第二天，赵州和尚来到僧人说的地方，果然有一个老太婆住在那里。于是，赵州和尚像从前的僧人那样问，老太婆也像从前那样指路。回来后，赵州和尚说"我勘验过了，她并没有开悟"。为什么呢？老太婆不知老赵州善用偷营劫寨能杀则杀之禅机。而老赵州亦忽略了老太婆"求佛道不可左顾右盼"之自在妙意。后来有谒云："问既一般，答亦相似。饭里有沙，泥中有刺。"大意是看似一般的问答都有妙理禅锋，就像米饭里有沙粒只有咬到的人知道，泥水里有尖刺只有被刺破的人清楚。有诗颂公案，"杰出丛林是赵州，老婆勘破有来由。尔今四海清如镜，行人莫与路为仇"。木人与石女：本是"非有"，禅宗中用以描述真正明心见性以后的境界。《楚石梵琦禅师语录》卷三载梵琦上堂语："三身四智非圣人不无；八解六通，非凡夫不有。木人把板云中拍，石女含笙水底吹，是何曲调？"唐洞山良价《宝镜三昧歌》语："木石放歌，石女起舞，非情识到，宁容思虑。"此诗有"孤灯透窗明，犬声入耳清"的意境。

◎ 浅译

  微风吹来
  四月丰满着春颜
  山岭里杨柳
  披起翡翠般裙衫
  枝头上
  鸟儿时飞时跃

唱吟着明媚爱恋

小径石缝间

盛开着数不尽

鲜花容颜半娇喘

小溪水

清澈着石子诺言

时不时

激溅起水花期盼

一个舞蹈

醉了那朵沉甸甸内涵

一轮清光

积攒了多少天

才收割今宵圆满

天涯共此时

行走不论多远

都在脚下

拥有一个共同往返

从古至今

桂花树间婆娑香波

映照着无边机禅

不论直行曲折

还是阴影里磨难

都在话里话外

放不下心愿

公案里禅修无边

6. 颂

（宋）刘子羽

赵州柏树太无端，境上追寻也大难。

处处绿杨堪系马，家家门底透长安。

◎ 微注

刘子羽（1086—1146）：字彦修，谥忠穆，建州崇安人。历任将仕郎、太府簿、卫戍寺丞、朝请大夫、徽猷阁待制、利州路经略使兼知兴元府，知镇江府兼沿江安抚使，为南宋抗金名将。据《宋史》记载："吏部郎朱松以子熹托子羽，子羽与弟子翚笃教之，异时卒为大儒云。"虽为武将，但教导朱熹成就一段佳话。他曾在真定赵州一带抗击金兵，此诗即写于此时此地，豪气中涌动无奈，超脱中流露不甘。赵州柏树：指禅宗公案"赵州庭前柏树子"，赵州从谂禅师寄庭前之柏树子，以示达摩西来之本意。《联灯会要》卷六记载：僧问："如何是祖师西来意？"师云："庭前柏树子。"僧云："和尚莫将境示人。"师云："我不将境示人。"僧云："如何是祖师西来意？"师云："庭前柏树子。"赵州和尚以"庭前柏树子"教人会取眼前者即是，而截断学人别觅佛法之思路。透长安：禅语指大道通长安即是正果。《古尊宿语录》记载，僧问："如何是道？"师云："墙外的。"曰："不问这个。"师云："你问哪个？"曰："大道。"师云："大道透长安。"

◎ 浅译

赵州庭前柏子处

九重境上寻悟

得缘随口即成禅

飞云度穷处

绿杨系马

暂拴心事小驻

留心处处皆为家

挥手直透长安路

7. 鹧鸪天·游永安院

(宋) 江溥

一入禅林心自由，更兼暇日雨清幽。

菩提树映千寻塔，梵呗 (fàn bài) 声传万里秋。

寻妙谛，作优游。暂消块垒并闲愁。

可怜依旧红尘客，相与何人说赵州。

◎ 微注

禅林：指寺院。菩提树：因释迦牟尼在菩提树下证道成佛，被视为神圣智慧的象征，代表身心之本性明净纯洁。梵呗：和尚念经说法的声音，佛教原生音乐的特称。妙谛：禅宗精妙的真谛。块垒：累积的块状物，比喻郁积在心的愁闷。红尘：人间俗世。这首词如天心凉月，照影于无形。似雨打禅铃，微响于初静。

◎ 浅译

风尘面满出使者

双脚落魄机缘结

轻轻踏寂寞

柏林成禅风不歇

自在心释放

鸟儿枝上歌

细雨如帘

卷起清幽客

闲情盛开翠柏叶

菩提摇风影绰绰

虔诚拜谒

高耸云天七级阶

梵音悠扬动听

犹如秋声自和谐

寻半世浮生妙谛

万里应合

参见真际

顺应变化时节

享受从容座

轻举不妄动的沉默

且放下郁闷执着

消散掉闲愁落寞

容颜顾自怜

命里叹

躲不过

原来雨打红尘

逃不脱天间一过客

谁人悟得一声喝

三遍吃茶去

参不透老赵州的传说

8.柏林院

(宋)范成大

边尘一起劫灰深，风鼓三灾海印沉。

急过当年无佛处，庭前空有柏森森。

◎ **微注**

边尘：边野之地的风尘，喻战事。劫灰：佛家指劫火后的余灰。亦指战火后残存的东西。三灾：佛教称劫末所起的三种灾害。刀兵、疫疠、饥馑为小三灾，火、风、水为大三灾。此诗为其出使金国时写下的一首诗，流露出诗人对战乱无宁处，国破谁能度的感慨。

◎ 浅译

> 边城烽烟频
> 可怜百姓
> 几度劫难深
> 风行三灾
> 波澜四起海底沉
> 无门关处
> 常念平常心
> 森森柏树
> 晨钟暮鼓思故人

9. 柏林寺

（明）蔡瑗

古寺幽深几度过，禅房花木近如何。
为爱甘泉茶味好，常思此地作行窝。

◎ 微注

禅房：僧人静修诵经之所。甘泉：传说古时柏林寺有活泼泉水极甘甜，泡茶极佳。行窝：宋代大儒邵雍自号安乐先生，隐居苏门山，其居名"安乐窝"。好事者作别屋如雍所居，以候其至，名曰行窝。代指安适之居。从诗中可以看出诗人向与赵州柏林寺结缘。

◎ 浅译

> 古寺声名播
> 柏子虚空幽深落
> 郁郁树影禅房里
> 时光移步难越
> 此处静默随身

钟敲谁醒我

活泼泉涌水清冽

甘泉心学南北

禅茶思悟妥

一叶浮沉色醇

几杯岁月乘蹉跎

好味不必尽言说

料想此地认可

研修安心处

堪作平生一行窝

10. 咏柏林寺

(明) 蔡瑗

忽忆禅房旧念生，由来茶味有余清。

云开西岭数峰碧，月在前溪一鉴莹。

古殿尚留真际像，断碑微有李翱名。

东林应待陶元亮，早晚莲开造远公。

◎ **微注**

据《赵郡理学渊考》记载，"蔡瑗受学于关中韩苑洛，岭南湛甘泉（湛若水）。体认力行，不尚语言，正谊相道，敦为崇道，因言事落职。建书院于洨水之阳"。西岭：西边的山岭，指太行山。杜甫有"窗含西岭千秋雪"之名句，更增添了对柏林寺的无穷想象。真际像：真际禅师像，现为国家一级文物，保存于赵县文保所。李翱：唐时著名哲学家。在与药山禅师交流时曾有"我来问道无余说，云在青天水在瓶"之名句，悟得禅宗之道，传说曾在柏林寺留有碑文，惜无存。陶元亮：即陶渊明，名潜，号五柳先生，世称"靖节先生"，东晋著名田园诗人。远公：东晋时名僧，时尊称慧远，居庐山东林寺，净土宗（莲宗）始祖。曾在庐山邀各地贤士结白莲社。写信邀陶渊明，陶渊明因好酒而避讳佛门规矩，想不去，但慧远已为其备酒，憾终未成行。苏东坡有"远公沽酒饮陶潜，佛印烧猪待子瞻。采得百花成蜜后，不知辛苦为谁甜"之诗。蔡瑗以泽被桑梓名动当时，并留下多首吟咏赵州的诗篇。

◎ **浅译**

　　步入沉寂老禅房
　　想起初到景象
　　岁月积满灰尘心
　　端起旧茶汤
　　记忆吹开禅门
　　淡淡香缕化清光
　　浮云飘散天际
　　西山着碧妆
　　淡青叶浮动
　　品尽人间时长
　　脚步听声远
　　明月在小河流淌
　　晴夜谁洗铅华
　　波光泛起皱衣裳
　　黑白世界分外凉
　　拨云见日
　　西岭隐太行
　　层峦叠翠扑面来
　　谁望门前岗
　　碧溪潺潺月
　　似镜照影长
　　古殿香火里

幸好持拱真际像

平常心在

依稀赵州禅床上

断碑残碣

向时繁盛可思量

千棵森森柏

两函经文云天阁

难寻李翱忙

水瓶顿悟白

寺里钟声悠悠响

渊明菊花酒趣生

荷月空思量

静隐不争名

慧远莲宗娓娓讲

桑榆晚来晴

白莲开处

照亮多少晨行

经筵满庭芳

11. 柏林寺送周尹西归

（明）蔡瑗

秋树振霜叶，萧寺别君时。

丝竹悲高阁，英贤复在兹。

芳尊留永夜，慷慨吐情私。

悠悠千里道，相忆令人老。

遗爱在甘棠，春晖怀寸草。

天涯极目时，一点青山小。

◎ 微注

　　丝竹：泛指各种乐器，代指送别超度的音乐。英贤：德才杰出之人。芳尊：精致的酒器，借指美酒。甘棠遗爱：原指周朝时召公行德政，人民感戴，对召公休息过的甘棠树亦爱护有加。后表示对贤官廉吏的爱戴与怀念。《诗经·召南·甘棠》记载："蔽芾甘棠，勿剪勿败！召伯所憩。"春晖寸草：春晖比喻父母对儿女的慈爱抚养。寸草比喻子女对父母养育之恩的感激之情。唐孟郊有"谁言寸草心，报得三春晖"之名句。极目天涯：放眼远方。秋色中送别老友，忆往昔，自有一份深情在诗中。

◎ 浅译

　　秋霜落尽纷纷叶
　　别时寺净空
　　高阁丝竹声悲切
　　英灵天地容
　　公名流芳千古
　　泪雨陈词痛
　　悠悠千里黄鹤去
　　相忆不老松
　　寸草时报三春晖
　　梨下大爱成召公
　　望断人间路
　　青山隐隐去匆匆

12. 柏林寺

（明）王世贞

赵州城东古柏林，赵州阇梨（shé lí）知我深。
究竟现应居士法。不须瓜蔓老婆心。

◎ **微注**

　　王世贞（1526—1590）：字元美，号凤洲，又号弇州山人，苏州太仓人。明代文学家、史学家。明嘉靖二十六年（1547）进士，历任大理寺左卿、山西按察使、湖广按察使、郧阳巡抚、南京刑部尚书，史称"后七子"之首（王世贞、李攀龙、徐中行、梁有誉、宗臣、谢榛、吴国伦）。著有《曲藻》《史乘考务》《弇州山人四部稿》《读书后》《凤洲笔记》等。阇梨：高僧，泛指和尚。瓜蔓：瓜类植物的茎，形容曲折纠结。

◎ **浅译**

　　　　柏林寺之古老
　　　　成就在赵州城东
　　　　我深深仰慕
　　　　赵州和尚德化大众
　　　　究竟法门求持解
　　　　几人能悟通
　　　　勘婆子径直去
　　　　不必纠结在语念中

13.赵州关

（明）起高

河北曾闻赵州关，请谁移至在云山。
须知不涉关津事，拍掌呵呵去不还。

◎ **微注**

　　起高（约1626年在世）：号智浪，俗姓周，南康建昌（江西永修县）人，明末清初湖北黄梅双峰寺僧，曾于明末清初在云居山隐修十年。赵州关：云居山绝顶的一个隘口，传说赵州和尚与道膺禅师说法后，道膺禅师送其下山，在隘口处惜别，后在二人机语相对处作禅关，称作"赵州关"。特指赵州和尚机风敏捷如雄关大爱隘。云山：云居山。不涉：与之无关。关津：关隘渡口。

◎ 浅译

久闻赵州关
心在河北柏林间
谁移一念到云山
南北共参禅
方知关山万重
执手之间成美谈

14. 柏林寺

（明）太景子

燕赵寻奇士，空门识妙心。
经翻孤石冷，水动画廊深。
残雪留松砌，高风到柏林。
况逢茶味好，香气霭青岑。

◎ 微注

太景子：生卒年不详，河南汝南人。奇士：非常之士，德行和才智出众的人。妙心：真如自性，即宇宙人生的真理。霭：轻雾。青岑：青翠的山峰。

◎ 浅译

赵州云气祥瑞聚
燕赵二王遍寻
奇高之士隐未遇
访至赵州喜
床前妙语论禅趣

柏风读经传林远

圆石坐道已千席

文武圣水活鲜

桥下浇水源泉依

残雪堆砌胜玉

冷枝挺起数丛碧

风高声迅叩叶急

心自安澜里

一杯热茶执手

适逢客访在榻倚

香气萦绕身未起

云雾居西山

吃茶亦是禅头语

15. 赵州柏林寺

(明末清初) 凌义渠

郁然青数点，遂以柏林称。

来止初瞻影，迎门仅有僧。

平悬千尺水，幻接几枝灯。

但不迷真际，随意阅废兴。

◎ **微注**

凌义渠（1591—1644）：字骏甫，号茗柯，谥忠清，清朝谥忠介，浙江乌程县（今湖州市吴兴区）人。留有《凌忠介公集》《湘烟录》等。明朝天启五年（1625）进士，历任礼科给事中、湖广按察使、南京光禄寺卿、大理寺卿。《明史》记载："得帝崩问，负墙哀号，首触柱血披面。门生劝无死，厉曰，尔当以道义相勖，何如息为！挥使去，旦日绯衣拜阙，作书辞父已，自系，奋身绝吭而死,年五十二岁。"忠贞之意痛心入目,感叹有加。郁然:草木茂盛的样子。平悬:平壁上悬挂。现录其诗飨之。

◎ 浅译

苍郁葱葱

数不尽庭前柏子

起落自从容

慕名至此瞻佛影

寺额氤氲柏林中

门开之处

肃立相迎合手恭

道子执笔接天水

平悬壁端神秀通

灯明真亦幻

吃茶且思听晚钟

真际夜指碧溪月

迷在当下柏子风

翻遍古今兴废

都被石桥度远空

且看

赵州古韵最浓

16. 柏林寺

(清)王允祯

西来大士散天花,影落孤城贝叶遮。

冷冷林空古壁水,如如禅语赵州茶。

庭前柏子浮明月,石上云光映素纱。

半夜钟声惊我梦,香风冉冉灿烟霞。

◎ 微注

　　王允祯：生卒年不详，赵州人。与王汝翼、王汝弼所写诗作多有相和之意，韵脚相同，可能三人心绪有相通之情。大士：观音。散天花：佛家故事，传说天女撒下花来，以花布着身来验证菩萨和弟子的向道之心。贝叶：贝多罗树的叶子，特指佛经。古壁水：指柏林寺画水图。

◎ 浅译

　　　　观音大士西来意
　　　　天女散花
　　　　香留瓣落身无迹
　　　　影栖古城地
　　　　独坐一念贝叶经
　　　　有水空流古壁
　　　　柏林冷冷风未静
　　　　窃窃思禅机
　　　　谁言吃茶犹未去
　　　　庭前柏树子
　　　　指看明月浮云
　　　　何时虚空落离
　　　　纱笼云光何所欲
　　　　一片青石
　　　　冰心诚意递
　　　　夜半钟声惊心
　　　　身动不知是梦起
　　　　冉冉香火照佛心
　　　　烟霞缭绕月偏西
　　　　五更脚步急
　　　　因何执迷

17. 柏林寺

（清）王汝弼

萧萧古寺锁烟霞，兰若孤云柏影遮。

檐外离离深蔓草，壁间隐隐泛仙槎。

空阶此日苔流翠，石径当年天雨花。

开士不知何处去，更无人啜赵州茶。

◎ 微注

王汝弼：生卒年不详，赵州人，清顺治年间进士。兰若：即阿兰若，兰草杜若。佛家用语，明喻森林树木。修道人禅修寂静处。开士：即菩萨。亦是对僧人的尊称。以菩萨明解一切真理，能开导众生觉悟。《释氏要览》云："经中多呼菩萨为开示，前秦苻坚赐沙门有德解者，号开士。"啜：吃。诗人对故土情有独钟，触景生情，睹物思史，数次入住柏林寺，并以诗澄心。

◎ 浅译

夕阳西下

落寞古寺笼烟霞

柏林长影浮动

寺塔浮云祥瑞佳

离离青草檐外

壁上画水动船家

今日青苔满阶

久无人迹踏

遥想当年

我随信众立阶前

大德弘法

双手捧满天雨花

只留荒草愁绪

不知菩萨四海无涯

吃茶顿悟

更无人指月泉牙

低头方知

行路在脚下

18. 柏林寺

（清）张士俊

吾赵招提地，柏林藉有声。
吃茶参妙理，水底一灯明！

◎ **微注**

招提：即寺院。妙理：精微的道理。说起赵州茶，赵州和尚三言"吃茶去"开悟了多少众生，不得而知。如今，进得柏林寺，茶已不是简简单单的杯中物，而是觉悟人生、奉献人生的自觉。出得柏林寺，行走在街前，那茶庄里隐隐的茶氲停留了多少匆匆的脚步，不一而论。茶，端起是一种心态，放下亦是一种心态。也许，满室灯光浸泡下的自己亦是一脉起起落落的茶叶，映在日渐阴凉的天气里，写在走动的影子里，成就了黑与白的融合。时墨渐失，且看诗中禅意。

◎ **浅译**

赵州众多寺院里

东寺声名无可比

但听吃茶去一声

参半世间妙理

思得柏子值夜

指动月碧溪

忽见灯明影清静

风动水色起

撩不动千年吃茶意

19. 柏林寺

（清）王汝翼

苍凉古寺入烟霞，几转香风几落花。

云里钟声敲碧玉，壁间流水起龙蛇。

青山隐映僧房秀，柏影阴森石径斜。

坐久浑忘身外事，青莲散处现菁华。

◎ 微注

王汝翼：生卒年不详，赵州人。清康熙年间举人，曾任广西怀集知县。菁华：精华。

◎ 浅译

夕阳作别一天

看古寺苍茫清凉

烟霞合笼

庙宇披云光

片片落花动风香

能有几人赏

空风涤荡钟声

谁掷碧玉敲云祥

道子流水壁上

龙蛇浅舞戏妙墙

依依青山低僧舍

隐映灯火经文彰

森森柏影弄地

石径幽幽长

独坐人生久

不思量

身外事空忘

忽见青莲渐开

蕊盛精华吐芬芳

20. 柏林寺拈香

(清)爱新觉罗·弘历

柏林古刹炳长安，岁久榱题惜废残。

况是近邻跃龙邸，特教重焕散花坛。

彩衣随喜思依怙，萱厄延釐合施檀。

佛法故当忘一切，于斯云忘我诚难。

◎ 微注

炳：显耀。榱题：屋椽的端头，通称"出檐"。随喜：顺遂众生之欢喜而欢喜。依怙：依赖。延釐：祝福词，意谓迎来福祥。雪湿透天寒，风色飘过月蟾。现浅读其诗伴灯辉，双手扶案捻书香。

◎ 浅译

赵州柏林

续续香火燃

漫漫大道透长安

常念屋头檐

经岁风雨见衰残

昨夜谁知我临

睡梦时节

钟声连

重修故殿随我愿

大士散花重焕

随喜依靠时光转

檀香拈手迎福祥

禅茶不思量

静心邀缘

合十尘俗间

风月无边

21.柏林禅寺

（清）爱新觉罗·弘历

在小序中写道：九月十有二日，途经赵州，小憩柏林寺，阅殿壁吴道子画水旧迹，召扈跸文臣梁诗正等，刻晷联吟，禁用水部字。

唱和藏水诗如下。

乾隆皇帝：

花宫来九月，稼宝登三秋。

唐壁悬吴画，香林驻御骍。

梁诗正：

涂垩粉痕古，纵横墨晕稠。

具体文兼武，挥毫放更遒。

乾隆皇帝：

尝闻工变相，今见跋阳侯。

禁体例癸亥，强韵追应刘。

彭启丰：

佛日光皎皎，仙风响飕飕。

咫尺论万里，筋力回千牛。
乾隆皇帝：
或静符地德，或动与天游。
翔阳常逸骇，罔象穷冥搜。
刘纶：
十指扪欲缩，双睛眩难收。
能事开元埒，奇观广陵侔。
乾隆皇帝：
两孙彼固逊，一勺吾将投。
茹纳百川此，仿佛三岛不？
梁诗正：
镜象扫尘劫，坳堂参芥舟。
乾维擅密运，坤轴环遐陬。
乾隆皇帝：
龙门启屼嵼，鹿苑腾蛟虬。
旷哉八功德，邈矣大琉球。
彭启丰：
砰磕撼素障，缥缈凌丹丘。
哪得并州剪，何必中山求。
乾隆皇帝：
冯夷方击鼓，乾闼将成楼。
隐名名越显，绘声声若酬。
刘纶：
鱼龙卧岂稳，云梦吞应愁。
万斛斟天笔，一晌停吟眸。
乾隆皇帝：
含虚体无物，攻坚性不柔。
因喻政治理，持盈保天休。

◎ 微注

扈跸：随侍皇帝出行之某处。刻晷：短暂的时光。花宫：佛寺。稼宝：谷物为宝。香林：禅林。御骈：车马。涂垩：涂饰。阳侯：传说中的波涛之神。筋力：体力。翔阳：太阳，亦指时光。逸骇：迅疾升起。罔象：传说中的水怪。代指水盛大。扪：按住。垺：等同。侔：等同。镜象：水中物象。坳堂：堂上低洼处。芥舟：小草般的小舟。乾维：天的纲维。借指西北方。密运：周密运筹。坤轴：古人想象的地轴。陬：角落。龙门：科举的正门。岞岭：险峻的山岭。鹿苑：佛寺。蛟虬：蛟龙与虬龙，泛指水族。大琉球：太平洋上的一个群岛。素障：障子。丹丘：神仙所居之地。并州鬻：以产锋利剪刀出名的地方。八功德：即温良、洁净、甘美、轻柔、润泽、安和、解饥渴、养诸根。冯夷：传说中的黄河水神，即河伯，又称"冰夷冯修"。乾闼：海市蜃楼。云梦：水覆盖之地。万斛：容量大。天笔：皇帝使用的笔，借指御批。天休：天赐福佑。借指天子的恩庥。在乾隆帝四万多首诗词中，与大臣即兴唱和作诗的诗作不少，但尤以其在柏林禅寺与梁诗正等众大臣的唱和之作最为知名。全诗42句，不着一水字，尽押一韵，足显乾隆皇帝学识之渊博，反应之机敏，气势之雄伟，帝王风范尽彰。

且看小序中说道，农历九月十二日，南巡经过赵州城，晚上住在柏林禅寺，看到摩尼殿内吴道子画水古迹，诗意勃兴，立即召见跟随巡视的梁诗正等众大臣，限定时间接吟韵脚相同诗句四句，且每句不得有水字，对好有赏，众皆听命。

◎ 浅译

九月初到古佛堂

三秋登上

道子老水墙

古壁画

柏子香

安得御马暂歇凉

白灰涂壁迹存浅

浓墨飞舞流渍长
栩栩如生动静灵
笔走龙蛇挥方道
久闻工笔释家像
今见圣书波涛祥
癸亥禁用水体诗
韵成堪比
建安刘桢与应玚
佛光普照天下月
仙风响动钟声扬
咫尺天涯万里
力敌千牛古阵场
静布恩泽润万物
动施雨露展云翔
日见奔涌亦避开
水怪冥思解迷茫
推门双手急缩回
惊骇双眼晕无常
开元墙上倚势生
广陵曲中观洪荡
东吴两孙应避让
投得一勺便横流
纳得百川荡回肠
蓬莱三岛云中藏
缘来尘去镜自明
低盈之水小舟航
天纲西北东南倾
乾坤运行自周畅

地轴波动四海洋
岭岭开启龙门运
蛟龙飞腾鹿苑彰
功德旷达八方地
远威风至琉球邦
激荡流声撼白墙
云雾缥缈间
神仙立其上
笔锋快似并剪
谁能裁断水源墙
中山寻见雪浪石
方知赵州献皇榜
方听河伯击鼓
又闻乐神
戍楼奏乐忙
声绘色绘水亦酬
大隐隐名名更彰
鱼龙藏处身难隐
云梦泽涌知音唱
此地合天光
犹似天手斟万盏
沉吟不语眸子亮
无物含虚非空度
穿石有方
柔以相济刚
理政治国赵州水
持满戒足
天赐洪福盛世昌

22. 憩柏林禅寺

（清）爱新觉罗·弘历

横川渡石桥，古郡连平野。
寻胜憩征鞍，得句向兰若。
兰若已清幽，祖堂况赵州。
单提及直指，要非庸者流。
香台已绝登，禅拂率弗举。
嗟哉风日下，何怪优婆侣。
翠柏笼清荫，南荣悬暖光。
虞字复吴画，与我相徜徉。
徜徉旋命驭，回忆秋风曙。
历然成往还，底是无来去。

◎ 微注

兰若：僧人居住之地。香台：佛殿。南荣：房屋的南檐。虞字：虞世南的字。吴画：吴道子的画。乾隆皇帝虽然在赵州仅仅驻跸一夜，但对柏林禅寺情有独钟，在夕阳雨、真际塔、赵州水、柏林风、东寺钟的伴随下，有什么样的情感即兴呢？沃野平川谁承担，浛水东流石桥南。两岸遮不住，稻花香丰年。胜地飞梁歇马鞍，河朔称雄，不须击楫叹。寻得柏林乘幽闲，祖堂赵州独岸然。一指望月明，低头灯影伴。坐得一地无语禅，谁解香台尘念生，寂寂禅风轻拂龛。叹云卷夕阳下，暮鸟携风懒。何怪勘婆指路去，修行在己无关天。柏子落清荫，暖光悬心坎。道是雨露均沾袖，信步看江山。万里水揽九天云，只在道子画面。攀龙附凤中兴业，耿纯进献言。世南笔力越千年，秋高气爽幸登临，相看两不厌。徘徊无疆驭八方，曙光胜过灯万盏。往来成古今，寺内钟声续无眠。梦时不易醒更难，今朝风流无限。

◎ 浅译

浛水波涛卷层云
鸟声阵阵

渡口石桥步频频
岁月藏古郡
沃野丛生稻香新
寻来胜地闲情
小歇鞍马自停临
柏林禅寺寻佳句
当风听铃亲
清凉披身起
禅寺沉默金
赵州祖堂平常心
吃茶问道悟机敏
天心凉月指
看空看地霜满鬓
只有贤者入名流
香火繁盛一登临
禅风拂尘
尘亦不惹民
百姓乐业礼彬彬
风和日丽黄昏云
话头寄语勘婆音
回悬阳光暖廊宇
翠浓阴凉清柏林
虞字大碑龙凤缘
吴带当风圣水亲
与我相看两不厌
徘徊阶前思黎民
秋风曙光天
历历在目又无言

往迹已成还
来来去去不由己
度桥度民度安然
天下太平随我愿
赵州此地
柏子庭前

23.柏林寺

(清)爱新觉罗·弘历

禅寺曾闻古赵州，便途探迹正清秋。
虞碑字具龙凤势，吴水体兼文武流。
白鸽下无经可听，金轮焕是圣重修。
笑予柏子曾参熟，不识庭前树是否？

◎ **微注**

白鸽：白鸽听经的故事。《开元寺志》记载，宋时温陵（泉州）开元寺千佛院日诵《法华经》。一白鸽每日必来听经，然一日未来，夜来托梦与人，曰因听经功德将转世为人，生于某家且腋下白毛为证。后果应验，及出家法号戒环，成一代高僧并撰《法华经解》，世称"温陵大师"。金轮：佛塔上的相轮。柏子：指庭前柏树子的禅语。乾隆庚戌年（1790）九月，乾隆皇帝来到赵州柏林禅寺，以碑抒志，以水喻治国，以柏林谈安邦之本，字里行间亦流露出对赵州和尚的敬慕之情。天赐秋风，黄叶纷纷敲寺钟。顺道移驾柏林，探寻赵州驻锡踪。世南攀龙附凤，字字现秀灵。道子文武圣水，天上人间通。可叹白鸽啄荒草，未听真际经。遥记先祖重修地，金轮焕光炯。笑言庭前柏子树，何时落虚空。

◎ 浅译

当夕阳余晖撒下落叶的时候
当满天星斗目视灯火的时候
当点点秋光明澈水底的时候
当声声归鸟隐居山林的时候
我沿路慕名探寻古迹风流
来到尽人皆知古赵州
禅寺钟声落柏子
攀龙附凤
寄语光武兴汉写春秋
世南碑刻
书毁家纾难壮志酬
文武圣水
道子点壁生动
活泼泉眼骤
无经可听檐头鸽
但悟禅师吃茶久
阶下一粒米
啄破红尘缘未收
大殿佛身光彩旧
追忆先帝下旨修
前世今生谁伴起
问千年柏子几轮回
狗子佛性未参熟
倒叫石桥度驴马
更度行人无时休

24.漾文榭

(清)爱新觉罗·弘历

我昔赵州东，画观吴道子。
诚为入神手，楣间文武水。
文固儒士同，武乃壮夫拟。
鱼雅与鹰扬，各具其妙理。

◎ **微注**

鱼雅：形容威严的仪容。韩愈《元和圣德诗》有"驾龙十二，鱼鱼雅雅"之语。鹰扬：威武的样子。十全老人弘历对赵州水之爱，溢于言表。

◎ **浅译**

东寺钟声里
静观道子古画迹
出神入化手
成就文武水上壁
文水静娴胜儒士
武波汹涌似剑击
静水游鱼闲谈客
巨涛飞鹰漫卷席
动静之间参禅茶
俯仰相依观妙理

25.再题吴道子文武水

(清)爱新觉罗·弘历

壁端只虑千瓢泻，千年不竭真神也。
伊人心自别高下，堂堂王道欢虞伯。

滴汈混瀁无冬夏，葆孚龙宫及鳌驾。

石渠各种空传马，日月出矣爝火舍。

大士如如尘不惹，晏坐道场功德洒。

◎ 微注

欢虞：欢娱。滴汈：泉流貌。混瀁：荡漾。爝火：火炬。民间有"赵州水、曲阳鬼"之说，传说皆为吴道子所画，虽然曲阳鬼在北岳庙，且有救人度人之美德，但乾隆皇帝好像只钟爱于赵州文水，文水武波。

全诗虽不着一水字，但尽彰水之势、水之状、水之态、水之德、水之活、水之灵、水之禅、水之奇。摩尼殿内壁上景，疑是银河乍破随。且忧直下奔流去，莫道神笔马良为。行势急缓看不断，千年不竭百转回。高下立判心明辨，快意平生见大美。恣肆冬夏未变迁，龙宫鳌驾恋奇伟。石渠卷藏沉马息，日月交映迷火微。尘埃何染观音面，柳枝轻扬德化谁。

◎ 浅译

站在画壁前

看痴了水起波澜

怕瓢泼大雨再泛滥

冲涌而出身犯险

为有源头洨水来

笔端神韵流淌千年

至此方知

画水圣人名不虚

高下立判何为言

欢娱文武水

彰显盛世繁荣

禅水难分伯仲间

汪洋一片尽现

时涌时静流不断

隐隐龙宫

富孕水清浅

鳌驾时光不老闲

石渠宝笈

随风试欲卷

画水马远羞作帘

马水如烛

微光摇动点点暗

吴水一开

日月同霁银河淹

观音如来拥大千

静水微澜

尘土奕奕不敢烦

稳坐道场慈又安

功德撒播众生愿

烟火袅袅有洞天

26. 开善寺

（清）爱新觉罗·弘历

藤胎俯仰八金刚，闻道形传道子唐。

不及赵州文武水，至今功德浴空王。

◎ **微注**

闻道：领悟禅理。空王：喻世界一切皆空。乾隆皇帝对赵州人颇有好感，对赵州水更是赞许有加。

◎ 浅译

  神态毕现
  八大金刚像
  画风恰似
  道子画所长
  赵州文武圣水
  世间哪里比得上
  一面静静流淌
  一边惊涛骇浪
  历久弥新佛身
  言说功德无量

27.柏林寺

（清）饶梦铭

古佛何年下碧空，茶烟缭绕火初红。
入林笑我征尘客，柏子香携满袖风。

◎ 微注

  古佛：指赵州和尚。茶烟：煮水泡茶时产生的烟。征尘：旅途奔波。柏林禅寺作为禅茶祖庭，历史悠久，为中华佛教禅宗圣地之一，享誉海内外。没人能说清从谂禅师何时驻锡观音院，一句"吃茶去"，就使茶气氤氲满佛缘，赵州门风禅林传。远来向佛的俗客，刚刚来到这里，就被"庭前柏树子"禅风机语拨点。

◎ 浅译

  不知何年发宏愿
  空邀赵州古佛
  天上到人间

赵州茶袅袅禅音

缭绕虔诚烟

香火挤不动尘念

在每个日子

都被祈祷充电

仆仆风尘入寺来

方知有何缘

暗笑一点凡心

清风依袖绵绵

自在柏子落

香染心扉虔

28. 偕芍坡绣游赵州柏林寺

(清) 王汝璧

水光定相何精微,咫尺万里洪涛飞。
龙腾凤翥永兴笔,率更太瘦常山肥。
千秋书画此双绝,吴仙名字还依稀。
柏林老佛去已久,茶香尚可疗朝饥。
雏僧八十瘦如鹄,坐看冻昬关柴扉。
松明活火烧石鼎,满庭柏子香霏霏。
曼殊宝地花没膝,诸天龙象纷成围。
笑我枯肠自搜索,霅然风雨生裳衣。
从游倜傥得二子,如出洼水新受靰。
乘风破浪自兹始,瀛海荡荡相归依。

◎ 微注

王汝璧 (1741—1806):字镇之,号铜梁山人,四川铜梁 (今重庆铜梁县)

人。清乾隆三十一年（1766）进士，以诗词载誉天下，历任赵州知州、正定知府、顺德知府、保定知府，官至安徽巡抚、刑部右侍郎。著有《铜梁山人诗集》《铜梁山人词》。凤骞：凤凰高飞。永兴：指唐代书法家虞世南。率更：指唐代书法家欧阳询。常山：指唐代书法家颜真卿。吴仙：指唐代女书法家吴彩鸾。以小楷著称。此处借指吴道子画水的精妙。

◎ 浅译

  水色光影弄春晖
  人道精妙伦
  壁间咫尺地
  万里洪涛势欲摧
  世南笔力惜未尽
  攀龙附凤辉
  望汉台前犹悔
  龙腾凤骞势
  实为名累
  信本留书
  气势如瘦虎
  颜鲁祭文感人泪
  句句情沛字亦肥
  有谁解真味
  千秋书画双绝
  此地相逢贵
  道子留名人称奇
  莫言他人伪
  赵州古佛久已逝
  一杯茶香
  了悟人生几回

自是八十行脚地

柏林参差（cēn cī）依

形似枯瘦志高鹄

坐床冷绳系

漫看日落

暗许黄昏悟禅机

石鼎影上执火明

香绕满庭柏子迷

曼殊沙华落纷纷

圣地花香没过膝

大德高僧断机锋

龙象自云集

穷尽人间语笑已

祭风祭雨壁上来

寒生须加衣

从游二人皆倜傥

入寺方知绊羁

水洼眼前居

乘风破浪沧海寄

扬帆从此起

碧波顺风

荡荡瀛海尽归依

29. 柏林禅寺

（清末民初）李大防

策马城东隅，危塔如孤峰。

古柏翠一林，郁郁来香风。

破屋三两间，旧是梵王宫。
洪钟卧道旁，叩之声隆隆。
壁间宛画水，尺地藏蛟龙。
附会吴道子，村语密齐东。
昔有李翱碑，见与烟云封。
徒留永兴字，何造欺儿童。
真际倘可作，笑我舌有锋。
文人例讥弹，终堕言诠中。
何如赵州茶，一杯清心胸。
保此戒定慧，妙论开颛蒙。
我乃困尘鞅，心径盈蒿蓬。
世事每萦怀，百虑天如空。
徘徊不忍去，爱此夕阳红。

◎ 微注

梵王宫：本指大梵天王的宫殿。泛指佛寺。颛蒙：愚昧。尘鞅：世俗事务的束缚。蒿蓬：杂草。

◎ 浅译

看落了晚清云霞
寻常着民国光华
跨马巡游东寺
心思静不下
塔倾东南有禅机
恰似孤峰云无涯
一林翠柏映古地
风绕柏子
郁郁结香气

数间破屋成空壁
谁识旧时僧家
大钟委地弃
偶敲声色
隆隆俱会意
壁上画水独活
尚信蛟龙藏地阙
传尽道子真迹
坊间言及神话奇
岁月流逝李翱碑
两函经文月下记
云在青天水在瓶
初心莫忘续
攀龙附凤世南疑
大字未留款
儿童见识欺
真际禅师显大德
谈笑禅锋细磨砺
官场不只弹讥
诋毁落满是非身
同端赵州茶趣
一杯豁达清气
戒定慧持得
开悟莲生蒂
俗务缠身犹是我
心路长满蓬蒿棘
世事萦怀难解
百念堵心

天色空中系

　　只赖自在弃

　　无奈斜阳取景长

　　微红渐熄

　　黄昏邀月影一地

30.柏林寺壁画水

（明）释达观

　　画水何曾有水相，有相焉能尽水状。

　　灵台无物湛然清，信手风生扫成浪。

　　视之滚滚听无声，日夕波涛千万丈。

　　此中未必无鱼龙，头角潜藏待雷响。

　　君不见画水之时念不生，念生画之终不成。

　　譬如阳春回大地，红白枝枝岂有情。

◎ **微注**

　　释达观（1138—1212）：俗姓沈，字达观，自号紫柏、皮毬道人，时与莲池袾宏、憨山德清、蕅益智旭并称明代四大高僧，吴江（苏州）人，有《紫柏老人集》传世。灵台：心灵。湛然：清明莹澈。

◎ **浅译**

　　画水壁上

　　神来水呈相

　　相由心生

　　水无常形亦无状

　　灵台清了

　　无物自轻扬

　　风生水起时

信手乘得万里浪

滚滚而来眼前慌

无声话寻常

波动夕阳里

潮长千万丈

且疑鱼龙何处

潜渊待机

雷动九天云中翔

且思且悟

杂念无尘方成画

一念欲生

一画难成水汪洋

好似春归大地

枝生花红

岂是难诉衷肠

31. 柏林寺壁画水

（明）象衡道人

赵州水，称绝奇。

有客临摹来，张之古墙陴（pí）。

我见毛发竖，飒飒寒风吹。

疑已逼天真，非此人力为。

乃今观画壁，变幻殊难羁。

固知临摹者，形在神已离。

一笔敛锋，荡漾成涟漪。

云是水之文，如纶与如丝。

乘杯以飞渡，萧苇可障之。

一笔扫巨流，奔放扼险岩。

龛赭（kān zhě）两山间，万派俱鸣悲。

惨烈飓风起，簸弄其如斯。

是之谓武水，不可狎以嬉。

我阅此图频抖擞，神工鬼迹古无有。

兀谁写向摩尼堂？清晨白昼蛟龙吼。

宁非胡僧吸海涛，口吐津津盈户牖（yǒu）。

静能法师收未还，白衣老父随相守。

又非月光童子夜安蟬，吞尽西江灌腰肘。

不投瓦砾不窥窗，春波满室人枯朽。

不然而何鬼与神，巧匠旁观齐缩手。

我闻画水称绝奇，后有王宰前郭熙

未若李思训，寥廓混两仪，挥毫落墨冲流澌。

水声夜半归赴壑，开元天子惊欲驰。

此画应宜思训写，万年千载崇兰若。

老龙行雨莫战争，一口一吸足沾洒。

黍稷丰登利养民，家家叩首鸡豚社。

◎ 微注

象衡道人（生卒年不详）：佚名，明代人。乘杯：杯度和尚，南北朝刘宋时僧人，尝乘木杯渡水。龛赭：指两山对峙。月光童子：指《楞严经》中静心坐禅的故事。王宰（生卒年不详）：成都人，唐代山水画家。杜甫在《戏题王宰画山水图歌》始终赞其"十日画一水，五日画一石"。郭熙（1023—1085）：字淳夫，河南河阳（温县）人，北宋山水画家，著有《林泉高致》，其传世名作有《早春图》《窠石平远图》等。李思训（653—718）：字建景，甘肃陇西成纪（天水）人，唐宗室，史称"大李将军"，唐代山水画家，传世画作有《江帆楼阁图》《官苑图》等。此诗用通俗的语言、浪漫的想象、细腻的笔触对赵州水进行了精彩描述，并且首次指出壁画为李思训所作，又为赵州水蒙上了一层神秘色彩。

◎ 浅译

赵州水绝奇
好者慕名摹真迹
张挂古墙壁
突见毛发竖
寒风飒飒袭
惊叹太逼真
不是常人所能及
今日到此观画壁
变幻无穷已
始知临摹人
行有神显疲
一笔尽藏锋势
波澜变涟漪
文水展云柔
如丝如缕飘然迷
乘杯渡河浅
芦苇可作坝堤
一笔成就洪流
水奔险石持
两山挟水突
万流奔腾至此急
风起波涌雷
颠簸动荡身难立
武水感知
何敢嬉戏此地
我看壁画精神振
心思神功人间遇

莫问水谁做
蛟龙白日吼声续
若非高僧纳海浪
谈笑风生云满室
法师静未收
白衣随寂寂
月光童子修禅夜
两江水注画笔里
不动不看心安澜
妙手回春春水依
鬼神巧匠观画回
画笔折断弃
王宰郭熙名山水
观此不再称奇
寥廓天地思训心
金山碧水无穷已
夜半水奔向中流
开元寺中玄宗避
此图疑是思训就
敬持源流献摩尼
龙行云雨向兰若
吐纳布生机
五谷丰登安民生
六畜兴旺百姓喜

32.题柏林寺壁间吴道子画水

（明）李言恭

忽尔临溟渤（míng bó），西风起夜潮。

声疑瀑布落，影共雪山摇。

宿雾晴尤敛，洪涛静转遥。

蛟龙栖自稳，何处著渔舠。

◎ 微注

李言恭（1541—1599）：字惟寅，号玄素、青莲居士，江苏盱眙人。明代开国功臣武靖王李文忠（朱元璋外甥）八世孙，袭临淮侯，曾任南京守备。好学能诗，著有《游燕集》等。碑文诗存在县博物馆。溟渤：溟海与渤海，泛指大海。舠：如刀的小船。

◎ 浅译

天暗柏林栖

才踏大殿

惊呼身临大海席

西风扑面似潮起

日日波挨奕

忽疑瀑布此间落

莫非卷帘急

壁上云影摇雪山

一片汪洋眼迷离

文水翔集处

晚雾袅袅集

晴灯映涟漪

浪声渐远静心依

蛟龙隐居

目里有网寻生计

小舟如月何处觅

星光藏印迹

33. 柏林寺壁画水

(明) 翟汝乾

柏林水，何人写向金堂里。

笔阵棱棱渐雾生，寒飙飒飒蛟龙起。

正视看来心目惊，拂拭求之壁坦平。

咫尺有无成变幻，如何拟议识神情。

古称绘事成真际，受采之处先得意。

应是神游洘（hōng）洞间，毫端一写苍茫势。

君不见张僧繇（yóu），画龙成时不点眸。

点眸一夜遄飞去，自是其中有神遇。

◎ 微注

翟汝乾：生卒年不详，赵州人，明代进士。金堂：佛堂。洘：水冲击之声。张僧繇：江苏吴中人，南北朝时梁著名画家，有"画龙点睛"的传说，其传世作品有《五行二十八宿神形图》。

◎ 浅译

千年古刹

笔落钟声续

谁画古水涌壁端

惊破人间语

棱棱走笔雨雾起

顿觉飒飒寒风

蛟龙飞腾急

正眼未瞧

已是胆战心惊迷

近触壁时手抚平

方知是梦里

咫尺天涯变幻

神情茫然寄

赵州水势忆真际

光彩照人

大德巍巍吃茶去

想必神游天地

懵懂间

大水弥漫在此栖

笔下苍茫

一泻千里横无际

料定张僧繇

画龙向来

未加点睛笔

怕一夜飞去

莫不是

赵州水画

自有一番神遇

留住摩尼殿真迹

34.柏林寺壁画水

(明)陈奎

予自真定往赴徐方,州邑诸公饯宴于柏林寺,睹壁间画水,皆云唐吴道子之笔,因赋一律以志别。

萧寺何缘得胜游，诸君饯别此淹留。

壁间画水传唐迹，石上螭文记宋秋。

民瘼（mò）深愧无补报，交情何以慰绸缪（chóu móu）。

遥知别后还相忆，明月秋风各倚楼。

◎ 微注

陈奎（1520—1598）：字当星，福州怀安县人。明朝嘉靖三十二年（1553）进士，历任丹阳知县、户部员外郎、真定知府、定州知州、徐州兵备、广东按察使。徐方：又称"徐戎""徐夷"，指今天的江苏徐州一带。淹留：逗留。螭文：篆书刻写的文字。民瘼：百姓的疾苦。绸缪：缠绕捆扎。喻情深意切。《诗经·唐风·绸缪》中有"绸缪束薪，三星在天。今夕何夕，见此良人"之言。赵州作为古代官员行程的中转枢纽，在众多诗词中多有体现，过赵州成为览胜之所，宿赵州成为休憩之地，聚赵州成为交友之处，忆赵州成为寄情之洲。

◎ 浅译

我从真定府赵州前往徐州赴任，州内的诸位同僚在柏林寺设宴饯行，看到墙壁上的文武水画时，都说是唐代吴道子真迹，于是即兴赋诗以记送别之情。

古寺萧萧秋日寒

柏林碧色浅

久闻胜地

今日得缘见

情深恰似赵州水

杯酒相逢石桥绵

唐画道子壁水

指手流千年

碑文记兴盛

永安度僧传

百姓疾苦看在眼

惭愧未改观

何以补我心

他乡躬身验

我辈交情永续连

只盼未雨绸缪

闾里尽开颜

起身拱手别

赵州无语又万千

他年相逢话今天

明月满目

秋风盈袖

长影倚楼醉亦伴

曙光亮时

人间正道挥响鞭

35.题赵州柏林寺古壁画水

(明) 韩日缵

万顷沧波古壁深，霏霏烟雾散丛林。
自应神物能长护，疑有蛟龙时一吟。
澎湃即堪纾远目，清漪聊借涤尘襟。
凭将造化丹青手，好与行云施作霖。

◎ 微注

韩日缵 (1578—1635)：字绪仲，号若海，谥文恪，广东博罗罗阳人。明万历三十五年 (1607) 进士，历任庶吉士、检讨官、侍读学士、礼部尚书。纂修《明熹宗实录》，著有《韩文恪公文集》《询莞集》等。纾：宽舒。霖：久下不停的雨。

◎ 浅译

　　古壁深藏万顷波

　　烟雨菲菲丛林墨

　　疑是神物护

　　料想蛟龙常饮波

　　远观浪涌

　　近身涟漪洗尘悦

　　造化丹青妙手

　　行云布雨甘霖落

36.柏林寺画水

（明）王世贞

　　定州画壁水二堵，妙绝天下。望之若真水，起伏潆洄，有浩漾万顷之势。州志谓吴道子画，非也，寺成在道子后百余年。余歌以畅厥美，乃为志解嘲：

　　　　柏林寺中千株柏，蛰月寒虬怒生翼。

　　　　谁为吸尽西江水，一吐阿兰双素壁。

　　　　永夜旋愁牛汉翻，中堂陡见龙门辟。

　　　　更疑沧海浴日初，不断潇湘带天色。

　　　　乌王睥睨（pì nì）饥欲动，娑竭蜿蜒避无策。

　　　　惊毫欲卷阿耨（nòu）粘，醉沉横拖鹫头碧。

　　　　怪无兰木为穿进，纵有并刀剪不得。

　　　　寒声飒飒生清澜，令我三日欲卧观。

　　　　借问画者谁，画笔劲似秋鹰抟。

　　　　无乃孙知微，定非杨契丹。

　　　　试披图经读，谓是吴道子。

　　　　此寺此壁天福始，开元之人人已鬼。

　　　　只今何限丹青师，好手吴生郑得之。

　　　　君不见唐朝叶道士，摄魄为写松阳碑。

◎ 微注

西江水：喻一气呵成贯通万法。宋释道原《景德传灯录·居士庞蕴》语："待汝一口吸进西江水即向汝道。"阿兰：代指摩尼殿。鸟王：指凤凰。睥睨：窥视。娑竭：代指龙王。阿耨：微尘。鹫头：鹫山。兰木：指兰舟。并刀：山西并州的刀剪，以锋利出名。孙知微：字太古，四川眉州人，北宋著名画家，画迹有《湖滩水石图》《焦夫子图》等。杨契丹：隋代画家，擅画佛像、人物。叶道士：叶法善（616—720），字道元，南阳人，唐朝著名道士，有摄养占卜之术，传说其把唐代书法家李邕的灵魂摄去，为他祖父叶有道撰写碑文，即李邕出贬松阳令途中撰书《唐叶有道先生神道碑并序》，世称"追魂碑""松阳碑"。

◎ 浅译

赵州柏林寺摩尼殿内两墙壁画绝妙无比。望见与真水无二，浪潮起伏不定，浩浩汤汤，烟波万顷。《赵州志》记载为吴道子所画，其实不然，吴道子百年之后寺才兴盛。我赞美画水之美，乃记之。

　　寺内千柏立
　　翠寒二月发新枝
　　用情尽吸西江水
　　神翼画就双壁
　　夜深频愁莽牛拱
　　忽见龙门中堂启
　　日出浴沧海
　　潇湘雨来心有疑
　　神鸟暗窥飞不动
　　龙王舞之避堪及
　　狂毫席卷草色无
　　鹫山沉沉壁
　　兰舟穿不透
　　并刀剪难齐

寒风生清波

卧观三日未解谜

借问画壁人

鹰钩恰似劲笔

知微契丹画非此

看图识经妙

言说吴道子

丹青何限吴生笔

梦里幻画成真迹

摄魂道士神交李邕

碑文天下奇

37. 柏林寺壁画水

（明）蔡懋昭

闻说柏林悬画水，无端系我廿年心。

今朝得到空明镜，才见人间苦海深。

◎ 微注

蔡懋昭（1512—1602），字允德，号溟阳，上海陈行乡蔡家老宅（浦锦街道郁宋村）人。有"齿德俱尊"之美。明嘉靖十九年（1540）举人。初为新河知县，明嘉靖四十四年至隆庆四年（1565—1570）任赵州知州，是赵州历史上任期较长的州官。其间捐资重修庙学为一时美谈。万历初任思州知府，留"蔡公井"之福。他在明隆庆元年（1567）冬十一月初一完成《赵州志》修编，并作序言之，"赵于古为列国，谋臣良将，车赋材官，实相雄长。历代侯王，起事建功，并驰争逐，故遗往迹多有存者。昭不自揣，每于政暇，渐次采辑"。从序言中可以看出蔡公虽贵为一州之长，但在公务之余对赵州历史敬畏之心溢于其行，可敬可叹。无端：无因由。廿年：二十年。空明镜：指月亮。喻世间所欲如明镜，现则见，去则不见。看不厌的赵州水，饮不尽的赵州茶。今得见其诗，虽未见神水，但共赏之。

◎ 浅译

二十年前为官

行色匆匆

赵州桥上独往还

柏林画水慕名久

无缘得见

空明石照日月斜

幸临赵州殿

只怨

画水未流躬耕田

偏让农人苦作闲

放眼四宇

寄语谁手解人间

38.寺中观吴道子画水

(明) 凌义渠

千年壁画伊谁始，观者但言吴道子。

即觉万仞跃空间，敛神对之尺有咫。

奔势疑将裂壁飞，夜夜殷涛撼双耳。

落月斜窥冷欲翻，俄听霜钟曙初起。

天女时披无缝衣，抱香独自愁沾履。

连云城阙早风烟，黄河故道久迁徙。

有唐以后历物多，终朝如在簸淘里。

眼看长川去不回，澹澹一杯来何已。

◎ **微注**

凌义渠（1591—1644）：字骏甫，号茗柯，谥忠清，清朝谥忠介，浙江乌程县（湖州市吴兴区）人。留有《凌忠介公集》《湘烟录》等。仞：古代长度单位，七尺或八尺为一仞。咫：古代长度单位，周制八寸，今制六寸二分二厘。天女：月上女，传说其出生时，不曾啼哭，且能开口道出前世因缘，身上散发的光明胜于月照，照耀家内。后以辩才神通度化诸童子入佛道，发菩提心。簸淘：指波涛。澹澹：水波微微荡漾。

◎ **浅译**

    道子千年画壁
    闻着皆探知
    咫尺之遥屏神气
    飞流下千尺
    奔涌飞壁间
    夜生波涛枕上及
    斜月弄光水影动
    曙色连天霜壁栖
    天女披衣舞
    风烟湿鞋底
    故道云水殿上壁
    唐风遗韵歌不尽
    云雨共生机
    泫水荡荡东流去
    一杯茶留迹

39. 柏林寺壁画水

(明末清初) 王鉴

长夏公余访法台，水分文武势潆洄。
狂澜疑有蛟龙起，幻迹惊看风雨来。
共托恒河迷彼岸，似从苦海觅蓬莱。
个中神物相呵护，名笔于今尚未灰。

◎ **微注**

王鉴：生卒年不详，安徽天长人，曾于明嘉靖三十一年（1552）任赵州同知。法台：祭台，借指寺院住持。潆洄：水流回旋貌。

◎ **浅译**

  漫漫长夏酷暑耐
  公余访寺来
  摩尼殿里赵州水
  文武萦回静动开
  蛟龙起狂澜
  惊看风雨共徘徊
  彼岸不知何处度
  但望蓬莱出苦海
  神物相护持
  幸使壁画长无碍

40. 题柏林寺水

(明末清初) 王铎

日夕来禅寺，波光动石亭。
潇湘一片白，震泽万年青。

龙沫浸坤轴，珠华湿佛经。

踟蹰游水府，骑马忽春星。

◎ 微注

王铎（1592—1652）：字觉之（斯），号十樵、嵩樵、痴樵、痴仙道人、烟潭渔叟，谥文安，河南孟津人。明天启二年（1622）进士，曾任翰林院庶吉士、太子詹事、南京礼部尚书、内阁大学士，降清后授礼部尚书、太子少保。明末清初大家，诗书画俱佳，与董其昌齐名。著有《拟山园初集》等。赵州水，流之不竭，语之不尽。潇湘：潇水和湘水。震泽：太湖的别名。龙沫：龙涎。坤轴：地轴。踟蹰：徘徊不进貌。

◎ 浅译

    禅寺夕阳丽

    壁水波光

    涛涌石塔西

    白浪滔天

    潇湘梦千里

    问君何事举

    太湖波光八千米

    长空存涟漪

    流淌万年心知止

    长龙羡慕轻捻须

    地窍结连理

    又疑珠华坠露

    漫翻书卷佛经湿

    徘徊雾蒙迷

    久已神游水府第

    夜色如水汲

    纵马挥鞭

抬望眼

方知春星解我意

微光寄晨曦

41. 柏林寺壁画水

(明末清初) 李京

壁间波浪日千层，久视深凝若湃澎。

自是胸中存活泼，因之笔下起渊澄。

分明法海人难度，但有慈航我欲登。

道子悟禅禅是水，后贤空作画图称。

◎ 微注

李京：据交河县（今属泊头）儒学训导周侨撰写的《李京墓志铭》记载，"李京（1606—1682），字都五，号止庵，贡生出身，邢台人。有《止庵集》《匏世斋稿》存世，并参编《赵州志》《邢台县志》，在重新修编《顺德府志》时，写下顺德十二景诗流传于世。顺治元年（1644）任赵州学正，居官修葺学官，纂修州志，捐奉以造祭器"，从中可以看出他居官赵州尽职尽责，为赵州文脉的保存和弘扬做出了一定贡献。后调任岳州巴陵知县，但"公以太夫人年高遂未及任，造病回籍"，可见其至孝。"读书博洽诸子百家，以及天文地理无不淹贯善，为古文而诗尤其所长也"，可见其学高。渊澄：明净。法海：喻佛法，谓佛法深广如海。慈航：谓佛、菩萨以慈悲之心度人，如航船之渡众，使脱离生死苦海。夜深于冬，灯光似水流涌不觉，今掀诗页，不忍释卷，柏林寺之水可悟可饮可赏可参。

◎ 浅译

晨起掷笔赵州城

霞光万丈铺路平

风息柏林无迹

摩尼殿里探名胜

层层波涌壁上观

人生初见

知音共鸣

波涛拍岸世事惊

当是胸藏天下

活泼泉涌志无涯

渊深自有心净

笔下思绪加持

自知佛法难悟

度人实不假

若有慈航在此间

我度众生亦有法

道子画笔走千年

留得活水甲天下

梦里悟禅指天际

月色如水满持家

空空如画谁称贤

自在当下

42. 柏林寺观吴道子水

（明末清初）梁清标

柏林画水已千秋，白日纵横沧海流。

此去仙槎浮汉使，乡心一片大江流。

◎ 微注

梁清标（1621—1691）：字玉立，又字仓岩，号棠村，又号蕉林，直隶真定（正定）人。明崇祯十六年（1643）进士，清顺治元年（1644）降清，历任国史院侍讲、詹事府詹事、兵部尚书、礼部尚书、刑部尚书、户部尚书、保和殿大学士。著有《蕉林诗集》《棠村词》。千秋：千年。纵横：奔放自如。仙槎：往来于海上与天河之间的船。乡心：思乡之情。赵州水以文武称奇，以灵动涵妙，今虽无，但看瀑思水，观柏疑河，知吴道子画壁之神。

◎ 浅译

  壁上文武水

  画里流淌千年

  放眼抬首见

  沧海横流英雄色

  白日晴天

  忠心汉使命

  望汉云台散云烟

  仙船扬帆

  一片乡心影亦单

  浅水并入江海

  半生憾

  此地欲接天河水

  空叹

  阳光照迹闲

  斑斑

43. 柏林寺壁画水

（清）胡以泓

由来古赵建藩奇，兵燹频仍彼黍离。
远寺尚余狂墨翰，危墙犹有浪花嘶。

荡漾不因风汩没，波澜岂为雨参差。

蛟龙乍遇成雷吼，应有涓埃洗甲思。

◎ 微注

胡以泓：生卒年不详，清顺治年间曾任南和知县、赵州知州，后升任江南苏松道，以重修姑苏台而知名，现呈之共赏赵州水。兵燹：战乱造成的焚烧破坏等灾害。黍离：出自《诗经·王风》，有"彼黍离离，彼稷之苗"之语。有感叹王国触景生情之意。汩没：淹没。涓埃：细流微尘，喻微小。

◎ 浅译

    古赵建城历史久

    传奇人文留

    此地战乱多

    百姓流离苦难受

    老寺隐东城

    摩尼殿里

    壁上墨翰浪里游

    波涛声起危墙

    几度听得画声幽

    眼底荡漾

    不解风情心常候

    波澜常兴

    何仗窗外

    长短雨话难别秋

    一遇蛟龙

    万钧雷霆震九州

    料想亦有

    涓涓细流

洗净鳞甲背上

故国山河愁

44. 柏林寺壁画水

（清）王登联

寺古隐残碣，停骢一徜徉。

画犹知姓字，笔不解沧桑。

落落高山仰，滔滔流水长。

兴怀吾自异，观止莫能忘。

◎ 微注

　　王登联（？—1666），字捷轩，谥悫愍，祀直隶名宦祠，奉天汉镶红旗人，生于山东茌平。清顺治五年（1648）戊子科贡生出身，受巡抚吴景道赏识推荐，历任郑州知州、顺天府丞、济宁道、保定巡抚、工部尚书，以上书并推行严缉盗贼，与苏讷海、朱昌祚二人上书请停圈地名重当时，后被鳌拜矫诏绞死，籍没。其在清朝直隶名宦祠中的25位名臣中列首位，在后世虽不及于成龙、李卫、李光地、曾国藩出名，但其文人风骨气节亦令人敬佩。残碣：残碑。停骢：下马。落落：举止自然。滔滔：波浪奔流。兴怀：引起感触。观止：看到的水好到了极点。

◎ 浅译

夕阳向晚

风扫秋叶黄

古寺名重影深藏

残碣断碑委地冷

谁能燃心凉

停马勒缰望太行

云霞染翠裳

推门入寺

满目森森柏树长

摩尼殿里文武水

仰观俯察道子迹象

沧海桑田画不尽

笔意舒心壤

高山仰止

景行景止殿里墙

流水滔滔

知音弦断情亦长

逸兴在怀人已去

在我心境却两样

壮志几失手

顺水搏风浪

自难相忘

45. 柏林寺壁画水

(清) 王懿

萧萧古寺澹无尘，泼墨平分浪卷银。

派发灵源难觅穴，心存佛地是慈滨。

一航度我三千界，万顷灌人百虑身。

欲识西来大士意，钟声响处月光轮。

◎ **微注**

澹：水波起伏的样子。灵源：水源的美称。慈滨：仁爱而给众生以安乐。一航：相传佛教达摩祖师用一根芦苇渡过长江。灌人：以禅机开示人。

◎ 浅译

  天色微明

  风歇古寺静

  纤尘了无亮佛灯

  道子兴尽处

  泼墨平野流

  分得秋气不老横

  换得浈水清波

  碎银敲壁声

  漫寻灵源不见

  大士妙手活水圣

  柳叶点化成

  心存佛心

  常念

  积善修德即是宁

  慈航普度

  大千世界

  芸芸众生历万程

  壁上流得万顷波

  洗去百忧身不轻

  何处愁浓

  辩得大士西来意

  庭前柏子落余生

  听得

  东寺钟声响处

  一轮缺月

  洒尽余光影禅风

46. 柏林寺殿壁吴道子画水

（清）纪迈宜

赵州画水天下闻，波涛汹汹如崩云。

起伏有势壁欲动，世上摹本徒纷纷。

反覆斜正看逾活，胸中万顷倾溟渤。

艨艟（méng chōng）挂席不敢前，蛟龙夜半争出没。

想当苍茫落笔时，星精旸睒（yáng shǎn）来相窥。

奋臂一扫风雨疾，至今元气犹淋漓。

殿宇屡易壁不易，屹然怒浪如山立。

微损谁能补化工，常完呵护知神力。

柏林古寺振宗风，金碧巍峨矗半空。

画旨通禅方入圣，照耀千古无终穷。

僧繇之龙久飞去，虎头金粟今何处。

风尘鞅掌得奇观，如过瞿唐惊滟滪。

◎ 微注

纪迈宜（1678—1760）：字偲亭，号蓬山老人、蓬山逸叟，河北文安人。康熙五十三年（1714）举人，曾任平阴知县、单县知县、泰安知州。著有《俭重堂诗集》。溟渤：溟海和渤海，泛指大海。艨艟：古代战船，外形狭长，船体用生牛皮覆背，两厢开擎棹孔，左右前后有弩窗矛穴，敌不得进矢石不能败，船速快，用以突击敌方船只。旸：太阳升起的地方。睒：闪烁。僧繇：即南北朝时梁朝画家张僧繇，"画龙点睛"的源出。其与顾恺之、陆探微、吴道子并称"画家四祖"。虎头金粟：虎头即顾恺之（小字虎头），金粟指维摩诘居士，传说其为金粟如来的化身。顾恺之创作的《维摩诘图》是中国古代美术史上的杰作之一，杜甫诗云："虎头金粟影，神妙独难忘。"鞅掌：事多繁忙、烦劳不堪的样子。瞿唐：指长江三峡的瞿塘峡。滟滪：即滟滪滩，在四川奉节县东五公里瞿塘峡口，为著名险滩。

◎ 浅译

　　赵州水流动天下
　　波涛汹涌
　　疑是天崩塌
　　壁上气势迎飞虹
　　摹本知真假
　　活水源头眼底流
　　万河失光华
　　壁上船
　　恐难行
　　夜半蛟龙飞架
　　笔落苍茫壁
　　星光看淡云霞
　　墨下风雨急
　　淋漓汗未擦
　　殿堂数毁壁未动
　　浪涛屹然此间发
　　些许谁能巧补
　　常好才知神力大
　　柏林宗风振
　　巍峨禅师塔
　　一禅指水方成圣
　　谁汇千古挂
　　僧繇画龙点睛去
　　恺之如来敬持家
　　碌碌风尘奇观在
　　梦回滟滪瞿塘峡

47. 柏林寺画壁

（清）张鹏翀

赵州屋壁家家水，长恐波涛掀屋起。
人言法仿吴道玄，遗迹犹存柏林里。
我来系马寺门前，独上云堂叹观止。
武水跋浪鼍鼋骄，文水漪澜照流绮。
壁外浮空若有源，烟中颒洞悉无底。
轩然大笔落苍茫，圆劲纵横势谁比。
乃知妙法势难传，但得皮毛遗骨髓。
便拟长来坐卧看，咫尺好教论万里。
王程不缓暂徘徊，洱海盘江谁似此？
大师亲受祖庭印，说法还参赵州旨。
不须深坐更啜茶，十丈红尘净如洗。

◎ 微注

张鹏翀（1688—1745）：字天扉，又字拟斋，上海嘉定人。清雍正五年（1727）进士，曾任詹事府詹事（辅太子议事之机构，正三品），时赞"诗书画"三绝，因风骨高致，号称"漆园散仙""南华山人"。著有《南华诗集》。云堂：僧堂。鼍鼋：扬子鳄与鼋鱼。漪澜：水波。绮：有花纹的丝织品。颒洞：弥漫无际。轩然：高扬的样子。王程：奉公命差遣的行程。洱海：位于云南大理的著名湖泊。盘江：位于云南弥勒县的河流，本义为"起源之河"。祖庭：佛教宗派祖师弘法之处。赵州：指赵州和尚。

◎ 浅译

赵州家家壁上水
淀河画里随
常恐波涛激千尺
屋顶不堪零碎

传说道子玄妙
画尽天下水灵伟
幸甚至哉
柏林寺里有遗存
驻马寺前情未了
独上寺殿谒名迹
叹为观止不虚伪
鼍鼋乘浪摇武水
涟波晴艳饰静纹
云天水色源
壁外悬流奔
烟波弥散无边
活泼泉涌扣弦门
大笔轩然落
天地苍茫雨纷纷
纵横恣意势
汪洋依稀雷万钧
始知妙手难传
略得皮毛晕
精髓当悟然
但能坐卧常思问
万里咫尺浪滔天
公命在身身难稳
徘徊壁前心惊颤
洱海静
盘江急
实境难比眼前真
祖庭印

大师德

说法赵州妙理纹

吃茶何必久坐

十丈红尘

一杯自然洗净尘

48.吴道子画水（文武圣水）

(清) 饶梦铭

鲸涛雪练斗精神，双管平分总绝伦。

识得中山遗墨在，应嗤道子是前身。

◎ 微注

　　鲸涛：惊涛。雪练：喻明洁的水流。双管平分：指画家笔下文水武水各占一半。绝伦：无与伦比。中山：指定州。嗤：讥笑。民间有"赵州水、曲阳鬼"一说。

◎ 浅译

壁上画水人止叹

动如惊涛

静似雪练

亦真亦是幻

道子文武圣水忽现

猜是何生墨迹留此间

戏说道子重下凡

49. 柏林寺画水

(清) 沈云尊

殿门呀开浩汹涌,怒流撼壁壁欲动。

相传妙手出吴生,丁甲千年递呵拥。

笔锋腾跳九地坼(chè),墨花浪舞百怪竦。

我因访古来祇(qí)园,瞳瞳晓日临风幡。

选佛场荒遍搜剔,斗见此画清心魂。

若言画水定非水,目中何以波涛翻。

若言画水即是水,壁上哪有涓滴存。

是一是二不可说,赵州和尚嗔(chēn)饶舌。

◎ 微注

沈云尊:生卒年不详,字青上,号若汀,苏州元和人。清代乾隆庚子科(1740)举人,曾任元城(大名)知县,著有《若汀自定草》。在柏林寺画水诗篇中别具一格、虚实结合、人神相融,令人耳目一新。丁甲:即六丁六甲,代指天兵天将。坼:裂开。祇园:佛教修行场所,六祖慧能道场之一。后指寺院。

◎ 浅译

柏子风清日光影

寺内重门静

慕名摩尼殿上水

吱呀推门轻

未料汹涌直扑面

怒涛奔腾似主迎

水动壁动心更动

几度失身惊

始信道子妙手绝

六丁六甲护佑灵

千年神水

笔走龙蛇

腾挪之处地欲倾

浓墨飞花处

浪激百怪声力应

访古探幽此地

坊言不虚行

千门万户瞳瞳日

光照东风旗不惊

古佛道场

处处留鸟迹

荒凉无处屏

一见此画

陡然心魄可托情

若说画水不是水

眼前波浪

飞动翻云轻

如言画中水为真

细观壁前

不见滴水湿我身

不可莫名说

一清二白

难解世间真伪

赵州声愈近

偶听一句

吃茶请入此门

50.过柏林寺观吴道子壁间画水作长歌志之

(清)陶元藻

君不见东南大地之水称汪洋,远趋日本连扶桑。

画师要与玄衣使者斗驱入,赵州东郭祇园墙。

泪泪汗汗失涯涘,一笔两笔分低昂。

冲飙怒转势倔强,陡然起立波为扬。

我闻江深五里海十里,今此下窥无底谁能量。

回头忽见墨痕变,冯夷气静开生面。

慈航宝筏来有无,尺咫蓬莱水清浅。

浪皱靴纹削可平,并刀剪取澄江练。

长康漫夸玄武宫,思训羞传大同殿。

学道曾参观水术,探奇复作画水歌。

良工下笔畏缺漏,文水武水胥包罗。

愿以天瓢汲泱漭,用浇半生胸中抑塞不平之坎坷。

忆昔南浮淮泗,北步洪河,乘风欲破万里浪,大力横截生鼋鼍。

胡为乎萍流梗泛随秋波,珊瑚生枝不在网,圆折方折谁观摩。

浮槎有人天上去,中洲无梁那得过。

吴道子,吴道子,但知画水焉知他。

吾其衰病嗟蹉跎,水乎水乎奈尔何!

◎ 微注

陶元藻(1716—1801):字龙溪,号篁村,又号凫亭,浙江会稽(绍兴)人。乾隆年间贡生,时称"会籍才子""浙东三名士"之一。著有《全浙诗话》《凫亭诗话》《泊鸥庄文集》《唐诗向荣集》等。玄衣:祭祀穿的黑衣。泪泪:水广阔无边。冯夷:河伯。长康:晋朝顾恺之,字长康,传说玄武宫壁画为其所画。思训:李思训,唐代山水画家,唐明皇天宝中曾为大同殿作壁画。泱漭:浩瀚的水面。萍流梗泛:浮动在水面的萍草和树根。珊瑚生枝:珊瑚生发新枝,比喻水深而静。圆折方折:指笔画圆转与方折。喻文水武水。

◎ 浅译

汪洋一片海东南
远到日本递日升
画者玄衣相邀入
柏风落子悟道成
无边水色无边意
上下逢源笔底生
波澜回转纵浪高
壁上行波横
江五海十深可测
此水江海难盈
光移墨色淡
河伯气定心绪平
宝筏但度有缘人
咫尺蓬莱纹浅清
细浪縠皱去
澄江练断飞此静
思训冥思殿水羞
恺之纸上水无影
上善若书学道
壁水观心惊
笔触唯恐缺漏
文武圣水具并
但愿天水浇我身
洗去世不鸣
游淮泗
涉洪河
乘风万里当年行

横截鼋鼍景

秋水泛波浮流萍

珊瑚生枝网不赢

方圆之间谁醒

浮槎有缘通天海

此间无桥叹壁屏

老病合念水蹉跎

不知画水道子名

51.题赵州王节妇画水

（清）施山

赵州古寺嫠（lí）王氏，画壁流观吴道子。

精魂白日游九泉，倒卷黄河入腕底。

波澜千古真莫二，毫端潋滟涵元气。

晴昼如闻风雨鸣，空堂疑有鱼龙至。

鳞鳞闪动不敢扪，安得巨掌擘海门。

飒然冥顼忽飞入，炎官赤帝皆惊奔。

或愁异日冬寒恶，地冻天冰受椎凿。

嶙峋纯是血点凝，百劫千灾岂销铄。

高风萧萧环翠阁，海客南归袖云壑。

秋成不劳忧旱干，万棱农田绕山郭。

田间寡妇拾穗同，怜渠耕石恒年丰。

犹传黄鹄孤飞日，恶浪惊涛泪眼中。

◎ 微注

施山（1868年前后在世）：名学宜，字子山，一字寿伯，号骈渠道人，浙江会稽人。著有《通雅堂诗抄》《姜露庵诗集》等。素以"敏悟过人、博览群书"知名,有"小韩愈"之称。嫠:寡妇。扪:抚摸。飒然:形容风吹雨打声。冥顼:指水神玄冥与水帝颛顼。炎官赤帝:神话中的火神。唐吴筠《游仙》:"赤帝跃火龙,炎帝控朱鸟。"黄鹄:天鹅。

◎ 浅译

赵州古寺寂寂

王氏向佛地

人生起落难料

摩尼殿里

抬指悟旧壁

流水作琴吴道子

遥想初画一僧奇

风掀帘门

洨河瀑流溢

忽觉袖腕湿

武水汹波乍起

误惊巨浪排空入

魂飞九泉

梦逝成谜

眼底波澜动古今

传神之处存真迹

笔端涟漪静

涵养心底元气

殿外阳光

忍听风雨作鸣镝

何事半沉吟

鱼龙至此壁

波光粼粼

门合不敢倚
谁擎巨掌支海柱
水神飞临意
应感数九寒
火神忽隐蔽
壁上若冻挂巨川
俗人凿探奇
瘦骨哪堪病
点点落下血斑凝
历遭劫难云水散
凡间哪乘逸
只道平常瞰
风高源自壁
萧瑟翠阁
环环相绕清寒聚
南海归来客
携云袖雨添鋈碧
秋来无忧早
汗作水来收成溢
农田万道坎
坎过平原西山立
田间遗穗天有由
剩有嫠妇
烈日老手屈
纵是梯田成沃土
亦是常盼
壁水成渠粮仓集
身后水浪滔天

最怕黄鹄单飞去

一片汪洋

两眼泪不离

空恨墙面画水

断笔止流势难息

势难将息

52. 东寺钟声

(明) 陆健

疏翠千株柏，孤钟万户声。

窗虚风并落，花冷月俱倾。

绿雨愁边湿，青禽梦底惊。

向时江上棹，夜半不胜情。

◎ 微注

东寺钟声：指柏林禅寺里的钟声。晨起，巨钟鸣响，声醒四方。青禽：青鸟。喻信使。王琦《山海经》注引："三青鸟皆西王母使也。"

◎ 浅译

上千棵古柏虬枝

在时光里把脉停泊

郁郁葱葱的风色

在熠熠的星光里静默

禅寺钟声敲醒了万家灯火

萧瑟秋风里

虚掩的窗户在偷看风景飘落

俏丽的花儿

在无心偏失有心误中

飞花满天无结果

乱红委地堪怜弱

那孤瘦的月儿

像倾翻的小船

脸色痴痴地看着思念闪躲

翠柏上滚落的露滴

湿透思乡一片片

离愁孤寒惊醒

薄被里的旧时伴

暗乘洨河忆故景

钟声夜半

依然在听禅

53. 真际禅师塔

(清)张士俊

赵州和尚塔,衣钵此中盛。

风铃时作响,仍是渡迷声。

◎ **微注**

真际禅师塔:是唐朝赵州和尚从谂禅师的舍利塔,元天历三年(1330)建成。2006年被国务院公布为第六批全国重点文物保护单位。衣钵:佛教僧尼的袈裟与饭盂。后指佛教以衣钵为师徒传授之法器。喻师传的禅理佛法。

◎ **浅译**

禅寺幽深

塔高倚天立

柏林层层苍翠系

风铃作响空有声

仰望云影栖

香燃星火

禅关岁月青灯疾

衣钵天下递

又寻柏子落时

赵州吃茶去

54.真际塔（寺塔禅风）

(清) 饶梦铭

甲子轮回七百周，禅关岁月疾入流。

到头剩有摩云塔，白鹤归来几度秋。

◎ 微注

甲子：六十年为一甲子。禅关：禅门。喻悟彻佛教教义必须越过的关口。代指入佛门修道者。

◎ 浅译

甲子轮回不经年

佛门时光流水迁

真际塔外无一物

白鹤空持柏子间

55.哭赵州和尚之一

(唐) 王镕

佛日西倾祖印縢,珠沉丹沼月沉辉。

影敷丈室炉烟惨,风起禅堂松韵微。

只履乍来留化迹,五天何处又逢归。

解空弟子空悲喜,犹自潸(shān)然对雪帏。

◎ **微注**

王镕 (873—921):又名王姎,晚唐成德节度使王景崇之子,882年袭位成德节度使,907年,朱温建立后梁,封其为赵王。祖印:祖师法印。珠沉:喻人去世。松韵:松涛。潸然:流泪的样子。此诗为其诚示痛忆赵州禅师的诗谒。

◎ **浅译**

  赵州古佛

  忍随夕阳落

  众鸟衔枝唤不回

  彩霞满天泪染血

  佛祖法印传衣钵

  夜幕无情合

  无边昏暗沉似铁

  古佛寂世

  流星划影长空劫

  月色未出光悲切

  赵州禅堂空弄影

  灯火阑珊无意歇

  炉烟缭心绪

  打坐理师哲

  风色渐冷禅堂烛

  奈何只手难遮

窗外柏枝摇影动

木鱼声声噎

真际光祖

只履西天修正果

又留惦记

谁识化身见弘德

赵州人称有灵异

梦飞五重天业

宋云葱岭见达摩

翘首示三喝

盼得归来续前缘

弟子浮云泽

四大皆空成本念

放下红尘结

恐被世俗误

平常心态看一切

白色帏帐支床暗

久侍持定戒

泪雨咫尺下

天地澄明岁月蛰

56. 哭赵州和尚之二

(唐) 王镕

师离滹（sī）水动王侯，心印光潜麈（zhǔ）尾收。

碧落雾霾松岭月，沧溟浪覆济人舟。

一灯乍灭波旬喜，双眼重昏道侣愁。

纵是了然云外客，每瞻瓶几泪还流。

◎ **微注**

漉水：古河流名，又名百泉河，注入宁晋大陆泽。心印：俗称"佛心印"，不立文字，不依语言，直指人心，见性成佛。亦指禅师所证悟的境界。麈尾：僧人掸尘用具。传说，赵州和尚将谢世时，令小师父送拂子一支于赵王，传语云："此是老僧一生用不尽的。"沧溟：大海。波旬：又称"摩罗""魔波旬"。传说其经常扰乱佛及诸弟子修炼。史载，赵王镕为赵州和尚护法，赵王镕把赵州和尚接到真定居住，赵州和尚圆寂于此，故作诗感念其大德。

◎ **浅译**

赵州和尚
两个甲子的时光
流逝在漉水风浪
王侯掩悲恸心伤
禅话留语
天地忆平常
拂子在手
月光潜水暗影响
音容欲留乌云藏
雾霾层层
满天尘埃云自酿
月色隐身忆师亲
平棘松柏慌
大海击石浪花高
情何以凉
偏偏淹没
济世导航一叶桨
佛灯忽灭
先师影随光烟翔

只恨天魔波旬误

错把佛祖伤

两眼昏黑心无主

谁再开示愁肠

纵然超身世外

戒去情欲大德尚

瞻示瓶中舍利

依旧是泪眼迷茫

仿佛又听见

吃茶去再回响

57. 天下赵州

(唐) 王镕

碧溪之月,清镜中头。

我师我化,天下赵州。

◎ **微注**

天下赵州:史言,赵州禅师驻锡柏林禅寺(观音院、真际禅院)时,十方之来瞻礼问道者门无虚日,僧徒弟子遍及南北,玄言布于天下,时称"赵州门风"。尽管香火繁盛,布施供养丰足,但他的住所至陋:"裤无腰,褂无口,头上清灰三五斗。土榻床,破芦席,老榆木枕全无被。""僧堂无前后架,绳床一脚折,以烧薪用绳系之。每有别制新者,师不许也。"他的食物至简:"苦沙盐,大麦醋,蜀黍米饭黑蒬苴。"据载,燕王刘仁恭打算攻打赵王镕,有观气象者告诉他:"赵州有圣人居,战必不胜。"于是,燕赵二王"展筵会、息交锋"见禅师于床前听法,心悦诚服,尊崇备至,同为护法大德,并上报朝廷,诏为"真际大师"。唐乾宁四年(897)十一月初十,禅师对徒弟说"吾将返真矣"。又让小师父给赵王送去一支拂子,未已圆寂,住世120岁。赵王尽送终之礼,刻禅师真容于石（石像现为国家一级文物，存于赵县文保所）。赵州：此处指赵州和尚。碧溪：像溪流一样清澈的天空。清镜：明镜。

◎ 浅译

  寒风吹灭百草

  群星点燃皎光

  月色人间浩荡

  菩提本无树

  柏子庭前亦无恙

  指直何方

  碧溪淌满忧伤

  弯波未舒张

  打破水中模样

  返真见拂子

  深深痛亦伤

  镜里禅师像

  亮似太阳

  端详又端详

  泪眼看镜未识埃

  蒙眬始见离离光芒

  禅师缕缕惜月

  微禅震古义轻扬

  是古佛化为铜镜

  还是铜镜念生古佛

  缘空缘续一炷香

  桥上往来天下

  赵州还是赵州墙

  关口还是关口挡

天下赵州凭谁记

　　气象日日有新象

　　自思量

　　难相忘

　　不意留名

　　名亦万古长

58. 颂赵州

（宋）张商英

赵州八十犹行脚，只为心头未悄然。

及至遍参无一事，始知虚费草鞋钱。

◎ 微注

　　张商英（1043—1121）：字天觉，号无尽居士，谥文忠，蜀州新津（成都）人。宋英宗治平二年（1065）进士，历任通川县主簿、南川知县、开封府推官、提点河东刑狱、工部侍郎、中书舍人、翰林学士、资政殿学士等。行脚：佛门中的一种传统修行方式，谓僧侣为寻访名师自我修持教化他人而广游四方。悄然：沉静的样子。宋大观四年（1110），其感于赵州和尚行脚的故事，作诗一首。

◎ 浅译

　　年至耄耋亦游方

　　心头费思量

　　行来赵州

　　东寺钟声荡

　　始知庭前柏子

　　空杯持茶香

　　人来问何处

平常话语机锋藏

何必论短长

59. 维摩诘画赞

（宋）黄庭坚

维摩无病自灼灸，不二门开休闯首。
文殊赞叹辜负人，不如赵州放笤帚。
不二法门无别路，诸方临水不敢度。
鸳子怕沾天女花，花前竹外是谁家？

◎ 微注

黄庭坚（1045—1105）：字鲁直，号山谷道人，晚号涪翁，世称"黄山谷"，江西洪州分宁（九江修水）人。北宋著名文学家，苏门四学士之一、江西诗派创立者，与杜甫、陈师道、陈与义有"一祖三宗"之称。著有《山谷集》《登快阁》。《维摩诘画像》：世传吴道子、顾恺之、李公麟画佛像最出名。维摩诘：意译为净名、无垢尘，即没有受到污染的人。早期佛教著名居士，在家菩萨，他勤于攻读，虔诚修行，精通大乘教义，能够出相而不住相，对境而不生境，得圣果成就，被称为"菩萨"，为诸大菩萨之代表，传说其前身为金粟如来。据《维摩诘经》记载，其自妙喜国土化生于娑婆世界，示家居士相，辅翼佛陀教化，为法身大士。传说他称病在家时，佛陀知其诈病，便派文殊师利菩萨等去探病，两菩萨互对机锋，论说佛法，妙语连珠，相互崇敬。不二法门：维摩诘强调"烦恼即菩提，不离生死、不证涅槃"的不二法门，提供修行人治病的良方，提倡当下照见心灵净土创造美好世界。天女花：即"天女散花"的故事，以神力散花来验证佛陀弟子的修为。据《维摩诘·观众生品》记载，天女见文殊菩萨与众弟子到维摩诘处听法，便将鲜花倾撒而下，顿时落英缤纷花香飘逸。这时奇异的现象出现了，花瓣落到菩萨身上，立刻掉了下来。飘到声闻弟子们身上沾住了。舍利佛问，我们不犯香花涂身戒，为何沾在身上？天女说，你看菩萨，不把花瓣看作花瓣就不沾身了。鹙子：释迦牟尼佛的大弟子舍利佛，其母双目犀利，犹如鹙鸟，故称其鹙子，智慧超群。

◎ 浅译

　　维摩灼灸无病栖
　　休言悟道迟
　　文殊对语透禅机
　　不如赵州吃茶去
　　法门自古一条路
　　临水度津迷
　　天女花落释真谛
　　竹外有人迹

60. 颂古

（宋）释胜

许由临岸洗耳，
巢父不饮牛水。
侍者亲入帝乡，
赵州只在草里。

◎ 微注

　　释胜：宋代僧人，浙江四明（宁波）人。许由：字道开，号武仲，上古高节之士。相传尧知其贤要把帝位让给他，推辞不就，"匹夫结志固如磐石，采山饮河以求陶冶情操，非求禄位；纵情悠闲，以求安然无惧，非贪天下"。竟跑到箕山自耕度日。后尧帝让他做九州长官，他又到颍水河边洗耳以示拒绝。巢父：上古贤士。晋皇甫谧《高士传》记载："尧让天下于许由，许由不受而去，遁耕于中岳，颍水之阳箕山之下。尧时欲召为九州长，由不欲闻，洗耳颍水滨。时巢父牵犊欲饮之，见由洗耳问其故。对曰，尧欲召九州长，恶闻其声，故洗耳。巢父曰，子若处高山深谷，谁能见之？子故浮游欲求名声，污吾犊口！遂牵犊上流饮之。"

◎ 浅译

古来圣贤几人知
尧让名士不就
许由洗耳九州
巢父牵牛饮上游
侍从来到帝王家
一事无所求
但想赵州禅
茎草引风
古佛印象自兹有

61. 仲行再示新句

（宋）范成大

神仙懒学古浮丘，祖意慵参老赵州。
四壁尘埃心似水，一生风露鬓先秋。
病衰谨谢吴中客，技拙甘同楚国忧。
斥鹖蓬蒿元自足，世间何必卧高楼。

◎ 微注

浮丘：即浮丘公，古代传说中的得道仙人，与黄帝、荣成子齐名。相传为周灵王时人，尝与王子乔吹笙骑鹤游嵩山，修道山里，著有《原道歌》。赵州，借指赵州和尚。斥鹖：即鹦雀。《庄子·逍遥游》载，有鸟焉，其名为鹏，背若太山，翼若垂天之云。抟扶摇羊角而上者九万里，绝云气负青天，然后图南，且适南溟也。斥鹖笑之曰：彼且奚适也？吾腾跃而上，不过数仞而下，翱翔蓬蒿之间，此亦飞之至。而彼且奚适也！喻志向高低不同，各有所得。

◎ 浅译

故国江山万里愁

无心学浮丘

禅机尽在吃茶去

一语指赵州

满目尘埃起沧桑

心憔悴

流水瘦

半生风露半鬓秋

往事哪堪回首

老衰闭门庭

不见吴中有客留

置身事外难忘本

好学屈子忱

不知斥鹖蓬蒿里

偏安未见羞

世间百姓清苦在

何敢住高楼

62.次韵范参政抒怀

(宋) 陆游

赵州行脚我安能,闲却床边六尺藤。

钓阁卧听西涧雨,棋轩遥见北村灯。

平生爱睡如甘酒,晚岁忧谗剧履冰。

剩欲舒怀答清啸,半空鸾凤愧孙登。

◎ 微注

陆游（1125—1210）：字务观，号放翁，越州山阴（绍兴）人。南宋高宗绍兴二十三年（1153）进士，曾任宁德主簿、大理寺司直兼宗正簿、枢密院编修、蜀州通判、严州知州、礼部郎中、宝章阁待制。南宋著名爱国诗人，留诗9300余首，著有《陆放翁全集》。清啸：清越悠长的啸鸣。孙登：字公和，号苏门先生，晋代汲郡人。其擅弹一弦琴并爱长啸，音如鸾凤之鸣。著有《老子注》。竹林七贤之嵇康《忧愤诗》语"惜惭柳惠，今愧孙登"。

◎ 浅译

  赵州八十能行脚
  我今足却老
  床边只绕六尺藤
  唯有闲聊
  独卧听雨长
  北村灯火学棋敲
  新声是寂寥
  酒后睡平生
  晚年犹惧谗言吵
  剩有诗情酬范公
  长啸孙登愧自觉

63. 真际禅师

（清）饶梦铭

  跏趺罗拜法王尊，说偈曾禠（chǐ）跋扈魂。
  试问凌烟一十八，何人立雪在沙门。

◎ 微注

跏趺：修禅者静坐之法。罗拜：相绕而拜。法王：对佛的尊称。说偈：讲解佛经的唱词。褫：解脱。跋扈：专横暴戾。凌烟：唐代李世民为表彰功臣修建的由阎立本绘就功臣图像的三层高阁，内绘有二十四功臣和十八学士像。立雪：传说禅宗二祖慧可为求其师达摩广度众生而彻夜坚立大雪中，及晓，积雪过膝，师甚感动。喻精诚求法之精神。沙门：代指佛门出家修行者。真际禅师像为国家一级文物。

◎ 浅译

> 虔诚参拜瑞佛像
> 法众僧俗盘坐在禅师两厢
> 听讲跋扈的灵魂被解放
> 燕赵二王心向佛
> 二十八功臣与十八学士
> 位列凌烟阁上
> 沙门立雪达摩见
> 禅心古佛道场扬

64. 赵州柏树颂

（元）耶律楚材

古佛犹存旧道场，庭前依旧柏苍苍。
莫谤赵州无此语，禅林奔走错商量。

◎ 微注

耶律楚材（1190—1244）：字晋卿，号湛然居士，又号玉泉老人，谥文正，生于燕京（北京），辽太祖耶律阿保机九世孙、金朝尚书右丞耶律履之子，世称"社稷之臣""治天下匠"，成吉思汗呼为"吾图撒里合（长髯人）"。其名源于《左传》"虽楚有材，晋实用之"一语。历任开州同知、左右司员外郎、中书令等职。他提出"以儒治国、以佛治心"的执政理念，并拟定《便宜一十八事》作为临时法律，并以一己之力挽救了中华文化，保护了一大批汉族传统知识分子，延续了历史文脉。著有《西征庚午元历》《玉钥匙》《插泥剑》《湛然居士文集》《西游录》。古佛：即从谂禅师，世称"赵州古佛"。禅林：佛家修行的寺院。

◎ 浅译

　　一个早晨万马齐喑
　　皈依心未封尘
　　禅寺钟声乘余响
　　平常见智仁
　　禅师古风门深深
　　凝神庭前柏子身
　　六百年苍翠
　　一如既往思索沉
　　一句口头禅
　　丛林行脚纷纷论
　　吃茶悟不尽
　　老柏树几多轮回

65. 归云颂

（元）陈时可

　　赵州住院无他妙，只此平常心是道。
　　革律谁传柏林旨，策勋应待归云老。
　　庭前几树郁森森，身后诸禅犹浩浩。
　　赖有金毛狮子儿，请人莫谤先师好。

◎ 微注

　　陈时可：生卒年不详，曾任元朝燕京征收课税使，其与耶律楚材、丘处机交厚，因感念归云志宣禅师，亲撰《赵州重修柏林禅院碑》以彰其德。住院：担任方丈，住持寺院。平常心是道：禅宗公案，系南泉普愿接话赵州从谂之语。《赵州真际禅师语录》载："赵州问南泉：如何是道？泉云：平常心是道。州问：还可趣向否？泉云：拟向即乖！州问：不拟争知是道？泉云：道不属知，不属不知；知是妄觉，不知是无记。若真达不拟之道，犹如太虚廓然洞豁，岂可强是非也！赵州乃于言下顿悟玄旨，心如朗月。"革律：即革律为禅。金代为律宗道场，金末法传临济宗归云志宣禅师格律为禅，宗风大振。策勋：把功勋记录在简册上。归云：即归云志宣，元代高僧，是继赵州和尚之后柏林禅寺又一禅宗大师，其偈云："五十九年掣电，月钩云饵作伴。而今抛却纶竿，星斗一天炳焕。""身且是幻，舍利何有！"金毛狮子：传说有一只名为坚誓的狮子，一心向佛，后被一个假扮僧人的猎人毒死。

◎ 浅译

　　　　东寺钟声遥
　　　　闻之余音皆称妙
　　　　一言平常心
　　　　道尽万千根烦扰
　　　　旨传柏林
　　　　圣地许再造
　　　　归云重振寺庙
　　　　禅韵行道场
　　　　庭前柏子熟几时
　　　　浓荫封寂寥
　　　　了悟生前身后事
　　　　壁上水波涛
　　　　狮子金毛善念

毒染劫难逃

紫衣非恶猎人贪

莫谤先师德高

人间自是正向好

66.柏林寺观李晋王画像歌

(清)黄叔琳

沙陀怀古趋僧舍，驻马柏林还看画。
素绡拂拭生辉光，神威凛凛须眉张。
红袍玉带结束好，唐季英雄一目眇。
当时角立有朱三，百战干戈人易老。
国仇未复留遗恨，破碎山河安足问？
庄明带剑左右立，锦囊盛矢受遗训。
谁欤写照妙入神？李家父子皆天人。
鹰扬虎视空一世，经营惨淡传其真。
千载留贻归净域，世无别本须珍惜。
卷图四壁起英风，想象沙场万人敌。

◎ **微注**

黄叔琳（1672—1756）：字宏献，号崐圃，北京大兴人。康熙三十年（1691）进士，高中探花，授编修。历任山东学正、太常寺卿、吏部侍郎、浙江巡抚，有"北平黄先生"之称。著有《四库全书提要》《诗经统说》《砚北易钞》《文心雕龙辑注》等。此诗为黄叔琳观看柏林寺收藏的佚名古画《李克用临终授矢图》有感而作，后经近代书法名家潘龄皋手书其诗而成名于世，但古画现已不知去向。晋王：指李克用（856—908），唐庄宗李存勖之父。公元891年（唐大顺二年）曾与王镕在赵州一带征战。沙陀：借指李存勖（885—926），传说其父李克用临终前交给他三支箭，嘱托他定幽州、除契丹、灭后梁，后完成遗愿建立后唐。素绡：以桑蚕丝为经纬的绡。代指画像。眇：微小。朱三：朱温（852—912），五代后梁创建者。锦囊盛矢：据欧阳修《新五代史·伶官传序》载：世言晋王之将终也，以三矢赐庄宗而告之曰："梁，吾仇也；燕王，吾所立；契丹与吾约为兄弟；而皆背晋以归梁。此三者，吾遗恨也。与尔三矢，尔其无忘乃父之志！"庄宗受而藏之于庙。其后用兵，则遣从事以一少牢告庙，请其矢，盛以锦囊，负而前驱，及凯旋而纳之。"鹰扬虎视：像鹰一样高飞、虎一样雄视。喻威武雄健、有气势。语出三国魏应璩《与侍郎曹长思书》："王肃以宿德显授，何曾以后进见拔，皆鹰扬虎视，有万里之望。"

◎ 浅译

晋王驻兵石桥南
息鼓雄风进禅院
驻马柏林画
展卷拭尘灵光焕
凛凛威风现
玉带红袍英雄气
一箭双雕罕
朱温侍一角
百战将军至暮年
遗恨国仇未报时
山河碎心憾
庄明二帝执剑
三矢遗训天下冠
谁画精妙绝伦
父子气宇非凡
扫视群雄皆胆寒
征战乱世统一念
千载柏林著遗言

孤本存今世难见
观罢收绢英风起
沙场点兵
发誓惩敌顽

67.答叔子

(现代) 钱锺书

京华憔悴望还山,未办平生白木镵(chán)。
病马漫劳追十驾,沉舟犹恐触千帆。
文章误尽心空呕,餔啜勤来口不缄。
经倒厚颜叨薄俸,庐陵米与赵州衫。

◎ 微注

钱锺书(1910—1998):原名仰先,字哲良,后改名锺书,字默存,号槐聚,浙江无锡人,著名作家,与饶宗颐并称"南饶北钱",被誉为"博学鸿儒"。著有《写在人生边上》《围城》《谈艺录》《宋诗选注》《管锥篇》等。叔子:冒效鲁,字景璠,号叔子,俄语翻译家,《围城》中董斜川的原型。此诗是钱锺书在编译英文版《毛泽东选集》时写给他的。京华:京城。憔悴:困顿。引自杜甫《梦李白》"冠盖满京华,斯人独憔悴"。白木镵:白木长柄铲,用以掘土。白木,别名白檀木。引自杜甫《乾元中寓居同谷县作歌七首》其二"长铲长白木柄,我生托子以为命"。病马:代指老马。杜甫《病马》诗中有"尘中老尽力,岁晚病上身"之语。漫劳:徒劳。语出杜甫《宾至》"岂有文章惊海内,漫劳车马驻江干"。十驾:老马驾车走十天的路程。荀子《劝学》语"骐骥一跃,不能十步。驽马十驾,功在不舍"。沉舟:沉没的船。语出刘禹锡《酬乐天扬州初逢席上见赠》:"沉舟侧畔千帆过,病树前头万木春。"餔啜:吃喝。语出《孟子·离娄章句上》:"孟子谓乐正子曰:子之从于子敖来,徒餔啜也。我不意子学古之道,而以餔啜也。"厚颜:放下自尊,倚仗颜面,不怕难为情,此处系自谦之语。语出杜甫《彭衙行》："尽室久徒步，逢人多厚颜。"叨叨：叨咕，喻话多。庐陵米：指"庐陵米价"公案。《祖堂集》卷三之《靖居和尚》记载，石头希迁谓青原行思禅师："如何是佛法大意？"师答："庐陵米作么价？"在禅宗语境中，万法唯心，佛法是无处不在的。赵州衫：赵州和尚禅宗公案，意在道不属知不知。《赵州录》记载：僧问："万法归一，一归何处？"师云："我在青州作一领布衫，重七斤。"

◎ 浅译

  容颜老苍的我望着绵绵青山
  京城的盛世欢歌已消散
  白木铲挖出黄独
  也未让穷困潦倒摆脱命运纠缠
  病马在劳碌中路途艰难
  绝望孤独的沉舟
  挺举着日渐隐没的白帆
  担心万千舟船中途搁浅
  "文章千古事"
  哪里是呕心沥血始成篇
  更不是多多饮食
  就能随口吟唱永流传
  微薄俸禄怎能把贫安
  "逢人多厚颜"止不住
  "痴女饥咬我"的窘颜
  庐陵米价逐日新青原
  重七斤的赵州衫
  又一归何处返
  余不尽
  吹糠始见庐陵米

解不开

万法归一赵州衫

弯月照雪

雪又照见荠原

台灯照字

字又照亮明天

二、探幽往昔寺

除盛名已久的柏林禅寺之外，古赵州还有诸多寺院在若有若无的遗址里封存着久违的记忆，在诗词吟咏中回望历史的背影。

1. 归途望西林寺塔

（明）张弼

西林古塔势凌霄，是我门庭碧玉标。

归马尚悬迷五堠，行人先指读书巢。

◎ **微注**

张弼（1425—1487）：字汝弼，号东海，晚称"东海翁"，松江府华亭县（上海）人。明成化二年（1466）进士，历任兵部主事、江西南安知府。留有《东海集》。诗人在春风送衣锦之时，路过古赵州，当望见九龙口上的西林寺塔时，感由心生，乃作之。西林寺塔：据《赵州志》记载："西林寺在宋村西，岗高耸而上平阔二十余亩。淡水环其左，潴龙河在其西。寺踞其上，为元桂岩禅师说法处。"寺塔建于元至元十一年（1274），为六角密檐式砖木结构，塔高15.3米，共5层，在塔西侧发现的残存塔铭刻有"西林石佛寺住持普明净慧大禅师桂嵓（岩）长老塔铭"。塔身第一层东南面刻有"建塔建寺僧法者大元国至元十一年三月俗工毕。赵州宋村西林禅院"。第二层正南面刻有"石佛第一代棘林老人墓。并汾士子，崧少禅羔，滹洨昆仲，棘林祖曹，遗山（元好问）记。中统壬戌（1262）八月六日立石"。塔顶原有铁质塔刹，1966年地震时震落摔碎。寺塔雕刻精美，历史价值与艺术价值较高。凌霄：凌云。门庭：门风。堠：原指瞭望敌情的土堡。后代指道旁记里程的人工夯制土墩。据明张自烈《正字通》载："堠，封土为台，以记里也。五里单堠，十里双堠。"读书巢：书籍之窠巢，借指读书的地方。据陆游《书巢记》载："陆子既老且病，犹不置读书，名其室曰'书巢'。"

◎ 浅译

  西林古塔

  势冲凌霄祥云绕

  赵州门风

  柏子叠翠显荣耀

  勒马驻望

  愈近心亦焦

  俯首问行人

  道尽眼前景

  不忘先指读书巢

  一片夕阳

  光耀时未消

2. 铁佛寺偶成

（明）林光

三径五径疏竹，千株万株乔松。

游子贪看铁佛，忘却南北高峰。

◎ 微注

　　林光（1439—1519）：字缉熙，号南川，广东东莞茶山镇人。明成化元年（1465）举人，曾任浙江平湖县教谕、山东兖州府儒学博士、国子监博士、襄王府左长史、中顺大夫。是明代著名的经史学家，曾求学于白沙先生陈献章。著有《晦翁学验》《南川冰蘗全集》。此诗为进京赶考路上所作。铁佛寺：位于赵晋宁三县交界处，赵县秀才营村西南1.5公里处，史称"古寺名刹"，明朝时为儒释道三教九流诸派众合之所，寺内残碑刻有"大明成化三十四年四月十三日重修铁佛、九莲圣母、药王三座大殿"。其中铁佛殿最为壮观。

◎ 浅译

　　　　三五小径穿行意
　　　　风过疏竹语
　　　　千万乔松翠云栖
　　　　影动冷月迷
　　　　游客不知身是客
　　　　痴拜铁佛地
　　　　南北高峰丛林知
　　　　忘却多少世事

3. 铁佛寺

（明）林光

来过铁佛寺，风雨半旬余。
僧阁鸣琴籁，蜗牛走篆书。
云霞双眼在，天地一舟虚。
未尽他年语，还寻长者庐。

◎ 微注

琴籁：琴的美妙声音。蜗牛：引起爬行痕迹似篆书，雅称"篆愁君"。据宋代陶谷《清异录》载李善宁之子曾吟诗"椒气从何得，灯光凿处分。拖涎来藻饰，唯有篆愁君"。庐：简陋的房屋。

◎ 浅译

风雨兼程赶考路

铁佛寺内

谁言前程苦

五日阴冷问苍天

雷电朗声读

四书五经

阅尽千年意不舒

天籁琴音透佛堂

慢慢译经书

云霞开处日月明

岸系水流孤舟住

语未言时言时尽

长径草引长老屋

一声飞鸟起

只道在迷途

误还是悟

4. 宿大乘寺

（明）林光

招提昨梦应延我，舴艋今朝却为谁。

松桧形容犹未改，梅花消息尚堪疑。

尘庵寂静偏宜睡，僧榻跏趺忽有诗。
烧罢黄龙香一线，佛前灯影照琉璃。

◎ 微注

　　大乘寺：曾是柏林禅寺的下院，位于赵县杨户东门村东梨园深处，2012年在遗址内出土数尊造型精美的塑像。招提：寺院。舴艋：小船。松桧：指柏树。

◎ 浅译

　　梦里谁是客

　　大乘寺内钟声蛰

　　鸟语啄风窗前

　　小舟系栏弄晓色

　　松柏情不老

　　梅花余香透枝节

　　静来此处光阴记

　　宜眠心事最耐磨

　　诗来卧榻

　　灵光一席折

　　香燃轻烟漫

　　灯影佛前念心切

　　无语了了也

5. 万寿寺

（清）爱新觉罗·弘历

月色溪声闲鹿苑，禅枝忍草护烽台。
洒然精舍堪清憩，一岁曾消几度来。

◎ 微注

　　万寿寺：在赵县各子村内东北处，始建于南北朝西梁太平四年（559），时称天宁寺。宋宣和七年（1125），礼部尚书马彦升重修后更名为大明禅院。明洪武三年（1370）白政、李文智重修后更名为万寿寺。鹿苑：借指修行的道场。禅枝：禅堂周围的树木。代指辅助坐禅之助力，喻禅之智慧。忍草：即忍辱草，据《涅槃经》中《师子吼菩萨》载，雪山有草，名为忍辱，牛羊食，则成醍醐。

◎ 浅译

　　月色乘水薄雾升

　　溪声鸣溅溅

　　旧时鹿苑

　　清风乘来闲

　　禅指轻弹柳枝蝉

　　悟亦融融

　　荒草惜看

　　烽台静静无笼烟

　　僧舍可憩梦

　　禅灯迎我到此间

　　一夜消磨

　　几度铃声响不厌

　　白鸽听经

　　旭日来时

　　天下祥光灿

6. 氐（dī）州第一·金山寺

（清）周之琦

泥涂困惫，道旁金山寺僧庐甚洁，因就宿焉。寺在赵州南二十里。

斜日山衔，高岸路阻，愁看涨潦千顷。暮色冥迷，修途困顿，争得羸骖再整。

弹指青莲，乍现出、招提幽境。远客心孤，虚寮夜寂，妙香凄冷。

对语枯禅浑未省。梵吟外、自寻清咏。细字银笺，秋灯剪处，说倦游萍梗。

卷罗云、窗送晓，沾泥絮、依然不定。壁上重题，任长留、空花小影。

◎ 微注

周之琦（1782—1862）：字稚圭，河南开封人。清嘉庆十三年（1808）进士、翰林编修、著名词人，有"瓣香北宋"之誉。留有《心日斋词》。氐州第一：词牌名，又名熙州摘遍。金山寺：《赵县志》载，寺在沙河店南，寺两厢以本州阵亡团勇附祀，寺西有僧忠亲王祠，现无存。泥涂：泥泞的道路。涨潦：流水上涨。冥迷：阴暗迷茫。羸骖：瘦弱的马。枯禅：指僧人静坐参禅。萍梗：漂流不定。

◎ 浅译

西山衔落日

云霞铺天

水拍洨河堤

道阻烂泥盘

汪洋千顷人愁见

暮色沉沉袅炊烟

路困人亦烦

驻马歇鞍在金山

历往弹指已数年

寺内莲开数度

佛门静地敞心念

寂寞长夜

青灯燃香影虚掩

庭前禅语落

悟得半句枯树间

云天瓶水

碧溪月

清镜游

字书轻罗素笺

飞虫剪秋灯

明灭忽闪一执念

萍水相逢倦流萤

云卷云舒鬓上

人是人非言前

窗风邀处天色白

泥絮飘零叹

沉浮谁能定

壁上旧题见

长留镜花水影

世上未了情缘

7. 赵州南金山寺小憩

(清)潘奕隽

长路晨曦赫,高亭大道遮。

闲参狮子座,来吃赵州茶。

砌绕涓涓水,盆开艳艳花。

峨湄谈往事,笑我尚思家。

◎ **微注**

潘奕隽（1740—1830）：字守愚，又字守晟。号榕皋，别号水云漫士、三松居士、三松老人。江苏苏州人。其室名别有奇趣，有三松堂、探梅阁、水云阁、归帆阁等。清朝乾隆三十七年（1772）进士，历任户部主事、内阁中书、文渊阁检讨、户部主事。其以罕见的"重与琼林"（中进士60年后再进京与新进士同赴琼林宴）而知名，为清代著名学者、书画大家。著有《三松堂诗文集》。狮子座：佛陀说法被称作"狮子吼"，借指佛法。赵州茶：赵州和尚吃茶去的典故。

◎ **浅译**

  明媚朝霞金灿灿
  前路锦绣添
  寺崇见大道
  心中有执念
  默参大智文殊
  茶事吃三遍
  且悟苦乐人间
  活泼泉水绕阶前
  花香透经卷
  大德普贤无语
  思得前尘事
  又是忆别经年
  六根不净
  笑看天高云淡
  胜似南归雁

第四章 一语氤氲赵州茶

　　《神农本草经》记载"茶之可饮，发于神农"，足见中国种茶历史之悠久。陆羽的《茶经》更是把茶叶的功能提升到一个前所未有的高度。赵州茶始于何时，虽未有明确记载，但晚唐时期从谂禅师三句"吃茶去"饱含的人生哲理令茶意回味无穷。《赵州地名志》记载，南宋时，日本荣西禅师在永安院（今柏林禅寺）潜修时，从南方引种茶树于寺内，并开辟一片茶园。后荣西携茶种回到日本，赵州茶在日本开始传播。《光绪赵州志》记载，活泼泉在柏林寺后，最寒冽易于烹茶。过柏林者，既观画水，复饮香茶，盖悠然物外矣。且一品赵州书香里的茶香。

1. 平常心

（宋）慧南

生缘有语人皆识，水母何曾得离虾。
但见日头东畔上，谁人更吃赵州茶。

◎ **微注**

　　慧南（1002—1069）：俗姓章，信州玉山人。佛教禅宗临济宗黄龙派创始人。平常心：又作赵州平常心是道、平常是道。系南泉普愿接化赵州从谂之语句。赵州问南泉："如何是道？"泉云："平常心是道。"州问："还可趣向否？"泉云："拟向即乖！"州问："不拟争知是道？"泉云："道不属知，不属不知；知是妄觉，不知是无记。若真达不拟之道，犹如太虚廓然洞豁，岂可强是非也！"赵州乃于言下顿悟玄旨，心如朗月。生缘：尘世的缘分。水母何曾得离虾：《楞严经》语："如是故有非有色相成色结南流转国土,诸水母等以虾为目其类充塞。"庄宗问："大师大德为什么总看经？"休静禅师道："水母原无眼,求食需赖虾。"指没有见性开眼,不能自解作活计,还需借助经典引路。赵州茶：即"吃茶去"的典故。据禅宗史书《五灯会元》载：赵州禅师问新来僧人："曾到此间否？"答曰："曾到。"师曰："吃茶去。"又问一僧,僧曰："不曾到。"师曰："吃茶去。"后院主问禅师："为何曾到也云吃茶去,不曾到也云吃茶去？"师召院主,院主应："诺。"师曰："吃茶去。"意在从寻常事中感悟本心。赵州水、赵州风、赵州桥、赵州梨、赵州柏、赵州禅、赵州茶、赵州人、赵州城、赵州塔、赵州关、赵州门、赵州景无不在历史的记载中留下一段动人的故事。夜话赵州人家静,光照东方气象新。

◎ 浅译

夜寒星光披衣起

窗外风声厉

影伴灯明

满桌书开皆自习

知音几人识

虾作水母目

缘在不分离

但见日出开世间

霞光比翼飞

洨水欲满堤

此来此去何意

一杯赵州茶

端来放下

平常心

自在开启

2. 赵州吃茶颂

（宋）释义青

见僧便问曾到否，有言曾到不曾来。

留作吃茶珍重去，青烟暗换绿纹苔。

◎ **微注**

释义青（1032—1083）：俗姓李，齐地人。北宋著名僧人。青原下十世。师从法远圆鉴禅师悟旨，初住白云山海会寺，后移住投子山。著有《空谷集》。绿纹苔：借指茶。

◎ **浅译**

赵州名重四海

进门先问来过否

来与未到同样招待

敬茶思我在

轻烟缭绕里

茶碧水香悟自开

3. 偈倾

（宋）释智朋

老僧轩前黄菊花，不可胜数如恒沙。

谁在画楼沽酒处，相邀来吃赵州茶。

◎ **微注**

释智朋：生卒年不详，浙江四明（宁波）人。宋高宗绍兴七年（1137）住婺州天宁寺。恒沙：指印度恒河里的沙子。喻众多。南朝梁沈约《千佛颂》："或游坚固，或荫龙华，能达斯旨，可类恒沙。"沽酒：买酒。

◎ 浅译

菊花开心自逢迎
粒粒恒沙念珠明
画楼沽酒月色
赵州吃茶去
香染一灯影

4. 颂古
（宋）智深禅师

庵主拳头举处亲，赵州话鲁指西秦。
知音不在千杯酒，一盏空茶也醉人。

◎ 微注

智深禅师：生卒年不详，号湛堂，武林（杭州）人。宋代著名僧人（非《水浒》中鲁智深），住常州华藏寺，为南岳下十六世，景元禅师法嗣，《五灯会元》有传。据《禅宗无门关》公案之"州勘庵主"语：赵州到一庵主处问：有么有么？主竖起拳头。州云：水浅。不是泊船处便行。又到一庵主处问：有么有么？主亦竖起拳头。州云：能纵能夺能杀能活。便作礼。庵主：寺院住持。空茶：空持茶杯，喻心有则有。子夜了无茶，但饮一缕光。品之深，感意远。

◎ 浅译

柏子风中日光行
拳意是问候
赵州无语清
开示哪得一鹤轻
话在山东语
指在秦地听

百思不解

坐处忽见一灯明

知音在心不在酒

千杯难酬情

东寺钟声鸣亦久

何物浇愁冀

谁把杯影对月饮

一盏茶空盈

醉在高山

水长和味净

5. 茶汤会求颂

(宋) 释崇岳

春风吹落碧桃花,一片流经十万家。

何似飞来峰下寺,相邀来吃赵州茶。

◎ **微注**

释崇岳 (1132—1202):号松源,浙江处州龙泉人,《有松源岳禅师录》存世。飞来峰:指杭州飞来峰。

◎ **浅译**

碧桃春风十里花

落英一片片

尽携流水去

思来香飘千万家

飞来峰下灵隐寺

修禅悟道

浅饮一杯赵州茶

6.赵州茶

(宋)慧开

云门胡饼赵州茶,信手拈来奉作家。

细嚼清风原有味,饱餐明月却无渣。

◎ 微注

慧开(1183—1260):即黄龙慧开禅师,钱塘人,俗姓梁,宋孝宗时著名禅师,又称"无门和尚","大道无门,千差有路。透得此关,乾坤独步"。无门关:语出《赵州和尚语录》。问:"狗子有佛性也无?"师云:"无。"学云:"上至诸佛,下至蚊子,皆有佛性,狗子为什么无?"师云:"为伊有业识性在。"问:"狗子还有佛性也无?"师云:"家家门前通长安。""只这一个无字,乃宗门一关也,遂目之曰禅宗无门关。"这就是"无门关"的最初公案,经慧开禅师传播,更使之参之甚众。赵州关:师问新道:"从何处来?"云:"南方来。"师云:"知有赵州关么?"云:"知有不涉关者。"师云:"赵州关也难过。"云:"如何是赵州关?"师云:"石桥是。""大道无门,千差有路。透得此关,乾坤独步。"无门关与赵州关,一问一答,一实一虚,道尽关亦关、关非关的玄机。云门胡饼:语出云门宗开山祖师南宋文偃禅师(864—949)。据《碧岩录》载:僧问:"如何是超越佛祖之谈?"师:"胡饼。"问:"这有什么交涉(关系)?"云:"灼然(明显)有什么交涉?"创建了云门宗的文偃禅师以一段公案了悟众人。言要之意便是,超越佛祖之谈,不如吃了胡饼了事!吃茶去:据《五灯会元》载,师问二新到:"上座曾到此间否?"云:"不曾到。"师云:"吃茶去。"又问那一人:"曾到此间否?"云:"曾到。"师云:"吃茶去。"院主问:"和尚,不曾到,教伊吃茶去,即且置(可以让他去里边坐)。曾到,为何教伊吃茶去?"师云:"院主!"院主:"诺。"师云:"吃茶去!"慧南禅师语:"拔草占风辨正邪,先须拈却眼中沙。举头若味天皇饼,虚心难吃赵州茶。"无关是关,石桥是关,吃饼是禅,吃茶亦是禅。无月有风,无火有灯,无饼有茶,但饮无欲,以平常心安之。其实,清风明月皆指清澈明净的本心,也就是初心。《诗经·大雅·烝民》中有"吉甫作诵,穆如清风"之说。黄庭坚有"清风明月无人管,并作南来一味凉"之诗。偶及释意，如饮清茶半盏，亦有沉浮数片盈目，色淡无弃。可见"清风明月本无价，近水远山皆有情"。

◎ 浅译

  云门胡饼赵州茶

  成就禅宗佳话

  禅语随口出

  禅花信手拈

  静修当为入门法

  风清云门饼

  入口即解乏

  饱饮皎光齿留香

  明月倾满赵州茶

7. 碧涧同饮丽景楼分韵得花字

（宋）顾逢

  醉倚歌楼上，归来帽欲斜。

  山衔半规日，云间一棱霞。

  砌雪胶庭草，檐冰坠瓦花。

  明朝重有约，同访赵州茶。

◎ 微注

  顾逢：生卒年不详，字君际，号梅山樵叟，时称"顾五言"，江苏吴郡（苏州）人，其与陈泷、汤仲友、高常并称"苏台四妙"，曾任吴郡教谕。著有《船窗夜话》《负喧杂录》《顾逢诗集》等。半规：半圆。砌雪：积雪。檐冰：垂下屋檐的冰。

◎ 浅译

> 斜阳画影长
>
> 醉卧阁楼披风凉
>
> 醒时天温婉
>
> 归家帽歪好榜床
>
> 半落红日恨山高
>
> 一席云霞执帐忙
>
> 庭前草委雪
>
> 满目苍茫
>
> 屋檐冰花
>
> 冷欺瓦上霜
>
> 明日再相约
>
> 赵州茶香世无双

8. 茶

（宋）潘牥

透屋松风邂眼汤，野人纱帽自煎尝。

谏议不分三道印，赵州剩借一瓯香。

◎ 微注

潘牥（1204—1246）：字庭坚，初名公筠，号紫岩，福建闽县（富沙）人。宋端平二年（1235）进士第三名，历任浙西茶盐司干官、潭州通判。著有《紫岩集》。邂眼汤：蟹眼小而细突而圆。代指将要烧开的水，水温在90摄氏度左右。纱帽：指纱帽山顶上所采之茶。借指茶。谏议：指唐代谏议大夫孟简。卢仝曾写著名茶诗《走笔谢孟谏议寄新茶》。三道印：指用绢包装茶叶的三道封印。赵州：代指赵州和尚。瓯：茶杯。松风：烹水煮茶时水将沸的声响。代指茶。

◎ 浅译

　　松风习习进屋来

　　壶里水微开

　　赋闲得趣

　　自煮沉浮尽开怀

　　未吃卢仝茶

　　却悟赵州

　　一杯空香是自在

9. 又次铣（xiàn）朴翁韵

（宋）陈造

婪酣贵宦鲛绡帐，赑屃（bì xì）功名泊浪沙。

谁似朴翁随分过，曹溪水煮赵州茶。

◎ 微注

　　陈造（1133—1203）：字唐卿，号江湖长翁，江苏高邮人。时称"淮南夫子"。宋孝宗淳熙二年（1175）进士，历任繁昌县令、平江县令、房州通判、浙西路及淮南西路安抚司参议。著有《江湖长翁文集》。铣朴翁：指葛天民，出家后，名义铣，字朴翁。鲛绡：传说鲛人所织的绡。代指薄绢、轻纱。赑屃：又名龟趺、霸下，龙九子之一，善负重。曹溪：禅宗南宗别号，以六祖慧能在曹溪宝林寺演法而得名。曹溪水：喻指佛法。

◎ 浅译

　　鲛绡帐里梦中人

　　富贵成烟云

　　赑屃驮就功名事

　　浪沙已淘尽

随遇而安葛天民

赵州茶续平常心

曹溪水源饮

10. 送圭（guī）玉冈

（元）王冕

一真四法全吾道，教主云间喜作家。

白气拥林龙绕树，紫霞纷日凤衔花。

笑谈不释铁如意，斩斫岂由金莫耶？

可是阿师门户别，相逢不吃赵州茶？

◎ 微注

王冕（1287—1359）：字元章，号煮石山农，亦号食中翁、梅花屋主。浙江绍兴市诸暨枫桥人，元代诗人、画家。一真四法：在理，则曰"理法界"；在事则曰"事法界"；在一切理事，则曰"理事无碍法界"；在一切事，则曰"事事无碍法界"。莫耶：古代著名造剑人，代指宝剑。也作"镆铘"。

◎ 浅译

一真四法尽事理

悟道亦是谜

禅师云间端坐

席指往来迹

轻雾绕林龙盘树

凤舞霞光

旭日浪花里

万丈红尘谈笑间

放下乘如意

门户天地立

利剑难断烦忧

心静自然去

相逢一杯赵州茶

且行且珍惜

11. 赵州茶

（元末明初）戴良

失脚江湖鬓欲华，寻僧姑啜赵州茶。

卓泉不复闻飞锡，说法空传雨见花。

水乐隔林迷梵呗，云衣入户乱袈裟。

同游赖有兰台客，时出新诗斗彩霞。

◎ 微注

戴良（1317—1383）：字叔能，号九灵山人，浙江浦江建溪（诸暨）人。元末明初儒学大家，曾任月泉书院山长，与宋濂齐名，但思元而弃明，朱元璋爱其才而不得，与宋濂、刘基、章溢、叶琛被尊为"五经"师。著有《春秋经传考》《和陶诗》《九灵山房集》等。赵州茶，原诗名为《次韵游宝华寺》。飞锡：谓僧人等执锡杖飞空。代指僧人云游四方。雨见花：据说，佛祖讲到精微玄妙之时，天空便降下曼陀罗花雨。指高僧颂扬佛法。《法华经》语："佛说是诸菩萨摩诃萨得大法利时，于虚空中，雨曼陀罗花。"梵呗：念经的声音。兰台：宫廷藏书的地方。

◎ 浅译

江山纷争乱主

四海为家无可处

冷霜染华发

谁解百姓苦

遍寻名寺问僧迹

但饮茶中悟

高山流水不见

泉眼清廉出

锡杖飞空

行至九霄天窟

说法赵州

花雨纷纷现

梵呗声声随风著

水流潺潺

隔林一心足

流云低缓为哪般

细入殿堂香烟疏

袅袅婷婷

袭得袈裟舞

随我至此地

博学兰台迎客熟

偶吟诗情

赚得彩霞西山赋

12.题真上人竹茶炉

（明）王绂

僧馆高闲事事幽，竹编茶灶沦清流。

气蒸阳羡三春雨，声带湘江两岸秋。

玉臼夜敲苍雪冷，翠瓯晴引碧云稠。

禅翁托此重开社，若个知心是赵州。

◎ 微注

王绂（1362—1416）：字孟端，号友石生，别号九龙山人，明初画家，吴门画派先驱，以擅书法任职文渊阁、中书舍人，曾参与编纂《永乐大典》，江苏无锡人，著有《王舍人诗集》等。僧馆：寺院僧舍。阳羡：宜兴。玉臼：仙人捣药之臼。翠瓯：青瓷茶杯。禅翁：老僧。

◎ 浅译

僧舍几净闲

高云轻扫细风眠

无事更流连

竹编茶灶砌

一地炊烟

谁移清流暖

壶里煮开三春雨

竹报声声满秋天

月上玉臼动情处

夜下梨花落雪间

一片碧云一片叶

半盏杯影半生缘

老僧此情可寄

知心赵州在心念

13. 赵州茶

（清）太景子

燕赵寻奇士，空门识妙心。

经翻孤石冷，水动画廊深。

残雪留松砌，高风到柏林。

况逢茶味好，香气霭青岑。

◎ 微注

太景子：生卒年不详，河南汝南人。燕赵：指唐末五代时燕王李匡威、赵王王镕，曾为赵州和尚的护法。宋代诗僧佛印有"昔日赵州少谦光，不出山门迎赵王"之语。青岑：青翠的高峰。指青山。

◎ 浅译

赵州云气祥瑞聚

燕赵二王遍寻

奇绝高拔之士隐未遇

访至赵州祖庭喜

床前妙语论禅机

柏风读经传林远

寂寞圆石坐道已千年

文武圣水正活鲜

桥下洨水续源泉

残雪堆砌胜玉

冷枝挺起数丛碧

风高声迅叩叶急

柏林心自安澜里

一杯热茶执手

适逢访客倚榻庾

香气萦绕

云雾满西山

吃茶亦是口头禅

第五章　千年逢春赵州花

赵州花，从远古一直开到今朝，尤以梨花甲天下。花开万树动神州，蕊落一地显风流，并时有各色花事相伴。

一、梨花清音徐

赵州梨花，向以素洁高雅、清白胜雪、冰肌玉骨之风韵而在百花中享有盛誉。清初戏曲大家李渔在《闲情偶记》中写道："花花耐观，雪为天上之雪，梨花乃人间之雪；雪之所少者香，而梨花兼擅其美。"赵州梨花从秦汉开到盛唐，从开元伴随到新时代，淡雅的余香亘古及今，亦被写入诸多动人的诗词名篇。赵县从1990年开始举办梨花节（1996—1999年停办，2000年恢复），是全国最早举办花事节庆活动的县市之一，25万亩梨花已成为春天里最美的乐章。

1. 梨花

（南朝齐）王融

翻阶没细草，集水间疏萍。

芳春照流雪，深夕映繁星。

◎ 微注

王融（466—493）：字元长，山东琅琊临沂人。南朝齐文学家，"竟陵八友"（萧衍、沈约、谢朓、王融、萧琛、范云、任昉、陆倕）之一，东晋宰相王导的六世孙，累迁太子舍人。流雪：指风中飘动的梨花。诗人新奇的想象为梨花蒙上了一层神秘色彩。

◎ 浅译

　　春来生就细软草
　　微隐台阶浅没脚
　　水上流萍聚
　　波间纹理少
　　几树梨花照春光
　　恰似飞雪香未交
　　夜深枝上生繁星
　　原是风相邀
　　倒教多情水上漂

2. 池上梨花

（南朝齐）刘绘

袅袅香魂暗，凌波素质娇。

可怜流雪影，半逐杏烟消。

◎ 微注

　　刘绘（？—532）：字士章，彭城人。曾任齐高帝录事典笔翰、大司马从事中郎，撰绘《能书人名》。凌波：灵动的水波。比喻美人步履轻盈。代指梨花。

◎ 浅译

　　谁教春风不解寒
　　吹皱梨花颜
　　偏偏零落黄昏里
　　袅袅香魂远
　　凌波追逐高洁去
　　无情自在一念间

只道飞雪眯眼

倩影离散

尽随杏花烟雨

随遇而安

3. 梨花

(唐)李白

柳色黄金嫩,梨花白雪香。

玉楼巢翡翠,金殿锁鸳鸯。

选妓随雕辇,征歌出洞房。

宫中谁第一,飞燕在昭阳。

◎ 微注

李白(701—762):字太白,号青莲居士,又号谪仙人,四川剑南道绵州昌明人。唐代伟大的浪漫主义诗人。留有《李太白集》。"梨花"诗时称《宫中行乐词八首·其二》。雕辇:雕饰华美的车辇。妓:指乐女。歌:指歌女。洞房:神仙洞府般的房屋。飞燕:指赵飞燕,西汉汉成帝第二任皇后。因其体态轻盈,身轻如燕,传说能作掌上舞,得名"飞燕"。昭阳:传说赵飞燕妹赵合德曾居昭阳殿。

◎ 浅译

柳色金黄嫩如烟

梨花一枝白雪颜

蕊香身不凡

玉宇琼楼

翡翠鸳鸯两不厌

歌舞升平

雕辇洞房共翩跹

乐动《霓裳羽衣曲》

昭阳宫里看飞燕

4. 送杨子

（唐）李白

斗酒渭城边，垆（lú）头耐醉眠。

梨花千树雪，杨叶万条烟。

惜别添壶酒，临歧赠马鞭。

看君颍上去，新月到家圆。

◎ 微注

渭城：咸阳故城。垆头：安置酒瓮的土墩子，代指酒坊。杨叶：柳叶。颍上：县名，古颍州，濒临颍水。据考证，唐朝著名书法家李阳冰为赵州人，时任当涂县令时，李白称其为族叔，李白手稿临终时托付于他，后编成《李太白集》，李白之诗得以流传于世。由此可见，李白与赵州颇有渊源。古人有折柳相送的习俗，梨花轻点赵州景。

◎ 浅译

喝尽心头酒

醉眠长街亦是缘

千树梨花苍茫雪

万条杨柳笼新烟

更进一杯酒

送君策马奔向前

待到旧地

别时新月见时圆

5. 春怨

（唐）刘方平

纱窗日落渐黄昏，金屋无人见泪痕。

寂寞空庭春欲晚，梨花满地不开门。

◎ 微注

刘方平（758前后在世）：洛阳人。唐玄宗天宝年间诗人，曾隐居颖阳大谷，尚高不仕，与皇甫冉、元德秀、李颀、严武为诗友，为萧颖士赏识。金屋：华美的房屋。汉武帝："若得阿娇作妇，当作金屋贮之也。"成为"金屋藏娇"的典故。

◎ 浅译

独座小窗轩

纱透夕阳风吹闲

黄昏轻扯暗色

起帘身觉寒

孤灯挑影

望断星光不见君

泪滴拭裙衫

月色溶溶照空庭

寂寞爬满屋檐

难熬是春晚

梨花委地不自弃

砌玉堆雪浅

怕风吹皱心事

半掩黄昏半掩门

力薄身更单

眉黛轻凝

清明又一年

6. 鹭鸶

（唐）杜牧

雪衣雪发青玉觜（zuǐ），群捕鱼儿溪影中。

惊飞远映碧山去，一树梨花落晚风。

◎ 微注

杜牧（803—852）：字牧之，号樊川居士，京兆万年（今陕西西安）人，唐代诗人。与李商隐并称"小李杜"。大和二年（828）进士，历任弘文馆校书郎、淮南节度使掌书记、监察御史、殿中侍御史、使馆编撰以及黄池睦湖等州刺史、吏部员外郎、中书舍人等职。因晚年居长安南樊川，世称"杜樊川"，著有《樊川文集》。觜：鸟嘴。诗中鹭鸶之白与梨花之白自然和谐，别有情趣。

◎ 浅译

一袭雪衣笼细喙

相结白云飞

溪影独立捕鱼回

波来夕阳醉

身动翩然西山远

恰似梨花落处

晚风轻相随

7. 梨花诗

（唐）侯穆

共饮梨花下，梨花插满头。

清香来玉树，白蚁泛金瓯。

女靓青蛾妒，光凝粉蝶羞。

年年寒食夜，吟绕不胜愁。

◎ **微注**

侯穆（生卒年不详）：字清叔，河南汝阳（汝南）人。据宋人李彦文笔记《云斋广录》中记载，汝阳侯穆清叔因寒食纵步郊外，会数少年同饮于梨花下，以"香轮莫辗青青破，留与愁人一醉眠"各赋《梨花诗》。清叔得"愁"字，诗后，众客搁笔。白蚁：新酒未滤时，酒表面浮起细渣，色泽微白，细小如蚁。

◎ **浅译**

寒食无雨白云悠

梨花树下

聚来同饮酒

但把梨花插满头

略示我心忧

玉树临风清香在

金杯泛白流

青蛾飞来慕淑女

眼底风流

粉蝶自半羞

寒食年年今夜里

梨花太白

月下不胜愁

8. 嘲三月十八日雪

（唐）温庭筠

三月雪连夜，未应伤物华。

只缘春欲尽，留著伴梨花。

◎ 微注

温庭筠（812—866）：名岐，又名温八叉，字飞卿，并州祁县（山西）人。被尊为"花间派词祖"，曾任随县及方城县尉、国子监助教。著有《乾馔子》《采茶录》《学海》《握兰集》《金荃集》等。物华：自然景物。

◎ 浅译

  暮春三月
  几夜大雪铺天来
  美景暂出差
  春色将去未去时
  情留枝头
  装点梨花开
  赢得一世清白

9.菩萨蛮·梨花

（后蜀）毛熙震

梨花满院飘香雪，高楼夜静风筝咽。
斜月照帘帷，忆君和梦稀。
小窗灯影背，燕语惊愁态。
屏掩断香飞，行云山外归。

◎ 微注

毛熙震（947年前后在世）：五代后蜀人，曾任后蜀秘书监，花间派著名词人，辞多华丽，今存29首。有王国维辑《毛秘书词》一卷存世。菩萨蛮：唐教坊曲名，后为词调名，属小令。帘帷：指帘幕。行云：流动的云。梨花落尽知夜暗，且读其诗，以解梨花之静意。

◎ 浅译

满院梨花轻拢月
香飘轻盈款来客
一曲风筝误
夜静高楼
溪水流咽
斜月挑帘帷
影动人入夜
忆君常梦结心结
奈何稀见
只道寻常别
小窗灯明
剪得一席倩影
背后垂泪多
一声燕语忽飞来
惊破愁容
疑是心上人来躲
屏风掩断梨花
香暗情移独自卧
梨花落尽知夜暗
浮云遮月
西山留意
闲枝挑起归途
群峰说词皆是默

10. 破阵子·春景

(宋) 晏殊

燕子来时新社，梨花落后清明。

池上碧苔三四点，叶底黄鹂一两声。

日长飞絮轻。

巧笑东邻女伴，采桑径里逢迎。

疑怪昨宵春梦好，元是今朝斗草赢。

笑从双脸生。

◎ 微注

晏殊 (991—1055)：字同叔，谥文献，抚州临川 (江西进贤县) 人。1005 年赐同进士出身，历任秘书省正事、太常寺奉礼郎、光禄寺丞、户部员外郎、枢密副使、参知政事、刑部尚书兼御史中丞、枢密使兼平章事。著有《珠玉词》。破阵子：唐教坊曲名。后为词牌名。新社：即春社，立春后清明前祭祀土地神的活动，以祈丰收。碧苔：碧绿的苔草。飞絮：飘扬的柳絮。巧笑：形容少女美好的笑容。逢迎：碰面。疑怪：怪不得。斗草：古代妇女的一种游戏，亦称"斗百草"。双脸：指双颊。

◎ 浅译

似曾相识燕飞来

春社新祭故人在

梨花纷纷时

道是迎客知心爱

清明意徘徊

三笔四笔碧苔

池上画波裁

一声两声黄鹂

原是叶底花半开

日子长时

漫天柳絮飘天白

路上逢迎

相视美言入春怀

昨夜梦好

今日斗草身心快

桃花笑靥两边开

11. 无题

(宋)晏殊

油壁香车不再逢,峡云无迹任西东。

梨花院落溶溶月,柳絮池塘淡淡风。

几日寂寥伤酒后,一番萧索禁烟中。

鱼书欲寄何由达,水远山长处处同。

◎ 微注

　　油壁香车:古代妇女所乘的车子,因车厢涂刷油漆而得名。峡云:巫山峡谷的云彩。宋玉《高唐赋》有"旦为朝云,暮为行雨"之句。溶溶:水一般流动的月光。伤酒:饮酒过量引起身体不适。萧索:没有生机。禁烟:指寒食节禁烟火。鱼书:书信。古乐府有"呼儿烹鲤鱼,中有尺素书"之句。

◎ 浅译

香车人去远

相逢只是梦见

巫山云雨

情动水流闲

梨花失落

溶溶月影翩

池塘处

柳絮风波连

寂寥最是酒中客

伤心寒食天

情寄不知何处

山长水阔是一念

12. 东栏梨花

(宋) 苏轼

梨花淡白柳深青，柳絮飞时花满城。

惆怅东栏一株雪，人生看得几清明。

◎ 微注

东栏：诗人庭院东侧的栏杆。此诗为北宋熙宁九年（1076）冬，苏轼离开密州，去往徐州赴任，写给密州知州继任者孔宗翰的送别诗。苏轼在定州太守任上多次路经赵州，在定州有东坡双槐、雪浪石（赵州雪浪石亦在定州）。在正定临济寺有其遗迹，封龙山有"槐龙交翠"之手迹，在曲阳唱词，在临城留诗。一株雪：喻一树梨花。

◎ 浅译

梨花淡淡无边白

我独自徘徊

柳枝轻摇情切切

春风知无奈

柳絮飞舞携梨花

疑是满城开

凭栏望断天涯路

一树梨花一树雪

尔今叹老迈

惆怅何止花飞

两鬓斑白在

壮志又被东风误

清明空空待

残瓣委地

只是素颜憔悴改

人生看处

反反复复

零落亦不败

13. 梨花

（宋）汪洙

院落沉沉晓，花开白雪香。

一枝轻带雨，泪湿贵妃妆。

◎ 微注

汪洙（1031—1105）：字德温，鄞县人。宋元符三年（1100）进士，官至观文殿大学士。其幼颖异，九岁能诗，号称"汪神童"。著有《汪神童诗》《春秋训诂》等。贵妃妆：唐朝贵妇一般将花钿涂在额头眉心部位的化妆方式。应为白居易《长恨歌》玉容寂寞泪阑干，梨花一枝春带雨演化而来，更增添了梨花的娇媚之态。

◎ 浅译

院落深深天沉沉

梨花盛处雪幽香

细雨带轻湿

微风轻轻扬

红蕊含露痴痴望

怕眼前零落身难挡

泪溅春衫裳

14. 眼儿媚·杨柳丝丝弄轻柔

(宋) 王雱 (pāng)

杨柳丝丝弄轻柔,烟缕织成愁。

海棠未雨,梨花先雪,一半春休。

而今往事难重省,归梦绕秦楼。

相思只在,丁香枝上,豆蔻梢头。

◎ 微注

　　王雱（1044—1076）：字元泽，王安石之子，宋治平四年（1067）进士，江西临川人。著有《老子训传》《论语解》《孟子注》等。眼儿媚：又名秋波媚，词牌名。秦楼：指秦穆公建造的凤台。汉刘向《列仙传·萧史》载：萧史善吹箫声如凤凰，秦穆公之女弄玉倾慕而嫁，穆公为二人造凤台。一日，箫声引来凤凰，遂乘风仙去。丁香：香料。借指轻愁。豆蔻：又名草果，代指少女。唐杜牧《赠别》有"娉娉袅袅十三余，豆蔻梢头二月初"之句。

◎ 浅译

丝丝杨柳

和风更轻柔

缕缕春烟起

蛾眉锁处织作愁

海棠雨

梨花雪

一半春色成就

往事哪堪重温

旧梦绕秦楼

丁香犹在豆蔻梢头

一段相思暗香袖

15.南歌子·槐绿低窗暗

（宋）黄庭坚

槐绿低窗暗，榴红照眼明。

玉人邀我少留行。

无奈一帆烟雨、画船轻。

柳叶随歌皱，梨花与泪倾。

别时不似见时情。

今夜月明江上、酒初醒。

◎ 微注

南歌子：又名怕春归，词牌名。榴红：石榴花红。梨花是最牵动人情的花，且看黄鲁直心中的梨花泪。

◎ 浅译

窗暗绿荫里

榴明花初晴

知音一番语

别时意重迟滞行

一帆烟雨梦

哪堪画船轻

曼歌不知随柳皱

泪打梨花风

别时容易愁

何地相见月上景

波动湿痕酒未醒

16.阮郎归·潇湘门外水平铺

(宋)秦观

潇湘门外水平铺，月寒征棹孤。
红妆饮罢少踟蹰，有人偷向隅。
挥玉箸，洒真珠，梨花春雨余。
人人尽道断肠初，那堪肠已无。

◎ 微注

秦观（1049—1100）：字少游，号邗沟居士，江苏高邮人，元丰八年（1085）进士，官至秘书省正字、国史馆编修。为婉约派一代词宗，时称"淮海居士"，为"苏门四学士"之一，著有《淮海集》《淮海居士长短句》。阮郎归：又名碧桃春，词牌名。征棹：远行的船。玉箸：又称玉箸。眼泪的别称。晏几道有"对镜偷匀玉箸，背后学写银钩"之语。

◎ 浅译

潇湘书院风自贤

门外水潺潺

平铺直叙波未起

凉月挂天

恰似一征帆

一片孤云又去远

红妆哪堪酒醉

影乱摇树颤

徘徊在阶前

自向一隅叹流年

服饰随风

泪如珍珠闪

春雨梨花

瓣瓣委地泥惜染

洁来洁去闲

人人尽道

花残犹断肠

无肠无肝笑自然

未必又堪怜

17.水龙吟·梨花

（宋）周邦彦

素肌应怯余寒，艳阳占立青芜地。

樊川照日，灵关遮路，残红敛避。

传火楼台，妒花风雨，长门深闭。

亚帘栊半湿，一枝在手，偏勾引，黄昏泪。

别有风前月底，布繁英，满园歌吹。

朱铅退尽，潘妃却酒。

昭君乍起，雪浪翻空。

粉裳缟夜，不成春意。

恨玉容不见，琼英谩好，与何人比。

◎ 微注

周邦彦（1057—1121）：字美成，号清真居士，钱塘人。宋代著名词人，历任泸州教授、溧水县令、国子监主簿、校书郎。著有《清真居士集》。水龙吟：

词牌名。素肌：白色的肌肤。喻梨花洁白素雅。青芜：杂草丛生。樊川：西安城南少陵原与神禾原之间的一片平川。汉高祖刘邦曾将此地封为樊哙的食邑。灵关：山名，在四川宝兴南，代指险要的关隘。传火：指清明日。清明前两日寒食不举火，皇帝取榆柳之火以赐近臣。帘栊：指门帘及窗棂。潘妃：字玉儿，本名俞尼子，亦称"潘玉奴"，南朝齐东昏侯萧宝卷的宠妃，因其官殿地铺金莲纹，有步步生金莲的典故。民间有"阅武堂，种杨柳，皇上卖肉，潘妃卖酒"之语。传说潘妃肤白貌美，不善饮酒，饮酒则脸红，却酒则脸白。昭君：指王昭君，又称"明妃"，汉时美女。缟夜：映照黑夜。玉容：女子的容貌，代指梨花。琼英：雪花，代指梨花。谩：空。梨花点点不记愁，且看周邦彦词中梨花。

◎ 浅译

单薄白净雪梨花

春寒未尽开无瑕

动人心魄满枝节

羞含一丝怕

艳丽盈朝阳

浅隐挂枝丫

如瀑泼光彩

丛绿向萌芽

圆润透亮露珠

溅湿初开野花

太阳照耀远方

前路遮繁华

是樊川

是灵关

是久觅的赵州老家

莫念怡香避不及

轻踏委地

冷离在脚下

不思寒食烟火断

清明传火

楼台系白发

风雨何必妒花容

吹成前朝旧梦花

叹院落深深

满地梨花扫径罢

尘门紧闭

扣听无人

有谁知声对差

雨弄梨花

帘栊挑风湿欲加

一枝到窗前

一枝被手夹

偏偏心事

勾引忆阑干

满腔忠心无可解

泪浇黄昏霞

月照花色风影动

一番滋味无心发

明皇笑看梨园

声声曲词和钟雅

半世繁华凋零

知音半调匣

质本洁来还洁去

沿华洗颜佳

潘妃辞酒不胜力

酿就太白梨花

昭君因画出塞嫁

梨花小谢叶萋萋

万顷雪浪

风舞丽空花瓣撒

蝶衣素面穿红月

夜色笼轻纱

春意吹进笛声里

应景难平生涯

玉姣姣好有时老

谈经长怨错过

人夸琼英姿雅

憾随流星明灭

苦短辉煌

功过评说尽归他

花开花飞

花谢花歇

地空轻轻走流沙

恍抬头

看结果

累累枝上挂

18. 怨王孙·春暮

（宋）李清照

帝里春晚，重门深院。

草绿阶前，暮天雁断。

楼上远信谁传，恨绵绵。

多情自是多沾惹，难拼舍，又是寒食也。

秋千巷陌，人静皎月初斜，浸梨花。

◎ 微注

李清照（1084—1156）：号易安居士，山东章丘人。婉约词派代表，有"千古第一才女"之称。著有《漱玉词》《李易安集》《易安居士文集》等。怨王孙：词牌名。帝里：京城，指汴梁（开封）。远信：远方的书信、消息。拼舍：割舍。

◎ 浅译

故国山河燃

只道心寒春自晚

庭院深深

碧草染春阶上闲

暮色和雁鸣

谁寄锦书

此时恨绵绵

烦恼自是多情惹

人逢寒食却无言

寻常巷陌

秋千空索

月色溶溶倩影斜

梨花浸透

水中素颜

19. 同蒋德施诸人赏简园梨花

（宋）胡寅

君不见韩退之，招唤刘师命。

醉赏长安西郭梨，青天白日交相映。

岂料炎荒中，好事如简翁。

雕冰剪玉春不融，二十五树高笼松。

风流八仙携草具，轻阴阁雨相随去。

朝同去，暮同归，

回头翠微明日玉花飞。

◎ 微注

胡寅（1098—1156）：字明仲，号致堂，谥文忠。福建崇安（武夷山）人，后居衡阳。宋徽宗宣和三年（1121）进士，历任秘书省校书郎、中书舍人、徽猷阁直学士。著有《论语详说》《读史管见》《注叙古千文》《斐然集》等。韩退之：指韩愈，唐代著名文学家。刘师命：为韩愈门生兼好友。韩愈在《闻梨花发赠刘师命》诗中有"闻道郭西千树雪，欲将君去醉如何"之句。炎荒：炎热而荒远之地。简翁：简园的主人。八仙：指神话中的八位仙人，汉钟离、张果老、吕洞宾、铁拐李、韩湘子、曹国舅、蓝采和、何仙姑。轻阴阁雨：阁通"搁"，即停止。意思是天色阴沉，小雨暂停。翠微：青翠氤氲。《尔雅·释山》有"未及上，翠微"之句。

◎ 浅译

遥想清明花飞红

唐时韩愈邀师命

赏醉玉清景

白日梨花倩影

简翁好事春风

雕冰剪玉谁妙手

松高不知情

八仙风流天下闻

云水洗尘轻

朝云暮雨

满目微白与翠明

看淡梨花盈盈

20. 梨花

（宋）陆游

粉淡香清自一家，未容桃李占年华。
常思南郑清明路，醉袖迎风雪一枝。

◎ **微注**

年华：岁月芳华。南郑：今汉中。一枝：一枝。陆游的诗里常流露出浓浓的爱国之情，在这首梨花诗里也一样品出忧国忧民的思想。

◎ **浅译**

淡白清香树高洁
云来自为家
未容春风再思量
盈盈千树结
桃李年华尚念早
梨花飞雪夜
常思旧时清明路
醉袖迎风
一枝梨花情切切

21. 梨花

（金）雷渊

雪作肌肤玉作容，不将妖艳嫁东风。
梅魂何物三春在，桃脸真成一笑空。

雨细无情添寂莫，月明有意助丰融。

相如病渴妨文赋，想像甘寒结小红。

◎ 微注

雷渊（1184—1231）：字希颜，一字季默。山西应州浑源（大同）人。幼孤，入太学，发愤读书。有文名。金卫绍王至宁元年（1213）词赋进士甲科及第。历任遂平知县、泾州录事、徐州观察判官、英王府文学兼记室参军、应奉翰林文字、监察御史，太学博士、翰林修撰等职。因弹劾不避权贵，所至有威誉。至蔡州，杖杀五百人，时号"雷半千"。有《中州集》《归潜志》存其诗文。丰融：盛美貌。相如：西汉时著名辞赋家司马相如。甘寒：指梨味甘性凉。小红：指小果。

◎ 浅译

东风寄语千树花

玉容雪肤不自夸

妖艳难存真

自然高洁最得法

梅魂梨花兼

春来常探一朝发

人面桃花记往昔

笑是飞红霞

寂寞无情雨

窗外一夜听滴答

梨花折月影

丰融两厢和风雅

相如病及文难赋

蕊红颜冷与君话

浮云香浅满枝丫

梦里梨香挂

22. 玉楼春·劝春风

(宋) 辛弃疾

风前欲劝春光住,春在城南芳草路。
未随流落水边花,且作飘零泥上絮。
镜中已觉星星误,人不负春春自负。
梦回人远许多愁,只在梨花风雨处。

◎ 微注

辛弃疾（1140—1207）：字坦夫，又字幼安，号嫁轩，谥号忠敏。山东济南府历城县人。南宋著名豪放派词人，历任江西、福建安抚使，绍兴知府，镇江知府。有《稼轩长短句》存世。玉楼春：词牌名。流落：沦落。飘零：随风飘落。

◎ 浅译

  十里春风四月虚
  眉前丝丝聚
  欲牵春手指
  暂留春光于此居
  未承料
  才抬手
  春恋城南隅
  漫生一溪芳草路
  落花未随流水去
  默默窃取
  独自飘零心难弃
  愿做根泥留香遇
  斑白镜中人
  只道是
  点点春风又误批

我未辜负春意
春却负心
梦醒人已离
梨花风影过
何事挽住心头雨
剪来春光绣征衣

23. 虞美人·东风荡飏轻云缕

(宋) 陈亮

东风荡飏 (yáng) 轻云缕，时送萧萧雨。
水边台榭燕新归，一口香泥，湿带落花飞。
海棠糁径铺香绣，依旧成春瘦。
黄昏庭院柳啼鸦，记得那人，和月折梨花。

◎ 微注

陈亮 (1143—1194)：初名汝能，字同甫，号龙川，谥文毅。浙江婺州永康人。宋光宗绍熙四年 (1193) 得中状元。创立"永康学派"，著有《英豪传》《中兴遗传》《龙川文集》《龙川词》等。虞美人：词牌名。原为唐教坊曲初咏项羽宠姬虞美人而得名。荡飏：飘荡。台榭：临水敞开的楼阁。糁：谷物颗粒。喻海棠落英铺地状。香绣：花瓣。柳啼鸦：乌鸦在柳树上鸣叫。

◎ 浅译

东风画云重重意
唤得潇潇雨
燕子归来
水上楼台栖
落花染泥香

翩翩含泪不自弃

海棠满径铺锦绣

香浸春瘦

相思空依旧

鸦啼黄昏

柳扫庭院

月暗遮人羞

梨花一枝在手

绡薄凉初透

24. 忆王孙·春词

（宋）李重元

萋萋芳草忆王孙，柳外楼高空断魂，杜宇声声不忍闻。

欲黄昏，雨打梨花深闭门。

◎ **微注**

李重元（生卒年不详）：约1122年宋徽宗宣和年间前后在世，有《忆王孙》春夏秋冬四词留世。忆王孙：词牌名。萋萋：春草茂盛。王孙：游人。杜宇：杜鹃鸟。

◎ **浅译**

芳草萋萋春色里

游子身影去

柳依高楼碧

风动哪枝是归期

杜鹃声唤

望帝春心寄

地暗黄昏

梨花恨雨落纷纷

香愁深深把门闭

25. 无俗念·梨花词

（金）丘处机

春游浩荡，是年年、寒食梨花时节。

白锦无纹香烂漫，玉树琼葩堆雪。

静夜沉沉，浮光霭霭，冷浸溶溶月。

人间天上，烂银霞照通彻。

浑似姑射真人，天姿灵秀，意气舒高洁。

万蕊参差谁信道，不与群芳同列。

浩气清英，仙材卓荦，下土难分别。

瑶台归去，洞天方看清绝。

◎ 微注

丘处机（1148—1227）：字通密，道号长春子，山东登州栖霞人。道教全真道掌门人，其与马钰、谭处端、刘处玄、王处一、郝大通、孙不二并称"道教全真七子"，元世祖追封其为"长春演道主教真人"，著有《摄生消息论》《大丹直指》《磻溪集》《学海类编》。无俗念：又名念奴娇，词牌名。白锦：喻梨花。姑射真人：亦称"掌雪女神"。庄子《逍遥游》有"藐姑射之山，有神人居焉，肌肤若冰雪，绰约如处子，不食五谷，吸风饮露，明眸皓腕纤足"。卓荦：超绝出众。瑶台：神仙住所。洞天：神仙居住的名山胜境。

◎ 浅译

浩荡春风今又是

寒食梨花知

此处白锦香彻

玉树生雪情更痴

沉沉夜

光影和

清气广寒思

天上人间

银光花色共心事

姑射真人在世

灵秀天资

高洁顺天时

造化报花信

独树冰清红蕊志

浩气长存人间

不凡仙子谦辞

谁教缤纷堆砌一地

向时瑶台里

天生丽质难自弃

26. 梨花

(宋) 释居简

楚楚冰绡雾縠（hú）裳，铅华消尽弗恢妆。

晓云不入朝云梦，赋入闲居亦擅芳。

◎ 微注

释居简（1164—1246）：字敬叟，号北涧，俗姓龙。四川潼川人。著有《北涧文集》《北涧诗集》等。冰绡：薄而洁白的丝绸。縠裳：有皱纹的纱衣。铅华：脂粉。

◎ 浅译

  春色苒苒生梨乡

  楚楚花开芳

  何似冰绡裁五瓣

  恍如雾里霓裳

  铅华洗时光

  寻寻觅觅淡淡妆

  晓云静栖花千树

  神女梦

  不思量

  赋闲村野独自赏

27. 清明即事

(宋) 吴惟信

梨花风起正清明，游子寻春半出城。

日暮笙歌收拾去，万株杨柳属流莺。

◎ 微注

  吴惟信（生卒年不详）：字仲孚，号菊潭，南宋浙江霅川（吴兴）人。著有《菊潭诗集》。梨花风：第十七番花信风。古代从小寒至谷雨有二十四番应花期而来的风。南朝梁宗懔《荆楚岁时记》："始梅花，终楝花，凡二十四番花信风。"梨花风后是清明。笙歌：音乐声。

◎ 浅译

  清明时节梨花盛

  游子结伴

  出城踏青欲尽兴

暮色归来晚

歌舞一时静

柳色鹅黄春风里

流莺唤子鸣

28. 临江仙·梨花

（金）刘秉忠

冰雪肌肤香韵细，月明独倚阑干。

游丝萦惹宿烟环。

东风吹不散，应为护轻寒。

素质不宜添彩色，定知造物非悭。

杏花才思又凋残。

玉容春寂寞，休向雨中看。

◎ 微注

　　刘秉忠（1216-1274）：初名侃，字仲晦，法名子聪，号藏春散人，元世祖赠太傅，封赵国公，谥号文贞。元成宗时，追赠太师，改谥文正。元仁宗时，追封常山王。河北邢州（邢台）人。曾隐居武夷山为僧，后被元世祖召见，留侍左右，改名秉忠，位至太保，参领中书省事，对于元代政治体制、典章制度的奠定发挥了重大作用。博学多才，喜吟诗作曲。著有《刘秉忠诗文集》《藏春集》传世。临江仙：词牌名。阑干：栏杆。悭：吝啬。作为邢台人，数次过赵，难免为赵州梨花触动情丝，应时而作。

◎ 浅译

　　冰雪肤色尘避嫌

　　细香微微甜

　　明月偏忌梨花白

独倚阑干

蕊丝嘤嘤凉堪怜

招惹宿烟频频环

东风故作吹不散

着意护枝寒

玉质不妆色

自是天然

非为造化浅

杏花施粉早凋残

才思消容颜

芳容寂寞春暗恋

莫叫雨打梨花一片片

轻轻一声叹

29.点绛唇·梨花

（金末元初）刘秉忠

立尽黄昏，袜尘不到凌波处。

雪香凝树，懒作阳台雨。

一水相系，脉脉难为语。

情何许，向人如诉。寂寞临江渚。

◎ 微注

　　点绛唇：词牌名。江渚：江中小洲。此指江河边。物为情所累，诗为情所许。金玉无言价自高，梨花有情风亦清。

◎ 浅译

  独立黄昏身影后

  一尘不染地

  凌波仙子依花羞

  又见香雪满树

  阳台雨未流

  盈盈洨河一水系

  脉脉不得求

  半落梨花情为谁

  微风和花诉

  落花流水寂寞守

  何日再重游

30. 虞美人·槐阴别院

（金）元好问

  槐阴别院宜清昼，入座春风秀。美人图子阿谁留。都是宣和名笔，内家收。

  莺莺燕燕分飞后，粉淡梨花瘦。只除苏小不风流。斜插一枝萱草，凤钗头。

◎ 微注

  虞美人：词牌名。宣和名笔：代指北宋徽宗宣和年间的名画。内家：皇家。苏小：南齐钱塘名妓。春来花事多，梨花情不舍。这首词主要通过一幅宣和美人图来抒发作者丰富的内心情感。

◎ 浅译

  别院槐荫小展

清心映满天

入座春风里

美人画里画外频见

幸读宣和真迹

收笔浓淡最相宜

莺燕分飞难离缘

梨花素白瘦薄

落尽层层心中怨

风流苏小小

一枝萱草香发间

凤钗头上微颤

原是浅睡伴花眠

31. 梨花

(金) 元好问

梨花如静女，寂寞出春暮。

春色惜天真，玉颊凝风露。

素月淡相映，萧然见风度。

恨无尘外人，为续雪香句。

孤芳忌太洁，莫遣凡卉妒。

◎ 微注

春暮：晚春。萧然：悠闲。梨花常有超脱世俗的别致韵味，但把梨花比作静女的，元好问是第一人。

◎ 浅译

暮春傍晚夕阳下

无风无雨

只有晴来踏

一树梨花缀满牵挂

犹如

娴静少女思无涯

寂寞开满枝头

不见人来夸

春色满

心难收

有谁怜惜她

纯真自然美无瑕

玉容面娇经风露

动人一刻

不忍弃芳华

朦朦胧胧

素月枝间雅

若即若离

浓淡相掩情自发

夜静空旷时

悄然无声嫁

风度依旧迷恋

蓦然回首真是她

长恨高人未曾觅

有谁为伊

一句雪香述美葩

孤芳悠来易受伤

冰清玉洁

更是常受压

本来心有余悸

莫让寻常花草

引来风雨再妒杀

32. 梨花

（金）萧贡

丰姿闲淡洗妆慵，眉绿轻颦秀韵重。
香惹梦魂云漠漠，光摇溪馆月溶溶。
陈家乐府歌琼树，妃子春愁惨玉容。
安得能诗韩吏部，郭西同去醉千钟。

◎ 微注

萧贡（？—1223）：字真卿，陕西咸阳人。金世宗大定二十二年（1182）进士。历任尚书省令史、翰林修撰、国子祭酒、太常少卿、户部尚书。与陈大任刊修《辽史》。著有《注史记》。颦：皱眉。韩吏部：指唐代文学家韩愈，因晚年任礼部侍郎，故称之。诗中虽无梨花之字，但句句尽显梨花之韵。

◎ 浅译

春来清明思纷纷

晨露拭蕊

花开展纯枝

一片天真在暖风

素颜谁不识

碧叶如眉未轻挑

心情初皱

秀色忆痴痴

漠漠成云香梦里

溶溶月色思

玉树琼花乐府歌

玉容愁春事

昌黎诗语天下知

千种醉风姿

33. 解蹀躞（dié xiè）·醉云又兼醒雨

（宋）吴文英

醉云又兼醒雨，楚梦时来往。

倦蜂刚著梨花、惹游荡。

还作一段相思，冷波叶舞愁红，送人双桨。

暗凝想。

情共天涯秋黯，朱桥锁深巷。

会稀投得轻分、顿惆怅。

此去幽曲谁来，可怜残照西风，半妆楼上。

◎ 微注

吴文英（1200—1260）：字君特，号梦窗，又号觉翁，浙江四明（宁波）人。其一生未第，游幕终身，后"困踬而死"。有"词中李商隐"之称，著有《梦窗词集》。解蹀躞：词牌名。楚梦：传说楚襄王有巫山云雨之梦。双桨：代指船。朱桥：引自刘禹锡《乌衣巷》"朱雀桥边野草花，乌衣巷口夕阳斜"之句。会稀：会须。

◎ 浅译

风起游云醉

醒时不觉春雨贵

巫山云雨襄王梦

牵魂又是谁

痴蜂初恋梨花

伤心落红碎

一段相思成寂寞

叶舞荷香知会

冷波送人船相催

一念递无痕

飞雁一声秋色里

天涯共相随

朱雀野草夕阳

巷口人影老门

分手哪堪轻易

悔时情难退

西风一曲钓弯月

楼上望人回

34. 点绛唇·访牟存叟南漪钓隐

(宋) 周晋

午梦初回，卷帘尽放春愁去。

昼长无侣。自对黄鹂语。

絮影蘋香，春在无人处。

移舟去。未成新句。一砚梨花雨。

◎ 微注

周晋（1206—1275）：字明叔，号啸斋，人称"周佛子"，浙江吴兴（湖州）人。历任南宋时富阳令、柯山通判、汀州知州。《全宋词》录其诗三首。点绛唇：词牌名。牟存叟：牟子才，字存叟，四川井研人。南漪：为牟家花园，园内有硕果轩、元祐学堂、芳菲二亭、万鹤亭、双李亭等。苹香：苹果花香。

◎ 浅译

  日中倦思梦
  帘卷东风花千树
  春愁去无路
  昼长少友聚
  翠柳枝头黄鹂舞
  暂把情诉
  柳絮飞影草暗香
  无人藏春住
  移舟新句湿
  提笔看尽水行处
  砚里梨花落香浮

35. 浣溪沙·梨花

（宋）周密

不下珠帘怕燕瞋。旋移芳槛引流莺。春光却早有中分。

杏火无烟燃绿暗，梨云如雪冷清明。冶有天气冶游心。

◎ 微注

  周密（1232—1298）：字公谨，号草窗，晚年号弁阳老人，浙江湖州人。曾任南宋宝祐时义乌县令，入元不仕。宋元时期著名词人、文学家、文物鉴赏家，著有《齐东野语》《武林旧事》《癸辛杂识》《志雅堂要杂钞》《草窗集》等。浣溪沙：词牌名。冶：同"野"。

◎ 浅译

风衔春色浅

梨花点点织珠帘

怕只怕

燕子回转

羞恼里

今日来时

物是人非巢不见

槛香弥漫处

流莺招引枝叶翩

早来无言

又把春光隔断

杏花红火

无烟亦无眠

自是新绿还暗

梨花积云又化雪

冷落清明

默默寒食节

一半天气一半心

多为料峭别

36.阮郎归·梨花

(宋)赵文

冰肌玉骨淡裳衣,素云翠枝。

一生不晓谪仙诗,雪香应自知。

微雨后,禁烟时,洗妆君莫迟。

东风不解惜妍姿,吹成蝴蝶飞。

◎ 微注

赵文（1239—1315）：初名凤之，字惟恭，又字仪可，号青山，江西庐陵（吉安）人。曾为文天祥门人，任东湖书院山长、南雄文学。著有《青山集》等。阮郎归：词牌名。谪仙：指唐朝大诗人李白。

◎ 浅译

春风来时
冰肌玉骨素衣系
翠枝白云栖
太白诗情应不晓
雪香知书理
寒食微雨细细织
妆湿有谁洗
春风不解枝上颜
吹落蝴蝶飞满地

37. 粉 蝶

(宋) 何应龙

宿粉栖香乐最深，暂依芳草避春禽。
晚来风起还无定，舞入梨花何处寻。

◎ 微注

何应龙：生卒年不详，字子翔，号橘潭，宋末钱塘（今浙江杭州）人。著有《橘潭诗稿》。

◎ 浅译

春早寒未尽
粉蝶兀自栖香邻

芳草丛中避野禽

晚风轻摇碧草

一时飞入梨花丛

同开一片林

38. 梨花

（金）张建

蠹树枝高茁朵稠，嫩苞开破雪搓球。

碎粘粉紫须齐吐，润卷丹黄叶半抽。

月影晓窗留好梦，雨声深院锁清愁。

琼胞已实香犹在，散入长安卖酒楼。

◎ 微注

张建（生卒年不详）：字吉甫，号兰泉，陕西蒲城人。历任绛州教官、应奉翰林文字、同知华州防御使。著有《兰泉老人集》。琼胞：花苞。

◎ 浅译

老树虬枝长

云高朵朵盛瑞祥

嫩蕾乍开疑雪涌

含苞绽暗香

花白蕊红应齐放

丹黄半卷叶露凉

一窗月影载好梦

雨锁满院惆怅

秋来成实香犹在

长安酒楼藏

食之醒后方知梦一场

39. 梨花

（宋）汪炎昶（chǎng）

残雪浮光莹晓枝，肯随红紫贰妍姿。
年年寒食风和雨，天遣天花值此时。

◎ 微注

汪炎昶（1261—1338）：字懋远，号古逸民，时称"古逸先生"，江西婺源人。幼励志力学，受学于孙嵩，得程朱性理之要。宋亡，与同里江凯隐于婺源山中，名其所居为雪瓷。著有《古逸民先生集》《汪古逸民先生行状》等。贰：第二次。遣：派遣。

◎ 浅译

　　晨晓枝头积残雪
　　浮光照情魄
　　姹紫嫣红春事学
　　独白随心天月
　　寒食风间雨
　　却问天地
　　梨花正值此事

40. 清江引·春思

（元）张可久

黄莺乱啼门外柳，雨细清明后。
能消几日春，又是相思瘦。
梨花小窗人病酒。

◎ 微注

张可久（1270—1350）：名伯远，号小山，浙江庆元路（今宁波市鄞州区）人。著有《今乐府》《苏堤渔唱》《吴盐》《小山乐府》等。清江引：曲牌名。消：消遣、打发。

◎ 浅译

春色到农家

柳笛一曲碧烟笼

门外黄莺婉转弄

寒食过后

雨细清明

愁丝万千重

人生长怨春住短

风瘦相思涌

梨花辞目酒一盏

小窗半开中

病来披衣灯影穷

41. 一剪梅·梨花

（明）唐寅

雨打梨花深闭门，孤负青春，虚负青春。
赏心乐事共谁论？花下销魂，月下销魂。
愁聚眉峰尽日颦，千点啼痕，万点啼痕。
晓看天色暮看云，行也思君，坐也思君。

◎ 微注

唐寅（1470—1524）：字伯虎，又字子畏，号六如居士、桃花庵主，南直隶苏州府吴县人。明弘治十一年（1498）应天府乡试中解元。正德年间曾任绍兴府儒学训导。明代吴中著名四才子（唐寅、祝允明、文徵明、徐祯卿）之一，画家、书法家、诗人。著有《六如居士集》。赏心乐事：指欢畅的心情和快乐的事情。清明时节，梨花思重落纷纷。

◎ 浅译

清明时节家家雨
风动听花急
一线细雨系人间
闭门锁尽春色里
蕊红花白弄天姿
却被云雨欺
青春少年心事
空盼叹辜负
岁岁虚度
飞花恨别枝
赏心乐事无人听
落花对孤影
花前月下
黯然对得销魂痴
辇蹙窗外
雨帘谁堪支
远山似眉眉如峰
落云湿透群峦思
点点离愁聚眉盈
啼痕花容亦难持
晓看天色晴
晚眺星光询烛枝

一地梨花心难宁

盼来日

42. 梨花

(明) 吴承恩

千花万花不甚爱，只有梨花白恼人。

肠断当年携酒地，一株香雪媚青春。

◎ 微注

吴承恩（1500—1582）：字汝忠，号射阳山人，江苏淮安山阳人。嘉靖年间贡生，曾任河南新野知县、浙江长兴县丞、山西潞安府通判。明代文学家，著有《西游记》《花草新编》等。媚：美好。

◎ 浅译

一夜春风携手来

万紫千红开

美不胜收尽眼底

喜遇冰清玉洁白

遥想年少时

几树梨花乘月香

影在我故在

把酒独自徘徊

纵思深深报国志

青春掷最爱

43. 梨花

(明) 徐渭

春雨春风能几宵，吹香落粉湿还飘。

朝来试看青枝上，几朵寒酥未肯消。

◎ 微注

徐渭 (1521—1593)：字文长，号青藤老人，浙江山阴 (今绍兴) 人。与杨慎、解缙并称"明代三才子"。著有《徐文长集》《路史分释》《徐文长逸稿》等。寒酥：喻指雪花。亦代指梨花。

◎ 浅译

　　春来风雨夜渐消

　　香湿清气飘

　　谁捡零落起

　　瓣瓣素洁心未了

　　晨起看枝头

　　数朵未展傲骨翘

44. 月照梨花

(明) 高濂

翠袖撩人，玉容无语。

深院闲亭，黄昏夜雨。

晓来风乱馣香。洗残妆。

压树白云飞不起。

盈盈照水。纱窗春梦里。

洛浦俨摇琼佩，月色溶溶。晚烟笼。

◎ 微注

高濂（生卒年不详）：约生于明嘉靖元年（1522），知名于万历年间，字深甫，号瑞南道人，浙江钱塘（杭州）人。明代著名戏曲家、藏书家、养生家。曾在鸿胪寺任官，后隐居西湖。著有《玉簪记》《节孝记》《芳芷栖词》《遵生八笺》《牡丹花谱》《兰谱》等。秾：花木繁盛。洛浦：洛水之滨，借指洛神。

◎ 浅译

风动碧袖袖撩人

无语寂寞心

黄昏雨来庭院深

晓来风湿淡淡香

宿雨洗容真

满树心事重重

白云不起身

纱窗照水

盈盈春梦临

琼佩溶月色

烟笼梨花朵朵新

45. 梨花

（明）杨基

北山梨花千树栽，年年清明花正开。
薛君好事两邀我，骑马看花携酒来。
看花出郭我所爱，况是梨花最多态。
我牵尘俗不得赴，花本无情花亦怪。
君今折花马上归，索我细咏梨花诗。

冰肌玉骨未受饰，敢以粉墨图西施。
东坡先生心似铁，惆怅东阑一枝雪。
重门晚掩沉沉雨，疏帘夜卷溶溶月。
月宜浅淡雨宜浓，淡非浪白浓非红。
闺房秀丽林下趣，富贵标格神仙风。
一枝寂寞开逾遍，朵朵玲珑看应眩。
皓腕轻笼素练衣，娥眉淡扫春风面。
自须玉堂承露华，何事种向山人家。
不愁占断天下白，正恐压尽人间花。
江梅正好怜清楚，桃杏纷纷何足数。
只有银灯照海棠，海棠亦是娇儿女。

◎ 微注

杨基（1326—1378）：字孟载，号眉庵，别号去非，又号雪海，江苏吴中（今苏州）人。明初为荥阳知县，官至山西按察使。与高启、徐贲、张羽合称"吴中四杰"。工诗，擅书画，著有《眉庵集》《眉庵词》等。薛君：好友薛起宗。练衣：白色布衣。娥眉：美女细长而弯的眉毛。借指美女。玉堂：宫殿的美称。

◎ 浅译

清明时节北山来
千树梨花开
友人数邀情难却
走马观花兴致在
出城赏花喜
此生最爱梨花白
世俗纷扰随缘少
花伤落情

人爱美景是常态
折花一枝香
马上吟诗诉最爱
冰清玉洁天然姿
宛若西施款款待
惆怅满树东坡雪
岁月从头迈
重门掩尽晚来雨
疏帘风卷
溶溶月华金难买
雨湿凉月天
至纯清文脉
浓淡相宜何用裁
阳春白雪人间乐
仙缘奇葩未敢采
玲珑剔透意
寂寞一片无心猜
素衣翩翩曼舞
春风满粉腮
自是天上承露华
偏向人间栽
琼花知是天外客
存心占尽天下白
梅花楚楚怜
桃杏纷谢寄无奈
唯有灯影照海棠
花香顾自来

46.昭君怨·梨花

（清）纳兰性德

深禁好春谁惜，薄暮瑶阶伫立。

别院管弦声，不分明。

又是梨花欲谢，绣被春寒今夜。

寂寂锁朱门，梦承恩。

◎ 微注

昭君怨：词牌名。深禁：深宫。薄暮：傍晚。瑶阶：玉砌的台阶，借指宫中的石阶。

◎ 浅译

    深禁好春谁惜

    薄暮瑶阶伫立

    别院管弦声

    不分明

    又是梨花欲谢

    绣被春寒今夜

    寂寂锁朱门

    梦承恩

    春意好如炊烟起

    那方乡愁冉冉聚

    深深禁不止

    柳絮飞时着满地

    又有谁惜

    薄暮轻寒渐透体

    伫立阶前思万重

    又怕被人欺

    玉人吹笛声声切

哪里听得分明
一解痴情意
又是花飞花谢季
春冷花委地
绣成件件梨花衣
今夜寂寂风
朱门深锁敲不语
有梦难醒
自是新承恩泽喜

47. 采桑子·当时错

（清）纳兰性德

而今才道当时错，心绪凄迷。
红泪偷垂，满眼春风百事非。
情知此后来无计，强说欢期。
一别如斯，落尽梨花月又西。

◎ 微注

采桑子：词牌名。梨花心事两相知，词人年少忧伤的情感交融其间。

◎ 浅译

夜来风色多
闲翻旧物
才知往事铸成错
心绪不定理还乱
红烛暗垂泪
默默无语难过

满目春风又一年

纷纷叹零落

心知今生再难见

强约相聚

只骗取流云朵朵

一别成永别

月如梨花坠

眼眼望穿梦中我

48.武陵春·咏梨花

(清)吴灏

春气阴沉寒料峭,寂坐看梨花。

冷淡幽情自一家,微雨湿铅华。

节近清明深院里,醉梦一枝斜。

悄夜窗前映雪丫,呼月照仙葩。

◎ 微注

吴灏(生卒年不详):字远亭,安徽亳州人。乾隆年间贡生,曾任合肥教谕。武陵春:词牌名。阴沉:阴沉。仙葩:仙界奇花异草,代指梨花。

◎ 浅译

料峭春寒消

静看梨花含苞

冷淡暗递幽情浅

洗尽铅华雨了

清明时节院深深

一枝醉梦春晓

花洁映明窗前夜

仙葩邀月照

影动暗香飘

二、群芳风韵存

梨花,是古赵州大地上极美的植物。人逢盛世,花逢其时,无独有偶,亦有数枝盛开的明媚可人应景之花与之相伴于流淌的岁月。

1. 莲花

(唐) 从谂

奇异根苗带雪鲜,

不知何代别西天。

淤泥深浅人不识,

出水方知是白莲。

◎ 微注

从谂 (778—897):俗姓郝,山东曹县人。晚唐著名僧人,谥号真际禅师,世称"赵州古佛""赵州和尚",曾驻锡赵州柏林禅寺四十年,使柏林寺成为影响深远的赵州祖庭。莲花:在佛教中代表庄严妙法。莲花座亦是为佛陀结跏趺坐讲经开释而设。

◎ 浅译

秋来水浮浅

根白清净有奇缘

西天作别久

不知何时来此间

身在泥中住

不识潜心有丝连

亭亭出水展白莲

2. 咏牡丹

(唐) 李益

紫蕊丛开未到家，却教游客赏繁华。

始知年少求名处，满眼空中别有花。

◎ 微注

李益 (746—829)：字君虞，唐代边塞诗人，祖籍赵郡 (赵县) 人，一说甘肃陇西人。唐代宗李豫大历四年 (769) 进士，曾任郑县主簿、河南少尹、礼部尚书等职。紫蕊：紫牡丹。

◎ 浅译

蝶绕花丛蜂拭蕊

半开半落谁催

富贵来时

春风尽妩媚

家门推却

自古繁华委

游客赏得真情泪

少年功名

赢去半生劳累

算而今

荣辱成败又为谁

满目成空

只剩一地芳菲

3. 雨中赵州社观牡丹

(清) 汪中

江干飞雨暗腾腾，初地花开艳不胜。
欲舞自随风力转，似啼犹见眼波澄。
一帘香气凝春雾，五夜霞光对佛灯。
惆怅东林高会日，闭门心迹我如僧！

◎ 微注

汪中（1744—1794）：字容甫，江都人，扬州学派代表人物、清乾隆年间文学大家，著有《述学》《广陵通典》《容甫遗诗》。江干：江边。初地：修行过程中的第一个阶位。借指寺院。东林：代指柏林禅寺。夜黑风高，灯驱暗遥。无眠之影，立行见效。但愿"唯有牡丹真国色，花开时节皆动情"。

◎ 浅译

飞雨流言行
云暗淀水不见清
牡丹初开颜未展
赵州石桥云雾腾
细雨留心迹
美艳楚楚不胜
枝舞随风半摇
啼啼花瓣缤落零
眼波尽风情
帘内呈香帘外雨
谁凝紫薇春雾影
一席话禅机
佛灯照花
霞光暗香袅袅情

遥想东林盛日
南星故里赵地景
高朋如花风姿丽
言语惜惺惺
闭门扫客
僧敲月下明

4.咏赵州木棉

(清末民初)李大防

此花温暖关天下，陋彼群芳空向荣。
桃李春风好颜色，可能衣被到苍生。
赵州夙以木棉著，大陆膏腴一掌平。
四野儿童歌挟纩，读书声间织机声。

◎ 微注

木棉：指棉花。衣被：喻养护、加惠。膏腴：肥沃。挟纩：披着棉衣。喻受人抚慰而感到温暖。一席赵州棉花温暖天下，从诗中可以看出作者对民生的关注之情。

◎ 浅译

天下温暖系此花
百卉荣华刹那
春风桃李颜色好
衣被苍生不自夸
木棉由来赵州久
平原沃野此为家
儿童读书勤学早
织机声里歌谣加

第六章 琼浆味饶赵州梨

赵州梨古已有之，历代为皇家贡品。《真定府志》记载，魏文帝诏曰："真定府赵州御梨大如拳，可以解烦，释渴。甜如蜜，脆如菱。"赵县雪花梨古梨园入选第七批中国重要农业文化遗产，四万棵老梨树见证了数千年历史，也孕育出悠悠诗情。

1. 奉梨诗

（南北朝）庾信

接枝秋转脆，含情落更香。

擎置仙人掌，应添瑞露浆。

◎ 微注

庾信（513—581），字小山，小字兰成，别名子山，世称"庾开府"，河南南阳新野人。其家学深厚，"七世举秀才""五代有文集"，为南北朝时文学家，历经梁、西魏、北周三朝，官至车骑大将军、开府仪同三司、骠骑大将军，著有《庾子山集》，以《哀江南赋》名于世。擎：满怀敬意向上托举。

◎ 浅译

累累果实压弯了枝条

秋色也变得脆弱

饱含深情的梨子

带着秋香被摘落

敬奉在您的指间

恰似琼浆玉露手中托

2. 梨

(唐) 李峤

擅美玄光侧,传芳瀚海中。
凤文疏象郡,花影丽新丰。
色对瑶池紫,甘依大谷红。
若令逢汉主,还冀识张公。

◎ **微注**

李峤(645—714):字巨山,赵州人,与苏味道、杜审言、崔融合称"文章四友"。唐麟德二年(665)中进士,历任安定尉、长安尉、监察御史、给事中,官至中书令。著有《军谋前鉴》等。诗中张公指道家名人张道陵,俗称"张天师"。瀚海:北海。张公:传说是道教始祖张道陵天师。《广志》载:"洛阳有张公,居大谷(大谷关),有夏梨,海内唯此一树,甚甜。"潘岳《闲居赋》中有"张公大谷之梨"之语。

◎ **浅译**

　　形质兼美谦谦重
　　流香浪花丛
　　金梨枝间浅浅露
　　蝶舞叶飞蜂
　　丽质丰盈喜探踪
　　霞光一片笼碧树
　　甘甜蕴新红
　　若逢时明主
　　张公赵地两相迎

3.冬郊行望

(唐)王勃

桂密岩花白,梨疏林叶红。

江皋寒望尽,归念断征篷。

◎ **微注**

王勃(650—676):字子安,河津人。与杨炯、卢照邻、骆宾王并称"初唐四杰"。唐乾封元年(666)幽素科试及第,授朝散郎,著有《王子安集》。江皋:河岸边。征篷:飘飞的蓬草。比喻漂泊的旅人。

◎ **浅译**

桂树意重重

层层叠叠排

心思眉头总难猜

花白香清远

山影时时爱

秋风吹处

树上佳梨已不在

谁呈丹心化红叶

霞光涌怀

片片欲自白

望尽水上孤帆

舟去人闲来

归乡念未断

征篷万里系一脉

4. 九日登高

（唐）王昌龄

青山远近带皇州，霁景重阳上北楼。

雨歇亭皋仙菊润，霜飞天苑御梨秋。

茱萸插鬓花宜寿，翡翠横钗舞作愁。

谩说陶潜篱下醉，何曾得见此风流。

◎ 微注

王昌龄（698—757）：字少伯，京兆长安人。唐开元十五年（727）进士及第，历任秘书省校书郎、泗水县尉、江宁丞。其与李白、高适、王维、王之涣、岑参交厚，是著名边塞诗人，有"诗家夫子""七绝圣手"之称。著有《王江宁集》。皇州：帝都。霁景：雨后晴明的景色。陶潜：陶渊明。

◎ 浅译

青山隐隐水迢迢

皇州咫尺遥

北楼重阳景色里

雨后晴空好

仙菊带雨湿街亭

御梨霜下黄玉娇

茱萸鬓间寿

翡翠舞里相思绕

篱下渊明微醉

风流客知晓

5.赐梨李泌与诸王联句

(唐) 李亨

先生年几许,颜色似童儿。(颍王)

夜抱九仙骨,朝披一品衣。(信王)

不食千钟粟,唯餐两颗梨。(益王)

天生此间气,助我化无为。(李亨)

◎ **微注**

李亨 (711—762):唐玄宗李隆基第三子,至德元年至宝应元年在位 (756—762),史称"唐肃宗",平定了安史之乱,稳定了唐朝政局。唐李繁《邺侯家传》记载,肃宗召处士李泌于衡山,至,舍之内庭。尝夜坐地炉,烧二梨以赐李泌,颖王恃宠固求,上不许曰:"汝饱食肉,先生绝粒,何争耶?"时诸王请联句,颖王曰:"先生年几许,颜色似童儿。"信王曰:"夜枕九仙骨,朝披一品衣。"益王曰:"不食千钟粟,惟餐两颗梨。"上曰:"天生此间气,助我化无为。"李泌 (722—789),字长源,唐辽东郡襄平人。唐朝著名谋臣、道家学者,辅佐四朝,世称"李邺侯"。唐玄宗时为太子供奉,遭杨国忠之忌而遁归名山。肃宗即位后召请,拜银青光禄大夫。后肃宗恢复两京,泌之策为多。至德宗时拜相,时人称之"张子房"。九仙:道家所说的九个仙人 (元始天尊、通天教主、玉清真人、上清真人、太清真人、灵宝真人、道德真君、吕洞宾和钟离真人)。

◎ **浅译**

不知年纪一大把

面似童颜自惊诧

夜间神仙事

白天奏章发

千粟俸禄人不羡

两个烧梨即为家

天地存正气

无为亦能治天下

6. 百忧集行

（唐）杜甫

忆年十五心尚孩，健如黄犊走复来。

庭前八月梨枣熟，一日上树能千回。

即今倏忽已五十，坐卧只多少行立。

强将笑语供主人，悲见生涯百忧集。

入门依旧四壁空，老妻睹我颜色同。

痴儿不知父母礼，叫怒索饭啼门东。

◎ 微注

杜甫（712—770）：字子美，号少陵野老，河南巩县人。唐代现实主义诗人，有"诗圣"之称，曾任左拾遗、华州司功参军等职。著有《杜工部集》。黄犊：小牛。《韩非子·内储说上》："南门外，有黄犊食苗道左者。"倏忽：很快。诗中虽讲述了梨枣成熟的景象，但更多地描述了安史之乱时生活的窘迫。

◎ 浅译

回想十五岁那年中秋

雨地里的男孩

像一个小牛犊不知疲劳来回奔走

看到院里黄澄澄的梨

红彤彤的枣

忍不住引诱

爬高爬低在树上蹿流

弹指一挥手

年近半百走动少

坐躺越来越多令人烦忧

想着强作欢颜低眉顺眼的迎候

不禁忧伤满心头

回到四壁皆空的家

操劳生活日渐老态生愁容

老人妻子怜惜不敢问来由

小儿不知父母难

在门口小巷饿得啼哭要吃饭

自己恼怒又愧羞

7. 怀伊川赋

（唐）李吉甫

龙门南岳尽伊原，草树人烟月所存。

正是北州梨枣熟，梦魂秋日到郊园。

◎ 微注

李吉甫（758—814）：字弘宪，谥号忠懿，出身赵郡李氏西祖房，唐朝政治家、地理学家。历任仓曹参军、太常博士、柳州刺史、中书舍人、中书门下平章事（宰相），著有《元和郡县图志》。龙门：龙门山。南岳：龙门山以南山峦连绵，古称"南岳"。北州：赵州。此诗是诗人被贬后怀念故乡的情感流露。

◎ 浅译

龙门南岳眼前尽平原

那里草木繁盛

还有圩集与人烟

现只能流露在闲谈中

又到老家赵州

梨枣飘香的秋季

思绪回到魂牵梦萦的故园

8. 梨

（宋）丁谓

摇摇繁实弄秋光，曾伴青椑荐武皇。

玄圃云腴滋绀质，上林风驭猎清香。

寻芳尚忆琼为树，蠲（juān）渴因知玉有浆。

多少好枝谁最见，冒霜丹颊倚邻墙。

◎ 微注

丁谓（966—1037）：字谓之，又字公言，苏州府长洲县人，祖籍河北。北宋淳化三年（992）进士，历任升州知州、平江军节度使、苏州知府、礼部侍郎、参知政事、工刑兵三部尚书、枢密使、同中书门下平章事。繁实：指梨果繁硕。青椑：青皮柑橘，据传武则天爱食。玄圃：昆仑山顶神仙居处，中有奇花异草。云腴：传说中的仙药。上林：皇帝的园囿。蠲渴：解渴。丹颊：发红的脸颊。

◎ 浅译

梨果累累枝间藏

秋风舞金光

人前争得薄幸名

视同清柑贡武皇

仙境云腴

上林风送香

但忆琼花叠为树

春色折腰芳

去渴浆如玉

唇甘心间天地爽

好客虬枝多少意

红叶醉扶墙

9. 梨

(宋)刘筠(yún)

玄光仙树阻丹梯，御宿嘉名近可齐。

真定早寒霜叶薄，樊川初晓露枝低。

先时樱熟烦羊酪，远信梅酸损瓠(hù)犀。

宋玉有情终未识，蔗浆无奈楚魂迷。

◎ 微注

刘筠(971—1031)：字子仪，河北大名人。宋真宗咸平元年(998)进士，历任馆陶县尉、给事中、翰林学士、庐州知州。著有《册府应言》等。玄光：神秘的光芒。丹梯：寻仙访道之路。嘉名：美好的名字。瓠犀：瓠瓜的子。喻美女牙齿。《诗·卫风·硕人》："齿如瓠犀。"宋玉(前300—前230)：字子渊，号鹿溪子，战国楚国鄢城(湖北宜城)人，著名辞赋家。

◎ 浅译

树高入云集

光照灵气涌丹梯

汉苑嘉名

自是赵州地

真定寒霜逐叶落

晓露压枝低

早熟樱桃怨味美

酸梅羞白汁

宋玉无缘情未了

甘甜梨果楚人迷

10. 王道损赠冰蜜梨四颗

（宋）梅尧臣

名果出西州，霜前竞以收。

老嫌冰熨齿，渴爱蜜过喉。

色向瑶盘发，甘应蚁酒投。

仙桃无此比，不畏小儿偷。

◎ 微注

梅尧臣（1002—1060）：字圣俞，世称"宛陵先生"，安徽宣城人。北宋著名诗人，宋诗"开山祖师"，与苏舜钦齐名，宋仁宗皇祐三年（1051）进士，历任桐城主簿、太常博士、国子监直讲、尚书都官员外郎。著有《宛陵集》。王道损：诗人好友，生平不详。瑶盘：玉盘。代指月亮。蚁酒：酒面的泡沫状如浮蚁。

◎ 浅译

赵州梨采在霜降

年老的我

忍不住拿一颗尝尝

吃一口像冰雪唇齿舒畅

又似蜂蜜流进喉咙甜心房

果肉色泽像月光一样润白

甘鲜汁液如蚁酒入口一样美爽

就算甜美仙桃也没法与她比清凉

经不起诱惑的我

索性不怕顽劣小儿来偷吃

四颗一天度时光

11. 玉汝赠永与冰蜜梨十颗

(宋) 梅尧臣

梨传真定间，其甘曰如蜜。

君得咸阳中，味兼冰作质。

遗之析朝酲（chéng），亦以蠲烦疾。

吾儿勿多嗜，不比盘中栗。

◎ 微注

玉汝：指韩缜（1019—1097），字玉汝，河北灵寿人，宋仁宗庆历二年（1042）进士。曾任尚书省右仆射。朝酲：隔夜醉酒。蠲：除去。从梅诗中可以看出在宋朝时赵州梨不是寻常百姓可以吃到的。

◎ 浅译

玉汝送来如蜜赵州梨

我在咸阳

慢慢品尝冰清玉质的美丽

像我这样以酒为朋的人

梨以擅解宿酒为神奇

如果烦恼的咳嗽没完没了

梨亦祛病消咳助神力

小孩千万莫贪吃

不像盘中栗子

食之任欢喜

12. 食梨

(宋) 曾巩

今岁天旱甚,百谷病已久。
山梨最大树,属此亦乾朽。
当春花盛时,雪满山前后。
常期摘秋实,穰穰落吾手。
忽惊冰玉败,不与膏泽偶。
清朝起周览,映叶才八九。
闲居问时物,此说得溪叟。
贫斋分寂绝,尘袍徒噎呕。
宁知萧条内,把握忽先有。
食新恐非称,分少觉已厚。
开苞日星动,落刃冰雪剖。
烟浔择新汲,远负盈素缶。
英华两相发,光彩生户牖。
初尝蜜经齿,久嚼泉垂口。
蠲烦慰诸亲,愈渴忻众友。
肯视故畦瓜,宁论浊泥藕。
岁晚迫风霜,人饥乏藜糗。
真味虽暂御,未许置樽酒。

◎ 微注

曾巩 (1019—1083): 字子固, 谥号文定, 时称"南丰先生", 江西南丰人, 唐宋八大家之一。官至中书舍人, 有《曾巩集》《元丰类稿》《隆平集》存世。穰穰: 丰熟貌。膏泽: 滋润作物的雨水。周览: 遍览。寂绝: 空无所有。尘袍: 尘襟。噎呕: 喉塞作呕。烟浔: 雾蒙蒙的水边。汲: 打水。忻: 快乐。藜糗: 野菜干粮。樽酒: 酒食。

◎ 浅译

　　冰雪试刀剖蜜意
　　始知甘甜源
　　新井一眼水清湛
　　远来背起玉罐满
　　光彩门户
　　此物英华含
　　谁识两鬓白发
　　浅食犹蜜口齿甜
　　久嚼生甘泉
　　能为诸亲去烦忧
　　解渴友情眉梢展
　　秋瓜莲藕哪堪论
　　雪梨最润心田
　　岁寒风霜披
　　饥饿之人无粮咽
　　野菜充饥递生还
　　且解原味长
　　酒食暂且无缘

13.韩及甫惠陕梨走笔书句谢之

（宋）强至

　　霜后琼浆味转饶，关山封寄路迢迢。
　　分甘珍重知君意，应为相如正病消。

◎ 微注

　　强至（1022—1076）：字几圣，钱塘人。庆历六年（1046）进士，历任泗州参军、浦江县令、祠部郎中、户部判官。著有《祠部集》。关山：又称"陇山"，是横亘于陕甘之间的一道名山，是从中原通往西域的天然屏障。后指关隘险阻。

◎浅译

  霜降梨果赛琼浆
  风吻绵长又绕梁
  关山路远
  有心寄情长
  与君别意
  分离化就鲜梨香
  相如消渴病无恙

14. 曹村道中

（宋）黄庭坚

  嘶马萧萧苍草黄，金天云物弄微凉。
  瓜田余蔓有荒陇，梨子压枝铺短墙。
  明月风烟如梦寐，平生亲旧隔湖湘。
  行行秋兴已孤绝，不忍更临山夕阳。

◎微注

  黄庭坚（1045—1105）：字鲁直，号山谷道人，晚号涪翁，洪州分宁（修水县）人。北宋著名文学家，苏门四学士之一、江西诗派创始人。著有《山谷集》《登快阁》。金天：秋天。秋兴：秋天的情怀和兴会。

◎浅译

  深秋时分
  我走在曹村乡间道

嘶嘶马鸣枯萎了路边杂草

天上白云飘动

金风微凉自相邀

吹熟田园秋貌

瓜蔓在农家地里

爬满垄上闲散犄角

赵州梨压弯不服输的肢腰

偷偷探过矮墙向外瞧

明月轻风弥漫烟尘里

朦胧成旧时梦谣

好像亲朋故旧

隔湖而望互问好

行色匆匆中

不忍心靠近

形单影只的夕照

15. 梨

(宋) 李复

柿垂黄尚微，枣熟赤可剥。

新梨接亦成，实大何磊落。

累累如碧婴，器宇极恢廓。

悬枝细恐折，植竹仰撑托。

露下色渐变，逼霜味不酢。

采摘置中廷，气压百果弱。

忆昔壮少时，酒酣病瘖作。

取食不论数，菜寒胜发药。

今嗟老且病，滋味意凋索。

对之未能忘，欲探引复却。
晴檐午景暄，尚或思咀嚼。
齿朽啮亦难，把玩时自噱。

◎ 微注

李复（1052—？）：字履中，时称"潏水先生"，长安人。宋神宗元丰二年（1079）进士。历任夏阳令、亳州知州、冀州知州、河东转运副使、泰州知州。著有《潏水集》。碧罂：绿色的罂瓶。恢廓：宽阔。酢：通"醋"，一种酸味液体。暄：温暖。噱：笑。

◎ 浅译

像微黄柿子压弯枝头
似通红大枣要落熟
新梨嫁接次第成
磊落果实大如斗
器宇恢宏
宛如碧罂累累稠
细枝压欲折
擎竹忙植就
白露节至梨渐成
霜降来时味最优
宴上有其席
百果至此羞
年少不胜酒力
食之神清依旧
如今老病味寡淡
唯有雪梨清口
午时暖情欲睡
嚼之甘汁流

但念老齿动不得

手上把玩笑自喉

16. 压沙观梨

（宋）晁补之

邺城旁缺通清沟，城南之水城中流。

白沙涨陆最宜果，万梨压树当高秋。

去年花开往独晚，不见琼苞肠欲断。

隆冬骑马傍高原，却恨枯枝寒日短。

忽然变化何处来，一夜东风吹雪满。

晴川极望百亩开，三山银阙正崔嵬。

杂花不容一朵间，照眼冷艳云为堆。

堂中置酒对己好，千葩万蕊谁能绕。

暖景氤氲一片忙，蝴蝶飞来落青草。

人间浩荡看春光，岂徒田猎心发狂。

向人惨澹迫归兴，落日岘（xiàn）山催羽觞（shāng）。

故园桃李春蹊没，惜哉拔去无奇术。

明日重寻倘可期，暴雨流阶不能出。

◎ 微注

晁补之（1053—1110）：字无咎，号归来子，汉族，济州巨野人，北宋时期著名文学家。与黄庭坚、秦观、张耒并称"苏门四学士"。曾任吏部员外郎、礼部郎中。工书画，能诗词，善属文。与张耒并称"晁张"。其散文语言凝练、流畅，风格近柳宗元。诗学陶渊明。其词格调豪爽，语言清秀晓畅，近苏轼。著有《鸡肋集》《晁氏琴趣外篇》。琼苞：花苞。银阙：神仙的居处。代指月亮。惨澹：暗淡无色。岘山：传说伏羲埋葬的地方。羽觞：古代双耳酒杯。代指饮酒。蹊：小路。倘：如果。

◎ 浅译

邺州城墙巧余口
清水城中流
城东白沙梨果盛
秋高万树熟
去年花开独向晚
未见蓓蕾愁
骑马登高历寒冬
落日枯枝瘦
谁要春风同住
一夜梨花白胜昼
青云一片人间落
玉箸香已留
不容他花呈颜色
冷艳照容旧
置酒饮知己
花飞花谢意不休
春和景明地
蝶去青草悠
浩荡春光万物爽
人生何求
归人踩破花季悔
倦鸟夕阳忱
故园桃李春不见
拔去暂遮羞
明朝再寻钟情处
雨暴植根久

17. 赠雪梨寄二孙

(宋) 苏简

梨乃北方来，东阳有遗种。

开花如雪洁，结实论斤重。

似闻风霜来，采摘不旋踵。

肤莹玉在手，剖之醴泉涌。

甘凉宜解酲，席上贾余勇。

其美非耐久，糜溃失前宠。

长安疑父祖，压沙岂伯仲。

时方禁苞苴（jū），林下喜得共。

老人齿颊寒，食指难为动。

邻墙有酒仙，双苞可持送。

◎ 微注

苏简（？—1166）：字伯业，四川眉山人。后住在东阳。唐宋八大家之一苏辙之孙。以祖恩补承务郎，历任严州、建州、处州、洪州知州，后任谏议大夫、中散大夫，以龙图阁直学士致仕。著有《山堂集》。二孙：指其长子苏谔的两个儿子苏林、苏郁。东阳：指浙江省金华市东阳市（县级市）。旋踵：指转动脚后跟转身。醴泉：甜美的泉水。苞苴：包裹，代指礼物。

◎ 浅译

好梨来自老赵州

东阳本稀有

梨花像雪一样白

一斤重的梨果挂在枝头

秋风飒飒来

采摘转身就到手

洁白如玉的肌理

明眸着丰收

切开入口犹如甘泉流

凉伴甜来正解酒

觥筹交错少忧愁

味美难久长

果坏恩宠亦惭羞

老来挂念多

兄弟之间顾及周

时下少馈赠

喜得林下共问候

人老齿稀松

食之唇间难咽就

邻家胜酒力

送至定当婉言留

18. 梨

（宋）程敦厚

远意来佳惠，秋筠启翠篮。

清香殊未散，奇品至相参。

凤卵辞丹穴，龙珠出古潭。

剖轻刀匕快，嚼易齿牙甘。

◎ 微注

程敦厚（生卒年不详）：字子山，四川眉山人。宋高宗绍兴五年（1135）进士，曾攀附于秦桧，历任校书郎、起居舍人兼侍讲、中书舍人。著有《义林》《金华文集》《外制集》等。佳惠：敬称他人寄送书函、赠予物品。秋筠：秋竹。丹穴：本为产丹砂之处。此指凤凰的代称。唐陈子昂《鸳鸯篇》有"凤巢起丹穴，独向梧桐枝"之句。

◎ 浅译

　　心意如约至

　　佳果远道品食尚

　　秋竹生翠节

　　化嫩编篮筐

　　恰如滴滴鲜梨汁

　　香清久久荡

　　奇果珍异慰心志

　　忽如凤卵出有光

　　龙珠耀世渐生芒

　　细刀轻开

　　嚼得舌根

　　人间甜美今得尝

19. 雪梨

（宋）曹勋

陈梨甘若饧，雪梨脆而水。
二物浙左右，大颗擅甘脆。
秋热兼宿酒，啖之手不置。
虽非凤浊鹅，惠予亦多矣。

◎ 微注

　　曹勋（1098—1174）：字公显，又字世绩，号松隐，颍昌阳翟（今河南禹州市）人。北宋宣和五年（1123）进士,靖康（1126）之耻的亲历者，宋徽宗曾以半臂绢书交给他向宋高宗求救未果，后数次成为宋金议和使臣。孝宗时任太尉。著有《松隐文集》《北狩见闻录》。饧：用米、麦芽熬制的糖。啖：吃。

◎ 浅译

来往赵州地

时念雪花梨

故国做他乡

个中滋味谁人知

久藏雪梨蕴天华

虽有小伤亦不弃

入口才知甜如蜜

鲜梨解枝才下树

甜脆多汁

人食人欢喜

存放正合心意时

大者甜更脆

味美天下称第一

赵州宿酒难支体

燥热心生疲

最是雪梨显灵气

食之不放手

三颗病热皆去离

莫道凤鹅与它

惠及众生

非比赵州梨

20.梨

（宋）刘子翚（huī）

尚想飞花照崎疏，离离秋实点烟芜。

丹腮晓露香犹薄，玉齿寒冰嚼欲无。

日有佳名留大谷，谁分灵种下仙都。

蔗浆不用传金碗，犹得相如病少苏。

◎ 微注

刘子翚（1101—1147）：字彦冲，又字彦仲，号屏山，建州崇安人。宋代理学家，荫补承务郎，后任兴化军通判，朱熹曾拜其为师。著有《屏山集》。相如病：语出《史记·司马相如列传》："（相如）常有消渴疾，称病闲居、不慕官爵。"苏：缓解，解除。

◎ 浅译

料想花飞春日出

香影老树著

累累秋梨染草黄

枝上点叶朱

红唇才启香已浸

玉齿始嚼甘嫌足

大谷留名晚

赵州佳梨日夕服

自是源仙都

琼浆何用盛金碗

一食百病无

21. 三藏梨

（宋代）李石

沉黎厅前三藏梨，老虎须牙龙甲皮。

我来与国惜乔木，尚幸出屋繁孙枝。

春风千花玉叶碎，秋日万子金圆垂。

问禅谁是柏树子，听讼漫逐棠阴移。

雪香楼头终日坐，纸尾自书三百颗。

他时若问相公槐，我为改名罗汉果。

◎ 微注

李石（1108—1181）：字知几，号方舟子，四川资州盘石人。少负才名，九岁举童子，宋高宗绍兴二十一年（1151）进士，绍兴末年任大学博士，乾道年间历任贺州、黎州、眉州知州，成都转运判官，与陆游、范成大交厚，卒于成都。著有《方舟集》《续博物志》等。沉黎：阇黎，指高僧。三藏梨：传说"州寺厅东有梨树一棵，高九尺，围九尺，州取枝接果，呼为三藏梨"。听讼：指召公甘棠树下听讼的故事。

◎ 浅译

梨缘三藏君莫猜

老树披龙甲

厅前枝叶着意张

根须胜虎牙

盘结裸露自为家

他乡犹思桑梓木

幸喜院外

层层茂林吐新芽

春风千树香

摇落碎玉白哗哗

秋来枝欲坠

满是金黄圆润挂

庭前柏子问禅风

周公听讼国运佳

莫非棠梨知根底

慢把光阴画

楼前花香惊岁月

三百梨迹颂风雅

老槐寿长历沧桑

罗汉名无他

22. 食梨

（宋）朱熹

珍实浑疑露结成，香葩况是雪储精。
乍惊磊落堆盘出，旋剖轻盈照骨明。
卢橘谩劳夸夏熟，柘浆未许析朝酲。
啖余更检桐君录，快果知非浪得名。

◎ 微注

朱熹（1130—1200）：字元晦，又字仲晦，号晦庵，晚称"晦翁"，谥文，世称"朱文公"。祖籍徽州府婺源县（今江西省婺源），生于南剑州尤溪（今属福建省尤溪县）。宋高宗绍兴十八年（1148）进士，历任江西南康、福建漳州知府，浙东巡抚，焕章阁待制兼侍讲等职。著有《四书章句集注》《太极图说解》《通书解说》《周易读本》《楚辞集注》，后人辑有《朱子大全》《朱子集语象》等。其中《四书章句集注》成为钦定的教科书和科举考试的标准。磊落：众多累积而错落有致。卢橘：枇杷。柘浆：甘蔗汁。桐君：传说为黄帝时创立中医药配方的人，后世称"中药鼻祖"。

◎ 浅译

秋来枝间果丰盈

疑是仙露一夜凝

端是香雪

三季风雨情

一经磊磊盘中盛

剖开雪白立晶明

枇杷熟初夏

空盼梨并及

梨汁析出酒醉醒

更显药祖灵

梨为快果非虚名

23. 雪梨

（宋）许及之

似雪味能珍，肌肤雪后身。

花香还胜雪，未信雪如人。

◎ 微注

许及之（？—1209）：字深甫，温州永嘉人。南宋诗人。宋孝宗隆兴元年（1163）进士，官场历孝宗、光宗、宁宗三朝，曾任分宜县令、吏部尚书、参知政事。著有《涉斋课稿》等。珍：珍稀而甜美。

◎ 浅译

隆冬寒气生赵州

谁知我心忧

欲语先咳句读

故国半壁落敌手

偶得雪梨一个

切开白雪透

果中珍品味几何

入口即化甜心口

莫非己身隐落雪

小掩肌肤瘦

堪称

冰清玉洁

擎之在素手

有暗香盈袖

恍如

梨花风起

片片飞雪芳菲骤

谁见山河一统

我独不解

花落结果在枝头

看得雪梨圆润明

开分又有心魄守

待后生

春来雪明眸

梨品重在格

赵地自是

慷慨英雄酬

24. 丑梨

（宋）陆埈

灰豸（zhì）凝清古，霜津溢澹甜。

面嫌汤后白，心慰邑中黔。

美实种寒谷，珍尝近御奁。

彼姝徒冠玉，争得似无监。

◎ **微注**

陆埈（1155—1216）：字子高，高邮人。宋光宗绍熙元年（1190）进士，历任滁州教授、秘书省校书郎、和州知州。著有《益斋集》。灰豸：借指梨上的小点。御奁：贡品。

◎ **浅译**

    灰麻点就外表
    清新又古老
    晶莹如霜的汁液
    甘甜津津乐道
    果肉白胜老汤香
    百姓欣喜
    一年硕果在今朝
    贫寒沙壤结鲜果
    贡梨香气殿堂绕
    徒有冠玉美
    莫若质地纯洁有善交

25. 尝北梨

（宋）葛天民

每到年头感物华，新尝梨到野人家。
甘酸尚带中原味，肠断春风不见花。

◎ **微注**

葛天民（生卒年不详）：字无怀，浙江越州山阴（绍兴）人，曾为僧，法名义铦。南宋诗人，与姜夔、赵师秀多有唱和，其诗为叶绍翁所推许。著有《无怀小集》。野人家：乡村百姓家。

◎ 浅译

　　每到岁末年初时

　　感叹匆匆时光

　　忽然想起

　　到农家尝一尝

　　珍藏鲜有赵州梨

　　酸甜流淌在舌尖上

　　丝丝味道像是拉家常

　　出嫁春风愁欲断

　　梨味乘浓浸夜色

　　何时再闻梨花香

26. 分梨词送客

（明）张弼

碧玉盘堆白雪梨，与君举手即分离。

请君试把梨心嚼，个个心酸知不知。

◎ 微注

　　张弼（1425—1487）：字汝弼，号东海，晚称东海翁，松江府华亭人。明成化二年（1466）进士，历任兵部主事、江西南安知府，书法家，留有《张东海先生集》。梨心：梨核。

◎ 浅译

　　秋来光景看丰年

　　待客久无言

　　雪梨分砌碧玉盘

　　拱手即是别离宴

嚼得梨心知君意

心酸亦知甜

27. 食梨戏作

(明) 杨廉

鹢声鹢(yì)鹢梨百颗，多谢乡人远遗我。

放鹅出笼且养之，爱渠日浴当清池。

梨择数颗呼爨(cuàn)仆，缊(yùn)火爇(ruò)薪为蒸熟。

擎来去柄削其皮，软脆颇足充吾饥。

记得往年涉远道，南北两京梨最好。

就中二美堪齐驱，雪梨香水天下无。

风滋露味生最上，熟之似员方竹杖。

西江所产涩者多，间如嚼木齿欲讹。

是品只可令熟啖，不比两京熟味淡。

噫嘻凡物皆有宜，岂独区区口腹梨。

◎ 微注

杨廉（1452—1525）：字方震，号畏轩，时称"月湖先生"，谥文恪，江西丰城人。明成化二十三年（1487）进士，授庶吉士，历任南京户科给事中、顺天府尹、南京礼部侍郎、礼部尚书。与罗钦顺善，为居敬穷理之学，文必据六经，博通礼乐、钱谷、星历、算术。著有《月湖集》《大学衍义节略》《皇明理学名臣言行录》等。鹢：一种水鸟。借指船。爨：烧火做饭。

◎ 浅译

阳光烤嫩露珠

白鹅向天歌

鹢声舶来新鲜物

道是故人
不远千里
送我雪梨三百颗
心欲无栏鹅外放
懒浴明媚胜清波
独盛春芳歇
手选梨几个
送于仆人浅蒸作
缊火爇薪炊烟事
一眼即知足
削皮去柄鲜果肉
盘中笑人可
软脆两相宜
充饥止渴亦待客
遥记宦游时
两京梨佳尽望熟
伯仲难分谁称雄
赵州雪梨天下独
生食胜甘露
煮食似笋竹
西江所产味多涩
嚼之渣木口传讹
此梨熟食尚可意
味觉有取舍
万物皆可用其长
非梨独情者

28. 二月二十一日清明如樵展扫

（明）霍与瑕

天皇垂世泽，高冢赐封题。

手植雪梨在，眼看风木萎。

香灯春雨涩，拜跪少年齐。

信有流光远，跄跄执币圭。

◎ 微注

霍与瑕（1526—？）：字子璧，又字勉衷，号勉斋，广东南海县人。明嘉靖三十八年（1559）进士，历任慈溪、鄞县知县，兵部职方司员外郎，广西佥事。与海瑞并称"二廉"。天皇：皇帝。跄跄：行走合乎礼节。币圭：祭祀时用的圭玉和束帛。

◎ 浅译

世宗恩泽隆

奉天诰命赐先冢

植就雪梨下有荫

草木郁葱葱

香灯明灭春雨怜

跪拜思亲痛

音信两隔远

币圭祭示昭君忠

29. 摘得红梨叶诗

（明末清初）傅山

摘得红梨叶，薰作甜梨香。

山斋一清供，温性带霜尝。

◎ 微注

傅山（1607—1684）：初名鼎臣，字青竹，后名山，字情主，号朱衣道人、丹崖翁，明末清初道家思想家、著名书画家、医学家，山西阳曲人。著有《霜红龛集》《傅青主女科》《傅青主男科》等。《摘得红梨叶诗》为其创作的著名书轴。薰：以气味浸染物品。清供：指以香花蔬果放于几案，供俸天地日月、神仙圣贤、祖宗社稷。

◎ 浅译

秋来寒生梨叶红

一片摘得露华浓

夹在甜梨间

香重满室容

清供自在天地心

带霜成新贡

30. 真定（赵州）梨赋并序

（明末清初）李渔

梨之佳者有五美，不，则具四恶。四恶维何？曰酸、曰涩、曰有渣、曰多核。美，则甜也、松也、大也、汁多而皮薄也。存五美而去四恶，其唯真定之梨乎？不可谓他处绝无，但偶然一见，不似真定之遍地皆然耳。果之生也，亦有幸不幸焉。凡物，皆以早登为幸。梨独幸于最迟。迟，则可久而能致远。梨之鲜者，可达数千里外，不似荔枝、杨梅、葡萄诸果，若妇人稚子，不能去其故乡。此早熟迟登之别。寒，则可久。热，则难藏故耳！使荔枝、杨梅、葡萄诸果亦熟于寒生暑退之候，则使海内千人亦见、万人亦见，奚止仅以枯形示天下，使人抱骏骨难驰之恨哉。大器晚成一语，移赠此君，知亦无惭而乐受矣。

赋曰：

梨为百果之宗，兹殿五臣之后，非侬位置之失宜，怪汝荣华之太骤。秋深乃熟，即让群少以争先；暮齿方登，何据频迁而至右。名愈屈而才愈彰，德弥谦而用弥厚。而乃灵关至味，玄圃奇葩，金桃比美，火枣同夸。到处有佳梨，而入贡必需真定。世间无美种，而此本出自哀家。其大如升，其甘胜蜜。琼浆满腹而剖之不流，玉液填胸而吸之不出。才入口兮辄苏，未经嚼兮成汁。询诸喉，而喉曰润；质至口，而口曰可。无微不巨，孔融取小而无所用其谦；见熟即溃，肃宗欲烧而难以投诸火。不识字者，误以为伐脏之斧斤；稍知书者，皆识为太上之灵果！

◎ 微注

李渔（1611—1680）：字谪凡，号笠翁、觉世稗官、笠道人，南直隶雉皋（江苏如皋）人。明末清初著名戏剧大家、文学家、美学家。著有《闲情偶记》《芥子园画谱》《连城璧》等。宗：代表与领袖。五臣：本义指舜帝时五个贤能的大臣：禹、稷、契、皋陶、伯夷。这里指荔枝、杨梅、葡萄、金桃、火枣。早登：早熟。奚止：何止。骏骨：骏马的骨头。战国时，郭隗曾以五百金买马骨显示燕昭王招贤才之德。此处借指梨的珍贵。大器晚成：大的器物制作较长时间才能完成。后指人才。此处借指晚熟的梨。暮齿：晚年，此指晚秋。哀家：指哀家梨，相传汉秣陵哀仲家种梨，实大而味美。孔融（153—208）：字文举，东汉末年"建安七子"之一，以"孔融让梨"名传后世。此赋是李渔带着他的戏班从京城返回的途中，经过赵州时品尝美味佳品雪花梨时，梨园戏、梨园景、梨园情、梨果香交融在一起，由感而成的咏梨美篇。春和景明之时，赵州25万亩梨花将惊艳于世。届时，梨花一枝春带雨的娇美之态，一株香雪媚青春的活力之形，梨花淡白柳深青的高洁之举，梨花风起正清明的淡雅之妆，千树万树梨花开的盛世之景，都如一幅旷达写意之画卷，用纤纤素手徐徐展开。在浅香无痕温其情之时，赵州梨用以消咳润肺、籍光洗尘。

◎ 浅译

  上乘梨果

  五种绝美感受

  似好梦沁入心头

  次等劣梨

  四槽令齿羞

  比噩梦惊醒更难受

  四恶在眼前晃悠

  酸涩舌难留

  核大渣多

  褶皱残存如鲠喉

  美味梨果

  香甜胜过花蕊吐秀

  松软成阳光飘动的盼望

  大大的圆润幻化成十五的满月柔

  汁多从京腔浸润到花腔

  皮薄如碧纱裹着洁白莲藕

  五美兼爱宠一身

  四恶尽消再无求

  红颜知梨何求遇

  他乡偶得哪称熟

  唯有赵州遍地寻常识

  消得知己成故友

  梨果生就自然

  幸与不幸运气凑

  得志常愿早年登

  梨果偏偏数秋后

  霜风离落晚成鲜

久存味亦诱

致远亦难变其心

千里之外老味更甜久

娇滴的荔枝

柔媚的杨梅

饱满的葡萄

似少妇携着小爱怜

离家远走心常揪

冷冷的天气

生命存活能长久

热湿的日子

保存很难

不为自己找理由

假使那

可人的荔枝

诱人的杨梅

喜人的葡萄

成熟在万物潦倒时

秋意触角被遗漏

众人可见必称妙手

再不用天下商贾

心枯形老色衰狠心抛

再不必遗恨填身

似抱骏马留骨觅理由

大器晚成赵州梨

受之无愧占鳌头

贡梨称作百果首

成熟就在晚秋后

莫说位置不合时宜

只怪荣耀突成就

谦让到最后

再也没有争执念头

迟到的成熟

总是躲在风光背后

老掉牙的秋收

等候迟到的成熟

看透了日暮唱霞晚

见惯了天高云淡

霜起寒风瘦

南来北走无出我右

隐姓埋名枝叶里

风雨不惊岁月愁

苦心修够圆满

低调谦虚

德行美名传世久

才能不彰

择机大显身手

味道不扬

经远醇厚流香袖

这是灵关里至真美味

这是仙圃中奇珍异果思难求

这是与九千年一熟蟠桃媲美

这是与食可羽化火枣共行修

佳梨可寻他处迹

贡品唯有赵州梨

不见世间最美梨树哪里有

哀家梨与赵州一脉投

是谁大如升

是谁甘如蜜

是谁琼浆满腹

剖开洁白如玉流不走

是谁玉液填胸

吸之不出如膏饴

是谁才入小口始动舌尖

已化成流苏羞

是谁未经齿含始合双唇

已融成蜜液汁油

轻声细语风问喉

喉似夜来春雨

润心爽悠悠

指手撩发点口

口如樱桃

唇齿可人笑未收

大模大样羞见小牵手

孔融让梨寻不到

谦让美德重操守

熟透身体伤透心

几经折腾的我

已溃不成军身不由

肃宗欲烧梨

烤熟成焦赠李泌

千古诗篇四句论就

难认黑灿灿

误作西山歇懒斧斤锈

有幸得识有缘人

交梨仙界一味至珍馐

唤称炼丹老君秘地授

第七章　烟雨依稀赵州迹

古赵州文物古迹众多，现有不可移动文物 217 处，古人在此触景生情、借景抒怀、睹物思人而诗生于笔端者众多，现呈之共阅。

一、云台望汉情

古赵州历史上名人众多，尤以东光侯耿纯留下的史迹为多。以"毁家纾难""攀龙附凤"两个故事成就云台二十八将之一，以望汉云台彪炳史册，忠心可鉴。望汉云台，旧址在州衙东侧，赵州古十景之一，曾是耿纯寄望光武帝刘秀之处。

1.望汉台铭
（宋）鲁伯能

序曰：郡有古台，值子城之东。隋《诸州图经集》载：后汉耿纯所筑以望光武。岁久顷圮。惜其遗迹湮废，乃筑而新之。其望汉台高七寻，基延袤二百八十尺，上广十尺，为屋以避风雨，为栏以迎四隅。下瞰城郭，周望原隰，并棋布星列，使登高眺远者有怀古思今之意。

　　　　志士出处，舆事皆行。
　　　　云雷感会，起屯而亨。
　　　　桓桓世祖，接统中兴。
　　　　渡河持节，仗义徂征。
　　　　趋驾南辕，滹沱履冰。
　　　　北州响应，始见豪英。

迁有恒山，开关出迎。
　　筑台数仞，拔地瞻星。
　　俛临烟雨，上直青冥。
　　望如何其，遥指神旌。
　　师行至鄗，天命是膺。
　　五城之防，千秋名亭。
　　决策于兹，实惟耿生。
　　一夫引领，四海心倾。
　　二十八宿，云台画形。
　　未如此台，千古威名。

◎ 微注

　　鲁伯能（生卒年不详）：浙江安吉人。北宋神宗元丰八年（1085）进士，以乘月读书知名，历任庆源通判、处州知州。原隰：平原和低下的地方。舆：众人。云雷：乱世中的风云人物集会。起屯：起兵。亨：通达顺利。桓桓：勇武貌。徂征：出征。瞻星：仰望星空观天象。俛临：犹下临。青冥：天庭。神旌：王师的代称。鄗：柏乡县固城店，汉光武帝登基处。膺：原意为胸，此指接受、承当。耿生：耿纯。二十八宿：指二十八星宿。此指汉光武帝麾下的二十八将。关于古赵州十景之一——望汉云台的诗文描写很多，但情感最为充沛、气势最为澎湃的当数此诗。

◎ 浅译

　　自古英雄出赵州
　　谋事拔头筹
　　天地汇灵气
　　举义成就风流
　　承袭祖基业
　　复兴之路再书就

持节北渡平叛地

正义擎旗佑

最是南辕无计时

滹沱冰封马不忧

群雄百应浃河洲

宋子英豪誓作首

出迎自是心中意

毁家纾难报君侯

筑台高耸凌霄汉

烟雨星辰握在手

遥看旌旗遍地

凯歌高奏

军至固城行天命

人驻马不走

攀龙附凤人间世

一语定千秋

进言三句顺人心

耿子执马首

四海归心早

中兴非天授

云台星宿灿古今

望汉最持久

2. 耿纯

（宋）徐钧

行兵不与众人同，已决英雄一见中。

举族同心能效顺，得君何惮不成功。

◎ 微注

徐钧（1231—1303）：字秉国，号见心，浙江兰溪人。曾任定远尉，宋亡不仕，著名咏史大家，留有《咏史集》。效顺：跟从效力。惮：害怕。以孝友村耿氏家族传承为根，以北龙化耿纯墓为魂，以汪洋沟、水祠娘娘庙为迹，彰显了耿纯在古赵州的历史地位。

◎ 浅译

　　　　乱世寻名主
　　　　不因一时成败
　　　　即刻定前途
　　　　一见光武志趣投
　　　　心悦亦诚服
　　　　举族毁家不回顾
　　　　顺天应人
　　　　大道之行不裹足
　　　　攀龙附凤正君名
　　　　何惧矢石路
　　　　当出头时毅然出
　　　　百折不服输
　　　　待得四海归一统
　　　　望汉云台冲天路
　　　　吾当再击赵州鼓

3.云台

（宋）汪元量

荒亭驻马酌金罍（léi），风卷黄埃丑上来。
　　满地山河无汉业，赵州留得古云台。

◎ 微注

汪元量（1241—1317）：字大有，号水云，自号江南倦客，浙江钱塘（今杭州）人。南宋诗人、词人、宫廷琴师。元世祖至元二十五年（1288）出家为黄冠道士。著有《水云集》《湖山类稿》。金罍：直颈、鼓腹的大型金饰酒器，后指酒盏，借指酒。黄埃：黄色尘土。汉业：汉朝基业。

◎ 浅译

江南云雨散

驻马荒亭留惨淡

浇愁一杯酒

难忘经年

黄风漫卷东北来

故国山河难再见

赵州云台

空留一片痴心念

4. 望台

（元）陈孚

北道将军铁锁开，火旗万阵渡河来。

君臣感会风云际，半在云台半望台。

◎ 微注

北道将军：指刘秀的大将耿纯，一说耿弇。火旗：红旗。此诗有虚有实、有情有景、有动有静、有开有合，让人不舍登云台！

◎ 浅译

遥想当年

在征战河北追兵将至的时刻

一夜之间

寒冰就像打开的铁锁

封冻了滹沱河的浪波

漫天红旗下的将士

瞬时顺利渡过

我站在望汉台上

恍然有依立云台的自得

依稀看见

汉光武帝刘秀君臣风云际会

指点江山的气魄

5. 望汉台

(元)陈孚

王朗犹未灭,赵北日连兵。

处处闻鼙(pín)鼓,时时望汉旌。

昔多从战阵,今独著台名。

不是临高比,徒供游玩情。

◎ 微注

王朗:又名王昌,邯郸人,西汉末年,自称为汉成帝刘骜之子刘子舆,并在刘林、李育、张参等人的拥戴下称帝,建立"赵汉"政权,曾是河北最大的割据者,后为刘秀所灭。赵北:指古赵国以北地区。鼙鼓:战鼓,借指战事。汉旌:汉旗。

◎ 浅译

纷争频起旧时天

王莽代汉乱

王朗赶刘秀

民间故事传千年

耿纯兵起赵州地

幽燕鼙鼓掩

望得汉旗飘绵连

勇冠三军前

可怜云台声名重

攀高功未迁

只是寄情云水间

6. 登台

(明) 王廷相

古人不可见，还上古时台。

九月悲风发，三江候雁来。

浮云通百粤，寒日隐蓬莱。

逐客音书断，凭高首重回。

◎ 微注

王廷相 (1474—1544)：字子衡，号浚川，时称"浚川先生"，谥肃敏，开封仪封 (兰考) 人。明弘治十五年 (1502) 进士，前七子之一，明正德八年 (1513) 任赵州知州，官至都察院左都御史、兵部尚书、太子少保。作为明代著名政治家、文学家、哲学家，其名言"立正本则存乎农""以身作则，正己安人""讲得一事即行一事，行得一事即得一事，所谓真知矣"至今流传。著有《归田稿》等。三江：古代南方众多水道的总称。百粤：古代南方各地的总称。逐客：被贬谪远地的人。

◎ 浅译

古人风云已不在

悠悠千载

登台望汉今非昔

满目百草蓑

秋风九月号

大雁南飞呈九派

浮云随我心

直通岭南暖常在

日色阴沉寒彻天

蓬莱仙客

赵州桥影起徘徊

客走音书谁隔断

此地一登台

凭高几望回

翘首莫非空等待

把酒对菊开

7. 望汉云台

(明) 陆健

草木台犹回，英雄望自深。

云空孤雁迹，冰合二仪心。

代往悲遗碣，春归蹄暮阴。

寂寥今白水，惨淡一登临。

◎ **微注**

回：环绕。冰合：冰封。指滹沱河水在刘秀率军渡河时一夜结冰的故事。二仪：天地。碣：刻有重要事件的石碑。白水：指刘秀故里南阳白水。云台虽已废弃数十年，化为凝望如眉的石块，但心结永同。"英雄用武处，往事如登临。空望旧迹事，依稀草木深。"

◎ 浅译

　　春风吹动云天

　　草丰树茂旧迹掩

　　好像叱咤风云的将军

　　深情地向着故都探看

　　冰封天地志向汉

　　就像从南方飞来的孤雁

　　在长鸣中流露出报国心愿

　　时过境迁中

　　攀龙附凤在时光里感叹

　　鸟儿在暮色里啼鸣着光阴短暂

　　遥想举事的白水已望断

　　如今登上望汉云台

　　感念英雄往事如云烟

8. 望汉台

（清）祝万祉

孤城突兀一荒台，乘兴登临万感来。
一代旌旗飞雨露，昔年龙凤向莓苔。
仰瞻衡岳云千里，惆怅平原酒几杯。
莫叹高阳封袭没，千秋西望可徘徊。

◎ 微注

　　莓苔：阴湿地方生长的青苔。衡岳：指南岳衡山。平原：指平原君赵胜。高阳：指高阳侯耿纯。千古风流人去后，天高云淡雁鸣时。一座望汉台留住了记忆，流逝了时光。

◎ 浅译

华灯初上州衢

闲来信步

望汉云台下

荒草生久

登临望远思无涯

赤旗猎猎当年

雨露皇恩加

攀龙附凤成佳话

石阶莓苔生滑

看千里江山

风云变幻一刹那

有酒尽浇赵州土

平原君绣思无涯

身退功成返家

西望帝都千年事

几度护銮驾

问归处

孤影正对月牙

9. 望汉台

（清）王懿

登眺常临望汉台，名存鄗左列城隈。
高阳忠荩凌云上，光武神威渡水来。
峨崒碑文遮破砌，郁葱王气隐苍台。
千秋丘畔嵩呼处，赤篆而今事已灰。

◎ **微注**

峨崒：高大。郁葱：树木茂盛。喻气盛。嵩：颂祝皇帝之词。赤篆：旧时道士用朱笔书写的符篆。一诗望汉台，得见其盈盈之家国情怀。

◎ **浅译**

风云邀晚来

纵情登临望汉台

驿馆灯火盛

古城尽入怀

忆想忠勇凌云志

一夜冰河神威在

攀龙意有为

耸碑文深王气开

千秋亭成千秋事

朱批谁见

往事难待

10. 望汉台（云台望汉）

（清）饶梦铭

汉室山河逐劫灰，鄗南曾望此高台。

城头鼓角三更月，犹见将军此地来。

◎ **微注**

劫灰：劫火烧剩的灰烬。鄗南：刘秀称帝的地方，一般指柏乡故城店。望汉台在州衙东南处，后废弃。将军：指耿纯。

◎ **浅译**

站在望汉云台上

眺望汉刘秀登基的地方

大汉王朝了无痕迹倍感伤

弯月西下三更天

依稀鼓角齐鸣在城墙

莫非将军又归来

攀龙附凤造辉煌

11. 望汉台

（清）王基宏

荒城突兀起高台，北道将军望汉来。

滹水冰坚王气盛，棘山表进帝纮（hóng）开。

千秋龙凤留唐字，一代风云寄宋裁。

袭封高阳成寂灭，残阶惟有夕阳催。

◎ 微注

王基宏：清代赵州贡生，与其父王懿同编《康熙赵州志》传为美谈。荒城：因战乱而荒废的城，指赵州城。棘山：平棘山，借指耿纯。纮：宏大的事业。

◎ 浅译

当看旧时望汉台

岁月侵蚀

高崇渐渐衰

谁识英雄凌云气

赤旗迎汉来

一夜冰封滹水

万千兵马胜算在

平棘山前

一言劝进成大事

举事纳贤才

攀龙附凤千秋业

世南大字

成就名碑情怀

毁家纾难东光侯

宋子名传载

世袭高阳封地

空叹耿纯封侯

旧迹寂寂荒草埋

唯有衙前

夕阳残照台阶

孤影自徘徊

二、石塔书云天

　　赵州石塔，是赵州陀罗尼经幢的俗称，因幢体刻有《陀罗尼经》而得名，为八棱多层形式，共七级，高 16.44 米，被世人誉为"华夏第一塔"，1961 年 3 月国务院公布为全国第一批重点文物保护单位。该幢修建于宋仁宗宝元元年（1038），由知州王德成督办，匠师孙普全督料，何兴、李玉建造。幢身造型华丽、精雕细镂，宛若一座石雕艺术宝库，是建筑艺术和石雕艺术完美结合的杰作。历代皆有称颂。

1. 石塔

（明）钟芳

禅林说法爱圆通，累石层层架碧空。

上到浮图最高处，依然身在幻尘中。

◎ 微注

钟芳（1476—1544）：字中实，号筠溪，琼山（海口）人。明代正德三年（1508）进士，历任宁国府推官、漳州府同知、吏部郎中、广西右参政、南京太常寺卿、兵部右侍郎、户部右侍郎，曾历仕文武法学财官职。时称"岭南巨儒"，著有《春秋集要》《学易疑义》《筠溪先生诗文集》《皇极经世图》等。圆通：圆是不偏不倚，通是没有障碍。指法性觉悟，通彻悟道。浮图：塔，西域浮图也。语出《说文解字》。幻尘：虚幻的尘世。

◎ 浅译

赵州说禅

总是在

平常心处求圆满

站在路间的石塔

层层垒石叠入碧云端

如笔的塔刹

依附在浮图之巅

游云是幻

微尘看不见

我在人世间立了千年

日光里的影

依然参不透

黑与白的往返

2. 勒经石塔

（明）陆健

碧幢孤映日，玉勒每栖云。

浩劫悲无象，空王羡有文。

狻猊危并峙，峦岫晓群分。

几欲登高处，苍茫揽紫微。

◎ 微注

石塔：陀罗尼经幢的俗称。现位于石塔路与石桥大街交口处，始建于北宋景祐年间，塔高16.44米，被誉为"华夏第一塔"。玉勒：玉石雕饰的物品，此指精美的石塔。浩劫：大灾难。无象：失去常态。空王：佛的尊称。佛说世界一切皆空，故称"空王"。狻猊：龙生九子之一，形如狮子，喜烟好坐，一般雕刻在香炉上。峙：耸立。峦岫：山峰。紫微：星官名，即紫微垣。红日栖云，碧幢经文，山峦雄狮，苍天星辰，有此美景，何不驻足！

◎ 浅译

  青玉般的经幢

  在温暖的丽日下

  散发着令人痴迷的晕光

  洁白的云朵

  像盛开的莲花飘浮在幢上

  默默被世间烦忧磨亮

  时光风化着众佛模样

  而雕刻在佛经里的文字

  却慢慢印在众生心房

  栩栩如生的狮子护佑着平安

  威仪着事事如愿呈吉祥

  掩映的层层山峦

  暗示着江山永固万代长

  几次想登上最高点

  看经幢在天地苍茫中

  揽望紫微星徜徉

3.文笔赞（石塔）

(明) 高林

惟笔之峰，高不可极。惟笔之刚，屹不可屈。上干云霄，直梼月窟。金巘(yǎn)玉岑，天空月霁。君子祝之，德标百世。

文笔之峰，芒不可群。黄金之锐，碧天之真。烟岚露颖，星斗成文。人物之秀，道原之神。文笔之峰，芒不可群。

◎ 微注

高林（生卒年不详）：明代睢宁人。屹：高耸直立貌。梼：钢木。巘：山峰。玉岑：玉阶。月霁：月明。真：通针。烟岚：山林间蒸腾的雾气。

◎ 浅译

  石塔
  像笔锋一样高不可攀
  似铁一样挺立人间
  直通云霄
  疑与月宫相牵连
  月明晴空
  金玉累累岩
  百世彪炳
  大德承佑一片宁安
  锋芒毕露众无言
  锐利的塔尖金灿灿
  真切的光芒映碧天
  烟雾迷蒙露峥嵘
  星斗熠熠焕
  钟灵毓秀地
  神灵至此喜下凡

卓尔不群

秉笔赞忠贤

三、平棘山翠远

在明末清初文史大家顾祖禹撰写的"海内奇书"《读史方舆纪要》卷十四中记载:"赵州平棘山有二：在州城北者曰大平棘，在城南者曰小平棘，皆去城百步许。山顶平而多棘，故以名山，汉又以山名县。"

1. 平棘舒青

（明）陆健

孤阳春望回，双棘百年平。
感慨民俱敝，登临泪欲倾。
暖烟低野树，云日度花明。
伯业今啼鸟，苍然带古城。

◎ **微注**

双棘：指古赵州的南北两座平棘山，今无存。但诗人内心的起起落落依然可以触目惊心。山平心不平，四时亦有景。坦荡原野旷，自在赵州行。云日：时光。伯业：霸王的功业。

◎ **浅译**

春天的太阳
照着郁郁葱葱平棘山
千年历史风化成平丘漫漫
战乱后民生凋敝业不堪
登临望

眼蒙眬泪雨涟涟

田野里飘浮起袅袅炊烟

野树守护着静寂家园

厚厚云层里

生出一簇簇发芽的光线

明媚动人的花儿笑得更加灿烂

平棘封侯的业绩

空留鸟鸣与闲谈

平棘苍翠在赵州古城

连带成记忆一片

2. 平棘山

(清)祝万祉

棘山高耸境何仙，古木森森瑞霭连。
翠接太行青岫远，奇喷洨水紫霞鲜。
荀毛笔颖埋幽径，颇牧刀锋剩晚烟。
谁说荒亭零落久，举头已入彩云边。

◎ 微注

瑞霭：吉祥的云气。青岫：青山。荀毛：指战国时赵国儒家代表人物荀况；西汉时赵国毛苌，以注释《诗经》知名。颇牧：指战国时赵国名将廉颇、李牧。今平棘山虽无，但我们从古诗依然可见平棘山印象。

◎ 浅译

平棘山高耸天庭
凭栏登仙境
古木森森参不破

祥云环绕盈

太行山色接翠远

起伏隐鸟鸣

浣河波涌吐豪气

万千紫霞

尽在水天行

荀子毛苌文笔久

幽径满诗情

廉颇李牧威名在

一片刀锋云烟轻

老暮沉晚宁

零落荒亭道不尽

古来赵州行

彩云踏来山与我

举目且相迎

棘山浣水大石桥

古城灯火明

3. 平棘山

（清）王懿

披剪荆榛手辟功，峻嶒突兀一山崇。

晓岚不度平原宅，暮霭长侵司马营。

派接行西高虎踞，地连燕北卧苍龙。

独怜古柏垂阴下，卷起悲鸣慷慨风。

◎ 微注

　　荆榛：泛指丛生的灌木。峻嶒：陡峭不平。晓岚：山间早晨的雾气。平原宅：指战国时赵国平原君赵胜的住所。暮霭：傍晚的云雾。

◎ 浅译

披荆剪榛难

创业始成守功艰

一山高耸州城外

泫水映叠岚

平原宅隐宾客消

晓风晨露

依依逝旧先

司马营里草莽生

暮色卷两汉

虎踞平棘承太行

气势拱连绵

龙盘燕北古城坚

得道飞冲天

古柏影里钟声委

慷慨悲歌地

不记当年

夕阳山外山

4. 平棘山

（清）王悯

突兀层峦瑞霭生，盘盘相距镇孤城。

雄临陆泽重云起，势接行山古道平。

四野遥光浮紫翠，千林映日弄晴明。

平原慷慨交游地，此日犹存古赵声。

◎ 微注

王悃（生卒年不详）：清代赵州庠生（秀才）。陆泽：润泽陆地的水源。古赵：古赵国。

◎ 浅译

  层层山峦
  高低错落突兀间
  瑞气袅袅似有仙
  虎踞龙盘
  势守古城越千年
  东临陆泽
  水势浩浩天地合
  重云动心魂
  西衔太行
  古道柔肠连绵
  四野空旷
  紫霞辉映象万千
  谁弄晴阴
  林深照日点点浅
  慷慨交游处
  平原君风亦流连
  至今日
  古赵声声振远
  犹是忆从前

5. 平棘山

（清）张光昌

翠微亭榭已凋残，古木森森夕照寒。

西接太行空晓黛，东临大陆自清湍。

风高荻垒闻樵唱，雨渍苔碑驻马看。

歌舞当年谁胜事，只今烟草路漫漫。

◎ 微注

张光昌（生卒年不详）：平棘山：赵州人，庠生出身，知名宿儒。在《赵州志》中记载，"赵，古称大国，被山带河，形胜甲于天下。……平棘山、洨水列其前，栾台、宋城屏于后。……长川千里，胜气苍然，秀涌芙蓉，壮怀耸目，如在图画中矣，为首善地"。由此可见，平棘山亦是赵州人文的脉冲高地。翠微：青翠的山色。泛指青山。荻垒：水面层层累积的秋荻。苔碑：生满绿苔的石碑。

◎ 浅译

夕阳唱晚

古树苍郁势连天

翠微亭上

往事旧梦凋残

太行如黛极目抒

大陆蓄清洨水延

平棘思千年

荻花不解秋风意

白发渔樵声声慢

念过片片白帆

苔生碑文眼

雨恋陈迹

抚手细细探研

胜事歌舞化云烟

草路默默今无言

空留一声叹

6. 平棘山（平棘夕照）

（清）饶梦铭

连城山色暮飞霞，遥看燕南百万家。

游侠不须频击筑，而今平棘尽桑麻。

◎ **微注**

燕南：此指赵州以南。游侠：指战国时曾藏匿于宋子的著名侠客高渐离。平棘：赵县的古称。诗人在傍晚时分体察民情，可以看出乾隆盛世时赵州人民的美好生活以及诗人对民风教化的自得之情有感而发。

◎ **浅译**

太阳落在平棘山头

满天彩霞映红了山色

画美了赵州

霞染山

山接城

铺就夕阳画轴

遥望城南灯火千万家

祥和安宁炊烟稠

渐离高士若在世

何必仗义击筑秦不休

歌舞坐饮宋城酒

遍地桑麻辛勤来织就

盛世景象民富有

7. 登平棘山

（清）佚名

剪除荆棘小山青，幻出乾坤列翠屏。
林外晚烟轻漠漠，望中春雨细零零。
寻芳得句诗初就，乘兴登临酒半醒。
但得四时常秀丽，此中何必问仙灵。

◎ **微注**

乾坤：指天地。翠屏：峰峦排列的绿色山石。漠漠：迷蒙。望中：视野里。山水形盛之地，风云汇合之州，名胜荟萃之境，人文相邀之所，沧海桑田之梦，登临怀古之亭，皆在古赵州之平棘山。

◎ **浅译**

　　　　登临平棘山色青
　　　　剪尽荆棘
　　　　眼阔心绪平
　　　　地势乾坤人事宁
　　　　翠屏入梦
　　　　漠漠人家袅袅炊
　　　　林外晚烟轻
　　　　春雨霏霏
　　　　眉头锁旧情
　　　　零星芽嫩冒
　　　　望中路上伴人行
　　　　东寺钟声余音在
　　　　谁念柏子
　　　　塔前香舆
　　　　悟得吃茶一灯明

风动寂寞

诗述友情长

小就五言半句凝

束发前朝

举酒邀当年

登临兴致半梦醒

四时秀丽景

古筝欣自鸣

愿得知己深深

谁问山高明

果老乘驴向天去

云雾升处

隐隐寄仙灵

四、冯唐心无住

　　冯唐，西汉时赵州人，以孝行著称于世，历任车骑都尉、中郎将。关于冯唐宅，宋代《太平寰宇记》卷六十《赵州平棘县》载："冯唐宅，唐，此郡人。汉时，皓首为郎，一遇汉文，遂振大誉。"《类书集成·第宅》："冯唐宅，在赵州城南三里故城内，今废。"关于冯唐墓，在明隆庆《赵州志》中记载："冯唐墓，在州南二十里沙河店。"清道光年间黎庶昌的《黔轺纪行集》记述："十一日，行十一里，新寨店为李左车故里。又一十五里，赵州即古赵国。五里，经大石桥，汉冯唐故里在焉。又十五里，有冯唐墓。又一十五里，有汉光武斩石人处碑。"清光绪《赵州志》中记载："西汉车骑都尉冯唐墓在州南野鸡铺村南。"现虽宅庙无存，墓化良田，但诗情千古留。

1. 冯唐宅之一

（清）洪琮

荒郊野雾多蓁杞，传说旧有冯唐里。

秋风骚瑟动行人，落日萧然迷故址。

◎ 微注

洪琮（1620—1685）：字瑞玉，号谷一，安徽歙县人，顺治九年（1652）进士。历韶州府推官、刑部主事、陕西提学。著有《白牡丹》。多蓁杞：荆棘与杞柳丛生。骚瑟：风吹草木声。诗人路过赵州城外冯唐故里时写下两首诗。

◎ 浅译

雾色笼罩赵州城

野外更驰骋

平棘山上

丛生蓁杞青

故城久有冯唐宅

秋风吹落日

老景独掩自徘徊

萧瑟清冷千年地

白发飘忽失态

故址依稀却不在

2. 冯唐宅之二

（清）洪琮

西山薇蕨东陵瓜，昨日繁华眼底花。

白首为郎何足叹，歇鞍试饮赵州茶。

◎ 微注

西山薇蕨：指伯夷叔齐反对以暴易暴，不食周粟，隐居于首阳山采薇而食，直至饿死的故事。东陵瓜：指原秦朝的东陵侯召平，在秦朝灭亡后以种瓜为生。后借指隐居生活。冯唐宅里赵州茶，荒草生脚下。

◎ 浅译

  周薇秦瓜
  忠义成佳话
  昨日富贵荣华
  已成眼底风落花
  老来才封执守中郎
  何必慨叹时运偏不佳
  停车驻马寺前门风自开
  庭前柏子借饮一杯赵州茶
  理顺平常心是道众里无牵挂

3. 冯唐宅（冯唐旧宅）

（清）饶梦铭

棘蒲何处宅冯唐，社鼓城南认故乡。
太息一言空悟主，汉家多少白头郎。

◎ 微注

棘蒲：古赵州的称谓。社鼓：旧时社日祭神鸣奏的鼓乐。太息：叹息。

◎ 浅译

  冯唐宅在棘蒲全
  祭祀尚在古城南
  文帝叹无良将在身边

击退匈奴谁战

一言重振社稷艰

持节云中魏尚选

白头尚念雄心志

独坐思老闲

4. 冯唐墓

（清）宋琬

冯公昔未遇，执戟叹淹留。

一荐云中守，能宽汉主忧。

古碑荒藓合，高柳暮鸦秋。

自笑为郎拙，萧萧欲白头。

◎ 微注

宋琬（1614—1673）：字玉叔，号荔裳，莱阳人。清顺治四年（1647）进士，历任户部河南司主事、吏部稽勋司主事、陇西右道佥事、四川按察使。清初著名诗人、燕台七子（施闰章、宋琬、丁澎、张谦宜、周茂源、严沆、赵锦帆）之一，著有《安雅堂集》《二乡亭词》。淹留：长期留驻，此指未升迁。云中守：云中太守魏尚。萧萧：马叫声。赵州城南冯唐宅前寻常巷陌，冯唐墓影随风歇。

◎ 浅译

云中风雨飘摇过

飞龙何曾阅

多年执戟

眼中岁月蹉跎

门前繁华烟尘散

鬓边春秋落

满腹心志

欲向圣主说

偶谈英雄谁敌手

直言口无拦

将功难抵语过

荐得魏尚云中守

大汉边关奏凯乐

文帝喜不禁

中郎憾迁

花开花又谢

奈何己身常在野

且看古碑横没

荒草默读冷月合

柳高暂住黄昏

一句鸦声秋色里

万里云霞别

暗自笑叹

自作聪明实为拙

萧萧马鸣

白头又为何

五、左车丘式微

明代赵州太守潘洪在《赵广武君墓碑》中记载:"李左车墓,在州西八里宋村西林寺内,余因公暇特往访焉。僧满智导至寺后,荆棘中见土坟一区,无碑文可征。询之,智云:闻吾师言,前代住持师云,昔有墓碑一通。岁久又经兵爇，移易不知所之，其存者仅此，吾徒相传知其为广武君墓也。噫！岁月流迈，陵谷变迁，不有郡志记载与寺僧递相传言，则此墓其不至于埋没失所也几希矣。遂命仆剪去荆棘，加土封倍，竖立广武君墓额，并识其事于石，庶来者知所瞻仰云。"

1.左车墓

（清）王汝弼

花宫阶下烟树阑，孤冢苔封华表残。

百战魂归平棘冷，千年泪洒赵陵寒。

古碑有字幽人读，石马无声稚子看。

西望陉山多少恨，不禁惆怅哭邯郸。

◎ 微注

王汝弼（生卒年不详）：赵州人，清顺治八年（1651）贡生，曾任房山训导。花宫：指佛寺，此地尚存有西林寺。华表：指墓前装饰用雕有图案的石柱。赵陵：此指赵王的陵墓。陉山：指太行山。山间的通道成为陉。

◎ 浅译

    故地繁华尽

    烟雨消磨一片丹心

    孤坟自零落

    遗憾生满苔痕

    念华表委地断

    难续新印

    百战身经累

    魂归故里谁为宾

    风冷云亦栖

千年不移报国志

犹是山河泪

大鹏不畏云天苦

古碑字多隐

谁陪我读

石马无声听人语

稚子浑不顾

西望陉山

飞鸟恨归无处

惆怅往事无头绪

苦邯郸失路

尺鹖争榆

断头何来悟

2. 左车墓

（清）王汝翼

广武遗丘洨水西，西林寺下草萋萋。

陈馀违计应忘赵，韩信知君遂下齐。

百世英魂归鹫岭，九泉奇策倩乌啼。

陉山不必多惆怅，鸟尽弓藏一样凄。

◎ 微注

王汝翼（生卒年不详）：赵州人，清康熙二年（1663）举人，曾任广西怀集知县。《赵州志》记载，李左车，赵郡人，赵武安君李牧之孙。赵王歇臣也，封广武君。韩信、张耳以兵数万，东下井陉击赵。左车说成安君陈馀曰："闻汉将韩信，涉西河，虏魏王，禽夏说。新喋血阏与。此乘胜而去国远斗，其锋不可当。臣闻千里馈粮，士有饥色；樵苏后爨师不宿饱。今井陉之道，车不得方轨，骑不得成列。行数百里，其势粮食必在后。愿足下假臣奇兵三万人，从间道绝其辎重，足下深沟高垒，勿与战。彼前不得斗，退不得还。吾奇兵绝其后，野无所掠卤，不至十日，两将之头可致戏下。"成安君不听。于是汉兵破虏赵军，斩成安君于泜水上，擒赵王歇。信乃令军有生得广武君者，购千金。顷缚而至。信解其缚，师事之。问曰："仆欲北攻燕，东伐齐，若何有功？"广武君曰："今足下虏魏王，禽夏说。不旬朝，破赵二十万众，诛成安君。名闻海内。威震诸侯。众庶莫不辍作怠惰，靡衣喻食倾耳以待禽者。然而众劳卒罢，其实难用也。举倦敝之兵，顿燕坚城之下，情见力屈，欲战不拔。旷日持久，粮食殚竭。若燕不破齐必距境以自疆。二国相持，则刘项之权，未有所分也。当今之计，不如按甲休兵。百里之内，牛酒日至，以飨士大夫。北首燕路。然后发一乘之使，奉咫尺之书，以使燕，燕不敢不听从。燕从而东临齐，虽有智者，不能为齐计矣。兵有先声而后实者，此之谓也。"信说："善。"于是广武君策，发使燕，燕从风而靡。从中可见广武君李左车之谋略。遗丘：墓穴。鹫岭：佛寺。九泉：人死后的葬处。鸟尽弓藏：喻事情办成后，功臣遇害。语出《史记·越王勾践世家》："飞鸟尽，良弓藏；狡兔死，走狗烹。"

◎ 浅译

　　泜河弯处存遗迹

　　西林寺下

　　草色青青

　　广武君墓栖

　　长使奇谋付流水

　　白面陈馀悔未及

　　亡赵非天意

　　韩信意诚

　　借用君计破燕齐

　　仗赖多少兵力

　　英魂已去名犹在

倩鸟不止啼

何必惆怅

当年背缚陉山役

鸟尽良弓藏

兔死走狗烹

与我心有戚戚

至今是忧忆

3. 左车墓（左车谜冢）

（清）饶梦铭

雾黯西林拨不开，陉山赤帜望中催。

犹疑荒冢青怜夜，三万奇兵绕敌回。

◎ **微注**

左车墓：位于赵县宋村村西西林寺遗址内（省保文物古商周遗址），现存有元代桂岩禅师舍利塔一座。整片遗址面积约8700平方米。黯：昏暗。赤帜：红旗。

◎ **浅译**

大雾迷漫西林寺

藏没多少左车谋略计

红旗招展着韩信兵马

陉山山路偏装未觉悉

如今还在深夜疑

萤火虫时隐时现飞旋急

是怕孤单

还是赞你出策奇

三万士兵是否绕到敌后

出奇制胜成战绩

4. 左车墓

(清) 王允祯

故国河山落照旰(gàn)，将军冢上起浮屠。

人开苍径留僧舍，天辟松岩作佛区。

赤帜一麾背水阵，丹心空献井陉图。

鶗鴂此日不忘赵，悲怨年年向我呼。

◎ 微注

王允祯(生卒年不详)：赵州人。李左车，赵郡人，以言"智者千虑，必有一失。愚者千虑，必有一得"而知名，是战国时代著名谋略家。其祖父为战国四大名将之一的李牧。而他的墓在赵县西林寺塔边却少有人知。民间传说，他的墓非常低调，有人敬仰他，添土加大，夜来风起，次日又如从前。如果有人平去坟头，次日又恢复旧状，人都称奇，敬为神。旰：裂开。麾：指挥。背水阵：死里求生的境地。井陉：今井陉县。鶗鴂：叫声嘶哑，喻哀愁。

◎ 浅译

故国成往昔

山河一如落日淹

广武君墓寂千年

佛缘西林前

一时白鸽念经起

墓前小径叠翠挽

来往添人迹

犹是僧舍灯明暖

烟火执天去

山高路远

佛祖西来有由端

拈花无语

背水一战赤旗展

丹心妙计

陈馀无用终身憾

一席谋略

韩信计成终胜燕

谁令鹧鸪

年年此时声声怨

赵时岁月

可堪回首地

却见烟云尽消散

5. 广武君墓

（清）赵锦堂

日夕携短筇（qióng），来游西林寺。

中有左车坟，残碑已委地。

忆昔建策说成安，成安不用终折韩。

一纸燕人齐解甲，料敌直作掌中观。

吁嗟乎，智能知己始知人，知人始可完其身。

君不见，长乐尚溅淮阴血，呜呼如公乃人杰。

◎ 微注

赵锦堂（生卒年不详）：赵州人，清代光绪年间宿儒。曾任山左佥判，著有《桐阴杂志》四卷、《谵园诗文稿》两卷。李左车为赵郡李氏之祖，亦是民间传说中的雹神,今在马平村有汉王(雹神)庙,每年农历四月十三享受祭祀。据史载,古北泒水流经棘蒲,宋村为传说中的九龙口,亦是井陉背水之战驻兵处,广武君归葬于此,虽碑文轶失,尤为可信。筇:竹杖。成安:指成安君陈馀。一纸:一封信。长乐:长乐宫。淮阴:指淮阴侯韩信。

◎ 浅译

  老来归故里
  伴杖夕阳影自支
  行过济美桥
  便游西林寺
  久慕塔边左车墓
  可怜残碑委地
  草没无人识
  遥想当年述妙计
  成安君未理
  背水一败羞无悔
  信诚筹知己
  帷幄胜在手
  一席上兵收燕齐
  叹英雄得识
  识人识己
  谁可依依
  韩信未退功成时
  恨遗长乐宫地
  何如广武隐
  一念免去前车迹

六、廉颇墓封高

古语说赵州，东有廉颇，西有左车。意即一武一文两座墓护佑着赵州。许家郭汉墓俗称"廉颇墓"，位于赵县南柏舍镇许家郭村北，墓丘南北长 60 米，东西宽 50 米，封高 7.5 米，是赵县现存最高大的墓丘。1993 年被公布为河北省文物保护单位。

1. 廉颇墓

（清）翟廉

广信何年逐鹤游，凋残华表隐荒邱。
赵城英气功犹著，秦岭雄风志未休。
寂寂寒宵随鹿去，凄凉浩月对猿愁。
独怜午夜魂归后，啼鸟声声悲暮秋。

◎ 微注

广信：指信平君廉颇。鹤游：指去世。鹿去：指鹿王就死的传说。猿愁：指猿哀鸣声。

◎ 浅译

驾鹤云游去千年
我自望墓空叹
华表凋残已不见
孤墓流风
四周荒草闲
当年英气在
一战成名敌手寒
老去犹思报国
人言可畏饭前

冷云寂寂鹿已离

冰月无光

晚景凄凄恨妄言

午夜人俱散

徘徊人影顾自怜

声声啼鸣断又续

秋暮不堪

人生难测往返

2. 吊廉颇墓

（清）祝万祉

寒烟一带绕孤窀（zhūn），寂寞荒原吊古臣。

功载丹书曾破晋，力贞青岳不降秦。

骨埋棘土心犹热，辛陷长平志未伸。

奕奕英风今尚在，常余冢右气嶙峋。

◎ **微注**

祝万祉（生卒年不详）：清康熙十二年（1673）赵州知州，曾主修常平仓，主编《赵州志》。夜风侵室，凉意植心，惟崇廉颇。孤窀：墓穴。丹书：朱砂写字，指受到皇帝的封赏。奕奕：美好。嶙峋：刚正有骨气。

◎ **浅译**

早春二月寒意残

敬祭信平君大贤

感念护佑百姓安

云烟笼罩古墓边

草动风吹疑兵掩

英雄自古多寂寞

荒原飞鸟振翅闲
一片丹心书不尽
破齐败燕三晋显
忠贞见节抗强秦
谁人识得相泪咸
身埋赵州成巨丘
威武常不减
已乘勇气闻诸侯
赵州热土心有念
但听诏令唤
纵马退敌顽
憾罢长平志难平
但恨郭开言梦断
天下势道交尽倾
幸哉咏之
奕奕神采重塑现
廉风得见地
英气浩然间
宝刀光照明世间
虎威坐镇处
嶙峋不言亦正帆

3.廉颇墓（奇墓封廉）

（清）饶梦铭

却秦强赵著奇勋，拊髀曾经动汉文。

故土不埋千古恨，楚江犹自说将军。

◎ 微注

廉颇（前327—前243）：字洪野，河北中山（定州）苦陉人，与白起、王翦、李牧并称"战国四大名将"。奇勋：卓越的功勋。拊髀：以手拍股，表示激动赞赏。廉颇墓墓顶呈柿状，墓上草木罕生，周边百草丰茂为一大奇观。

◎ 浅译

想当年
击退强秦奇功建
文帝读史心感叹
拍腿动容赞
我有廉颇何惧匈奴奸
故土长憾英明眠
滔滔楚水滔滔忆赤胆

4. 廉颇墓

（清）张光昌

平棘山色接天荒，广信遗丘拜墓旁。
华表半枯沉衰草，铜驼无语卧寒棠。
论功自昔名犹在，埋骨于今土犹香。
只是邯郸歌麦黍，一笛牛背怨斜阳。

◎ 微注

张光昌（生卒年不详）：清代赵州庠生，宿儒。据了解，在20世纪40年代许家郭村的廉颇墓前尚立一石碑，碑文是"赵信平君廉将军颇之墓"，碑文为双庙村郅玉恒书，现无存。最为动人的是民国时期赵县王家郭王虎臣将军殉难时一句"待到正丘首，实羞廉颇墓"，更印证了廉颇墓之实。铜驼：常置于宫殿旁，喻亡国。寒棠：寂寞的棠树。喻朝政衰败。诗中感叹世事变迁，人生无常，英雄迟暮，壮志难抒。

◎ 浅译

> 平棘山色忆英气
> 墓旁遥望
> 旧时争战处
> 风光不再堪委地
> 一片衰草埋华表
> 零落谁不弃
> 棠梨树下
> 吐哺无周公
> 铜驼默默不得语
> 功绩伟名千秋
> 长眠黄土添芳意
> 麦黍茫茫
> 只是故都迷
> 老去夕阳催云飞
> 牛背笛上曲
> 暮沉鸟落离

七、名迹拾遗悠

赵州文物古迹众多，馆藏文物 843 件历数家珍，不可移动文物 271 处遍布城乡，现仅以存诗记之。

1. 双庙龙泉

（明）陆健

庙合联孤径，城阴带晚钟。

空泉怜玉甃（zhóu），春雨足神龙。

畎（quǎn）亩天王地，粢（zī）盛万国农。

野云低栋白，碧草自春茸。

◎ 微注

双庙龙泉：一说位于东晏头村，现已无存。一说位于城北双庙村，现有古井等遗迹可循。《赵州志》中载有元从侍郎太常院奉礼郎屈敏中《龙井庙祷雨记》、明赵州副使杨森《龙泉双庙祈雨记》两篇碑文。民间有"五步两座庙，十步三眼井"及伏羲、女娲、伏金的传说。一幅恬静的乡村美景在伏羲女娲的香火间、在双庙龙泉的灵验中隐隐如春铺就开来。甃：砖石砌起的井壁。畎亩：田间。粢盛：古代盛在祭器内以供祭祀的谷物。茸：草初生纤细柔软的姿态。

◎ 浅译

  小道依偎在双庙中间

  钟声敲落夕阳神秘的幕帘

  青玉砖砌就龙泉井

  空明澄澈水天然

  神龙吐水流进了农田

  劳作的人们

  想必迎来大丰年

白云亲吻村庄的古老

炊烟轻飘屋檐

嫩草展露出少女的腼腆

2. 春祈社稷坛

（清）爱新觉罗·弘历

物土敷坛五色方，祈湮亲诣练时良。

夏松殷柏对诚妄，后稷勾龙配克当。

八政农先诚国本，四时春首祝年穰。

前朝甘雪沾优渥，举趾东郊正叶祥。

◎ 微注

　　社稷：原指土神和谷神。后代指国家。作为龙的传人，龙一直是中华民族的精神图腾，范庄二月二龙牌会盛大的祭龙崇龙敬龙活动、"共工怒触不周山"以及"勾龙化白娥"的动人传说暗合了春祈社稷。物土：土地上生产的物品。敷：布置。五色方：指东西南北中五个方位。祈湮：古代祭神的一种方式，以牲献祭求祷后埋之。诣：到。夏松殷柏：夏商时期的松柏。后稷：传说中的农神、谷神，教人种植五谷。勾龙：传说中的社神、土地神。《左传·昭公二十九年》载："共工氏有子曰勾（句）龙，为后土。"克当：敢当。穰：丰收。优渥：优厚。举趾：举足。

◎ 浅译

　　春风咫尺天涯

　　何曾一句感物华

　　坛浮五谷土延年

　　白娥先到人家

　　夏商松柏千秋碧

最是民生记挂

后稷勾龙泽后世

龙的传人

奉节敬有加

国本邦固民为先

四时春为首

躬耕万物蓄势发

雨雪借机降甘霖

喜让百姓

五谷丰登话桑麻

举步东风万里

祥瑞迎进门升华

赵州自是石桥

度盛世佳话

3.虞永兴大字碑（攀龙附凤）

（清）饶梦铭

附凤攀龙一代才，明碑虞子莫须猜。

摩挲想到风雷夜，空有须眉照石苔。

◎ **微注**

虞永兴：指虞世南（558—638），字伯施，曾被封为永兴县公，浙江余姚人，唐代书法家、诗人。赵州桥景区里的攀龙鳞、附凤翼两块碑，最早是在望汉云台，后移到柏林禅寺，在1973年挖掘时被发现。2001年，经过文物部门维修，与乾隆碑一并立于景区。这两块石碑据说是明朝赵州刺史蔡懋昭按唐朝虞世南的真迹雕刻而成，语间流露出怀才不遇的情绪。虞子：指虞世南。莫须：不用。摩挲：抚摩。须眉：胡须眉毛。

◎ 浅译

  耿纯攀龙附凤云台列

  世南功居凌烟阁

  名垂青史成人杰

  碑刻启真迹

  不用思虑多

  我抚摩着石碑

  想起风云际会慷慨的劝说

  现只能空对石碑叹流光

  憾无施展才华的失落

4. 空明石

（清）饶梦铭

岿然鲁殿喷灵光，风骨嶙峋五马堂。

为语郁林贤太守，他年珍重载归装。

◎ 微注

  空明石：喻廉洁之石。原在州衙内，现不存。岿然：高大坚固的样子。鲁殿：即鲁灵光殿，为东汉时期西汉年间仅存的宫殿，时人以为有神灵护持。东汉王延寿在《鲁灵光殿赋》中语："鲁灵光殿者，盖景帝程姬之子恭王余所立也。初，恭王始都下国，好治宫室，遂因鲁僖基兆而营焉。遭汉中微，盗贼奔突。自西京未央建章之殿皆见隳坏，而灵光岿然独存。岂非神明依凭支持，以保汉室者也。"五马：古时太守出行以五马驾车，故五马为太守的代称。郁林贤太守：指三国东吴的陆绩（187—219），字公纪，吴郡人。曾作《浑天图》，在卸任郁林（今广西贵港一带）太守时，仅有几箱书籍可载，为行船方便，只得搬石压舱。后人称其贤，船石称作"廉石"。

◎ 浅译

世事变迁往今昔

赵州衙门里

原地尚留空明石

青石亦是一古迹

为官一任造福众

贤明政声遗

赵州民众忆吾时

郁林陆绩廉名齐

身无藏物离任去

贤德安可期

5.北魏李宪碑

（清末民初）李大防

赵州官廨旧藏北魏李宪碑，余权州篆，喜赋此诗。

煌煌李宪碑，藉藉在人口。

桐城吴大师，珍重逾琼玖。

不载金石录，出土盖未久。

蕴郁千余年，精气贯星斗。

北魏富名碑，今古推渊薮（sǒu）。

安吴精鉴别，能辨妍与丑。

盛许郑文公，翘出罕有偶。

断断持异议，道州何蠖叟。

苦说张黑女，俨然独冠首。

二说俱足多，未可轻击掊。

此碑虽晚出，人莫敢曰否。

刁遵崔敬邕（yōng），良堪肩随后。

蹊径启唐贤，虞褚师法守。

我作此邦牧，眼福亦云厚。

退食勤摩挲，欣赏媵杯酒。

一夔（kuí）殆已足，余碑等刍狗。

隋匠李春桥，赵州两不朽。

◎ 微注

北魏李宪碑：刊刻于北魏时东魏孝静帝元象元年（538）的李宪墓志铭铭石为国家二级文物，现珍藏于赵县文保所。民国元年（1912）8月，李大防由遵化移官赵州，在任一年半，受福建省省长汪筱岩召任秘书，遂去。在赵州任期内民国初建，改州为县，李大防感慨颇多，遂成诗集《赵州集》。在《赵州集》里，专门为李宪碑撰写了多首咏赞诗，成为衍生在这块碑刻上的一段佳话。诗人将对古碑的珍视和赞美之情抒发得酣畅淋漓。李宪墓：位于赵县段村村东，俗称"狼圪塔"。南北长35米，东西宽27米，封高5米。2001年被公布为河北省文物保护单位。李宪（470—527）：字仲轨，谥文静。北魏赵郡人，为平棘李氏东祖之后，其祖父李顺博，为中书郎，封平棘子。父李式，任兖州刺史、濮阳侯。李宪十七岁袭爵位濮阳侯，历任秘书中散、散骑侍郎、尚书左丞、兖州刺史、光禄大夫、镇东将军徐州都督、征东将军淮南大都督。死后追赠尚书令、定州刺史等职。权州篆：古代掌管各州郡所使用的印章的人。此代指知州。吴大师：指吴汝纶（1840—1903），桐城人，师从曾国藩，为晚清桐城派著名经史学家、金石学家、古文大师。琼玖：指美玉。蕴郁：蕴藏。渊薮：原指鱼和兽聚集的地方。此指名碑聚集之地。安吴：指包世臣（1775—1855），字慎伯，晚号倦翁，安徽泾县（安吴）人。清代著名学者、书法理论家、书法家，著有书学理论《艺舟双楫》，后来康有为所著《广艺舟双楫》传承其思想，有《安吴四种》存世。郑文公：指《郑文公碑》，郑文公为郑道昭之父郑曦。郑道昭（455—516），字僖佰，北魏诗人，魏碑体鼻祖，时称"书法北圣"。有天柱山《郑文公上碑》等传世。何蝯叟（1799—1873）：本名何绍基，字子贞，号东洲居士、晚号蝯叟（猿叟），晚清诗人、画家、书法家，湖南道州人。著有《惜道味斋经说》等。张黑女：指《张黑女墓志》，全称《魏故南阳太守张玄墓志》，又称《张玄墓志》。张玄，字黑女，为避讳玄烨名，清代通称《张黑女墓志》。此碑刻于北魏普泰元年（531）十月，现原碑不存，拓片为海内孤本，清朝中后期为何绍基收藏。击掊：抨击。刁遵（441—516）：字奉国，北魏渤海饶安（盐山）人。《北魏刁遵墓志铭》全称《雒州刺史刁惠公墓志》，原石刻于北魏熙平二年（517），于康熙年间在安平县出土，被叶昌炽赞为"北朝墓志第一"，现藏于山东博物馆。崔敬邕：指《崔敬邕墓志》，全称为《魏故持节龙骧将军督营州诸军事营州刺史征虏将军太史大夫临清男崔公之墓志铭》，康有为称其为"能品上"。虞褚：指虞世南和褚遂良。媵：古代贵族女子出嫁时陪嫁的女子。一夔：传说中形如龙的独角兽，也作"夔牛"，俗称"雷神"。刍狗：指供祭祀时用野草扎的狗，用毕弃之。喻无用之物。老子《道德经》语："天地不仁，以万物为刍狗；圣人不仁，以百姓为刍狗。"

◎ 浅译

　　赵州官衙墙壁内藏着北魏李宪名碑，我在做知州时发现，喜欢至极，写诗记之。

　　　　李宪碑文名赫赫
　　　　汝纶视之胜美玉
　　　　可怜金石录中缺
　　　　出土久未得
　　　　蕴蓄千年精气贯
　　　　魏碑势最热
　　　　世臣鉴之精妙奇
　　　　翘楚道昭书携
　　　　子贞何曾持异议
　　　　黑女迹秀并冠峨
　　　　此碑晚出赞悦多

刁遵敬邕碑
宪碑享誉其肩左
蹊径独辟开唐贤
世南遂良法门接
身执眼福厚
忘食息酒爱不歇
一碑暂慰平生
他碑皆冷落
赵州石桥千年歌

主要参考书目

[1] 赵县地方志编纂委员会. 赵州志校注,1985.

[2] 郁葱. 河北历代诗歌大系. 天津:百花文艺出版社,2002.

[3] 明海. 柏林禅寺志. 郑州:大象出版社,2015.

[4] 石家庄市委宣传部. 千秋雅韵·古人咏石家庄诗集. 石家庄:河北人民出版社,2017.

后　记

"要热爱自己的家乡，首先要了解家乡，深厚的感情必须以深刻的认识做基础。唯有对家乡知之甚深，才能爱之愈切。"习近平总书记在正定工作时饱含深情的话犹在耳畔。

作为土生土长的赵县人，桑梓之情历久弥深。孩提时，听娘借着煤油灯熏燃得摇晃的光影娓娓道来一段段民间故事，记住了星星点灯的神往。小学时，春日折一枝含苞梨花插在水瓶里绽放浅香，夏天用繁枝茂叶编一顶草帽遮住火辣辣的毒阳，秋天捧个香甜大雪梨啃得徒剩老核瘦相，而傍晚放学后背着草筐总也走不出老梨园的迷离恐慌；个中休戚，饶是终生难忘。大学时，自己用书包抢占座位聆听名人讲座，泡在图书馆静读名著，写下老家的诗朦胧亦是时尚，时不时流露出的感伤如饮佳酿。上班后，在梨乡摸爬滚打十几年又浸染了故土文化沙壤。在宣传部、文旅局工作再得以熏染些许古赵气息。如今，时光里注满回望，萤火般的诗句点亮了气息浓郁的家乡。

夜色深沉，星汉如约。我静翻灯光照耀的《赵州志》，敬慕先贤仁人对古赵州的热爱，萌念潮起，何不跟着古人的吟咏神游一次古赵州呢？于是，夜的余光映衬出如影波动的诗文，茶的余香浸润了似碧叶沉浮的辞章。

"求木之长者，必固其根本；欲流之远者，必浚其泉源。"赵县历史源远流长。据河北省考古队在贾吕遗址考证，六千年前的新石器时代就有先民在赵县定居生活，相传在双庙的尧王墓已融入历史记忆。历史学家胡厚宣考证，甲骨文中有商王武丁（前1250—前1192）封子宋于宋的记载，始知宋子、棘蒲渐盛于此。赵州起源于"赵"字，传说造父驾八骏车载周穆王从昆仑山顺利返回，因平叛有功而始有"赵"地，而后有"赵"姓。"赵"寓意"跨越赶超、不达目的不罢休"

之"勇"，彰显"救国于危难"之"忠"，明示"生命不息，战斗不止"之"恒"，暗含"识才用才"之"贤"。赵州勇忠恒贤的精神，毓养出了灿星辈出的能人志士。

"人生万事须自为，跬步江山即寥廓。"作为发现了新石器时代遗址、保留着众多商周遗址、残存着战国以降历代遗迹的古赵州，绵延着伏羲女娲、勾龙贬发、八仙通达传说的故地。不可胜数的皇亲国戚、达官贵人、名流雅士、凡夫俗子曾临经此地，并留下诗文美篇或述著成集，浩若烟海。为串起些许隐逸的明珠，我开始在夜里寻找她光彩照人的影子，并尝试以痴人醉语般的诗意解读，努力还原先贤诗文的情与境、感与思，以示机呈于读者。

"千秋过往成今客，百载去离换世人。"历经数十个难眠之夜后，终于熬出了数万言的赵州怀古篇，却在苦思时无意中揿下计算机的删除键，没想到再也无法恢复。失望之余，又执笔于情，孜孜以求先贤之文萃。

"诗文随世运，无日不趋新。"写这本书，最早起意于"诗和远方"的融合，得益于文旅事业的大发展，告成于赵州热土的天然恩赐和先贤哲人的无私馈赠。从 2019 年 1 月 1 日正式启动，到 2024 年 3 月 5 日完成第 19 稿，历时 5 年零 2 个月。本书分"铜帮铁底赵州城""巧夺天工赵州桥""平常心系赵州寺""一语氤氲赵州茶""千年逢春赵州花""琼浆味饶赵州梨""烟雨依稀赵州迹"七个部分，通过 334 首诗词（其中诗 303 首、词 29 首、铭赋 2 篇）来展示与赵州相关的人文历史剪影。在搜集编写期间，几度因思路中断、杂事困扰、公务疲累而搁笔，但在家人和朋友的鼓励下又坚持下来。感谢县委王彦芳书记、县政府黄晓勇县长励言寄语，感谢县委杨云龙副书记、县人大常志欣主任、县政协王辉卿主席谆谆期许，感谢县纪委吴茂林书记、县委办殷实主任、组织部王晓煜部长、宣传部王晓冉部长、统战部冯咏梅部长、县政府王勇常务副县长、王占彬副县长、高云峰副县长孜孜指导，感谢中央党校张素峰老师、省委组织部王占军老师、省文旅厅王荣丽老师、市文旅局赵俊芳老师、市委党校赵士宗老师、市国资委刘国勤老师、市文旅局翟相伟老师、市图书馆于少华老师、人文学者李世琦老师、上海科学技术出版社《科学画报》副编审姚晨辉老师、《燕赵晚报》副刊编辑中心主任李洁夫老师、正定中学胡玉峰老师、石塔中学白东力老师、李春学校邓先实老师、石塔中学明德校区李进朝老师、茶文化学者张进波老师、金石学者董勤锁老师、人文学者张立波老师校正修改，感谢王力志、王英辉、张伟力、赵长江、王英霞、孙巧梅、张玉芬等老师提供彰显赵州风物的影画佳作，感谢所有家人亲友的默默付出，才使此书呈现给热爱赵县和想了解赵县的读者。书中各章节诗词一般以作者出生年代排序，《寻踪柏林寺》一节中按柏林寺、赵州水、赵州和尚三小节分别进行时间排序。书中个别诗词出处虽不囿于赵州地，但其暗蕴赵州情，故一并纳入书中。在原诗基础上的浅译，有些诗词在直译过程中融入了本人的情感因子，可能比较片面，难免画蛇添足，读者如无兴趣自然翻过即可。每个读者都有不同的认知，角度不同，认知可能山高海远，自请不必刻意挑剔。因时间仓促、水平有限，书中难免有错误与疏漏之处，如有不当，诚请给予批评指正。

姚宏志于赵州耕读斋
2024年3月5日惊蛰午夜